古典文獻研究輯刊

二六編

曾永義 主編

第 3 冊

中國早期文學考論（下）

劉鳳泉 著

國家圖書館出版品預行編目資料

中國早期文學考論（下）／劉鳳泉 著 -- 初版 -- 新北市：花
木蘭文化事業有限公司，2022〔民 111〕
目 2+218 面；19×26 公分
（古典文學研究輯刊　二六編；第 3 冊）
ISBN 978-986-518-993-8（精裝）
1.CST：中國古典文學 2.CST：中國文學史 3.CST：文學評論
820.8　　　　　　　　　　　　　　　　　　111009911

ISBN-978-986-518-993-8

古典文學研究輯刊
二六編　第三冊　　　　　ISBN：978-986-518-993-8

中國早期文學考論（下）

作　　　者　劉鳳泉
主　　　編　曾永義
總 編 輯　杜潔祥
副總編輯　楊嘉樂
編輯主任　許郁翎
編　　　輯　張雅淋、潘玟靜、劉子瑄　美術編輯　陳逸婷
出　　　版　花木蘭文化事業有限公司
發 行 人　高小娟
聯絡地址　235 新北市中和區中安街七二號十三樓
　　　　　　電話：02-2923-1455 ／傳真：02-2923-1452
網　　　址　http://www.huamulan.tw 信箱 service@huamulans.com
印　　　刷　普羅文化出版廣告事業
初　　　版　2022 年 9 月
定　　　價　二六編 23 冊（精裝）新台幣 62,000 元　　版權所有・請勿翻印

中國早期文學考論(下)

劉鳳泉 著

目次

下編：論文析理

一、原始意識形態及神話的積極意義

　　原始意識形態伴隨著原始人的實踐活動產生和發展起來。當原始社會生產力水平提高到一定的程度，而人們的思維能力也發展到一定程度的時候，原始人便開始思索「關於他們同自然界的關係，或者關於他們之間的關係，或者是關於他們自己的肉體組織」的問題〔註1〕。這樣就逐漸形成了原始意識形態。

　　起初，原始人完全不知道自己的身體構造，由於受夢中影像的影響，於是產生了靈魂的觀念。在他們看來，人在睡著之後，靈魂便離開肉體，更自由、更有力地去活動。他們認為，人死後靈魂自然還會存在，這便是靈魂不滅的觀念。靈魂的活動不受客觀條件的限制，具有超人的力量，這便是靈魂能動的觀念。用靈魂的觀念去解釋自然現象，也就產生了萬物有靈論。拉法格指出：「野蠻人借助這觀念製作出來的意識形態，給他們說明了許多他們不明其自然原因的現象。」也正是在這個意義上，「原始人從對夢的錯誤解釋出發創造了自己的意識形態體系。」〔註2〕

（一）原始意識形態的特徵

　　原始意識形態由原始社會的經濟基礎所決定，正像馬克思所說，原始人的觀念「並不是宗教上的安慰的需要，而是由普遍的侷限性所產生的困

〔註1〕（德）馬克思、恩格斯：《馬克思恩格斯選集》（一），人民出版社1972年版，第30頁。
〔註2〕（法）拉法格：《思想起源論》，生活·讀書·新知三聯書店1978年版，第122、147頁。

境」﹝註3﹞。原始人處在經驗和能力還都十分有限的困境中，其意識形態只能採取萬物有靈論的形式。在這個基本形式中，表現出自身的特徵。

原始意識形態的特徵，突出表現出三個方面。

一是形象性。

由於原始人思維水平的限制，他們還不可能拋開客觀事物的感性形象進行抽象思維，他們的思維形式只能是一種形象思維。這樣，反映在他們意識中的事物都是感性的、具體的、形象的。總之，「原始人靠借喻思想和說話」﹝註4﹞。原始神話和原始宗教的零星材料告訴我們，原始人意識中事物的形象往往和人的形象聯繫起來。諸如「雷神，龍身而人頭」、「東方句芒，鳥身人面」、「炎帝神農氏，人身牛首」、「有氐人之國，人面魚身」等等。這就是所謂人格化的方法。

為什麼要採用人格化的方法呢？這要從原始人理解和掌握自然界的動機來尋求答案。「自然界起初是作為一種完全異己的，有無限威力和不可制服的力量同人們對立的。人們同它們的關係完全像動物同它們的關係一樣，人們就像牲畜一樣服從它的權力。因而，這是對自然界的一種純粹動物式的意識（自然宗教）。」﹝註5﹞在這種動物式的意識中，形象呈現著自然的形態，還談不上對自然界有什麼認識。隨著原始人對自然界認識的加深，他們意識中的自然形象便與人的形象聯繫了起來。而把自然界的事物人格化，使自然界變得可以理解，這是原始人對自然界認識的深化。

如《淮南子》關於太陽的神話就是如此：「日出於暘谷，浴於咸池，拂於扶桑，是謂晨明，登於扶桑，爰始將行」，「至於悲泉，爰止其女，爰息其馬，是謂縣車。……日入於虞淵之氾，曙於蒙谷之浦，行九洲七舍，有五億萬七千三百九里」﹝註6﹞。這正表現了原始人對太陽的認識。他們看到太陽從山上或樹那邊升起，就認為太陽是沿著樹爬上來的。他們看到太陽從湖泊或大海中升起和落下，就認為太陽像人一樣在洗浴。原始人意識中的形象經歷了從自然形態向

﹝註3﹞ （德）馬克思、恩格斯：《馬克思恩格斯選集》（四），人民出版社 1972 年版，第 220 頁。

﹝註4﹞ （法）拉法格：《思想起源論》，生活·讀書·新知三聯書店 1978 年版，第 58 頁。

﹝註5﹞ （德）馬克思、恩格斯：《馬克思恩格斯全集》（三），人民出版社 1960 年版，第 35 頁。

﹝註6﹞ 陳廣忠：《淮南子譯注》，吉林文史出版社 1990 年版，第 134 頁。

擬人形態發展的過程，而這個過程也是人類對自然界的認識不斷加深的過程。

二是神秘性。

原始意識形態運用幻想的方式反映現實存在，而幻想方式是以原始人對自然和社會的獨特觀念所決定的，是由當時的生產力水平和思維能力所決定的。馬克思說：「古代各民族是在幻想中、神話中經歷了自己的史前時期。」〔註7〕希臘神話是「通過人民的幻想，用一種不自覺的藝術方式加工過的自然和社會形式本身」〔註8〕。恩格斯說：「一切宗教都不過是支配著人們日常生活的外部力量在人民頭腦中的幻想的反映，在這種反映中，人間的力量採取了超人間的形式。」〔註9〕可見，原始神話和原始宗教運用幻想的方式反映現實是造成原始意識形態神秘性的根本原因。

原始人對事物的認識並不滿足於感性的直觀，他們要探索事物和事物之間的聯繫。然而，受生產力水平和思維能力水平的制約，他們還不可能認識和發現事物之間的真實聯繫。而萬物有靈的觀念便給這種探索插上了幻想的翅膀。於是，原始人在幻想中用臆造的聯繫來解釋自然和社會。例如，在氏族制發展和鞏固之後，人們自然產生一種探尋氏族祖先的願望。這種願望和動物崇拜結合，就產生了圖騰崇拜。圖騰崇拜是原始人利用幻想在動物和祖先之間建立起的一種神秘的聯繫。

在古代神話中，多有人神合體的形象，如「傳言女媧，人頭蛇身」、「窫者，蛇身人面」、「軒轅之國，人面蛇身，尾交首上」。為什麼要在蛇和人之間建立一種聯繫？蛇者，毒蟲也。它會在毫無知覺的情況下致人死地。在草木叢生的自然環境中，它給予人的威脅遠遠地超過了其他的猛獸。把蛇和祖先聯繫起來，使祖先也獲得了與蛇同樣的神奇威力。

巫術咒語是原始宗教中的重要形式，它是在語言和實踐活動之間建立一種神秘聯繫。如《山海經‧大荒北經》載有一篇命令旱魃北行的詩：「神，北行！先除水道，決通溝瀆！」原始人相信語言的威力能夠影響自然。高爾基指出，這種信念的產生「是因為組織人們相互關係和勞動過程的語言具有明

〔註7〕（德）馬克思、恩格斯：《馬克思恩格斯全集》（一），人民出版社1960年版，第458頁。

〔註8〕（德）馬克思、恩格斯：《馬克思恩格斯選集》（二），人民出版社1972年版，第113頁。

〔註9〕（德）馬克思、恩格斯：《馬克思恩格斯全集》（三），人民出版社1960年版，第354頁。

顯的和十分現實的用處」〔註10〕。原始人在臆想中探索事物之間的神秘聯繫，反映了他們的理想願望和以現實需要為中心的價值取向。

三是幼稚性。

以感性形象作為思維材料，運用想像和幻想的思維方式，自然不可能認識和掌握事物之間的客觀聯繫。因此，原始人對事物的認識必然具有幼稚性的特徵。譬如，美洲有一個原始部落以野牛為食，後來那裡去了一個畫家，畫家在畫紙上畫了許多野牛。於是，部落的人們就把野牛減少的原因歸咎於這個畫家。他們說：「自從那個畫家來過之後，我們就吃不到野牛肉了，野牛都被他畫走了。」這在文明人看來是多麼幼稚可笑，但在原始人意識中是確定無疑的事實。

原始意識形態用臆造的形象來反映事物，用臆造的聯繫來說明事物的聯繫，用形象思維去探討自然社會的一般規律，這自然反映了原始人不成熟的認識水平。然而，他們對事物進行探索的努力比起此前的感覺運動思維是大大地前進了一步。他們企圖認識事物之間的聯繫，企圖把握事物的一般規律。儘管這種願望在當時的條件下是無法實現的，可是，他們畢竟指出了人類認識的前進方向。

牙含章指出：原始意識形態「是人類在認識世界的漫長的過程中，隨著人類的思維能力的逐步提高而產生的。它說明人類最初不能抽象地思考比較複雜的問題，發展到能夠抽象地思考比較複雜的問題，這標誌著人類思維能力提高到了一定的水平。」〔註11〕正是在這個意義上，我們稱原始意識形態是人類認識前進的里程碑。

（二）原始宗教和原始神話

原始意識形態包含著兩個重要方面，即原始宗教和原始神話。這兩個方面，既表現了原始意識形態萬物有靈論的共同形式，也表現出原始宗教和原始神話文化價值區別的端倪，展示出原始意識形態內在的矛盾運動。

恩格斯在談到美洲印第安人部落的特徵時指出：他們「有共同的宗教觀念（神話）和崇拜儀式」〔註12〕。在這裡，宗教觀念和神話是作為同一個事

〔註10〕（俄）高爾基：《論文學》，人民文學出版社 1978 年版，第 99 頁。
〔註11〕牙含章：《無神論和宗教問題》，人民出版社 1979 年版，第 25 頁。
〔註12〕（德）馬克思、恩格斯：《馬克思恩格斯選集》（四），人民出版社 1972 年版，第 88 頁。

物被提出來的。原始宗教和原始神話以萬物有靈論為基礎，起初確實是融合一體的。它們從自然崇拜發展而來，都是對原始社會現實生活的虛幻的反映。即使發展到後來，原始宗教和原始神話的聯繫和滲透也還是很明顯的。在原始神話中我們可以很容易發現原始宗教圖騰崇拜的痕跡。如《史記‧五帝本記》記載：「炎帝欲侵陵諸侯，諸侯咸歸軒轅。軒轅乃修德振兵，……教熊羆貔貅貙虎，以與炎帝戰於阪泉之野，遂擒殺蚩尤。」〔註13〕軒轅所教的對象並不是真正的動物，而是以熊羆貔貅貙虎為圖騰的氏族部落。無疑，原始宗教和原始神話根植於同一塊土壤之中，有著難解難分的深刻聯繫。

然而，原始宗教與原始神話的區別，從一開始就已經明顯地存在著。最初，人類從動物界分離出來，自然界作為一種完全異己的、有無限威力的和不可制服的力量同人類對立著。人類面對大自然，首先感到的是巨大的恐懼。列寧說：「恐懼創造了神」，「野蠻人由於沒有力量同大自然搏鬥，而產生了對上帝、魔鬼、奇蹟等信仰。」〔註14〕可見，原始宗教是由於人類對大自然的恐懼而產生的。隨著人類實踐活動的發展，人們越來越感覺到了自身的力量。於是，他們從對自然的盲目恐懼中覺醒過來，產生了支配自然力、征服自然力的意識。在這樣的條件下，原始神話誕生了。

從原始宗教和原始神話的發生條件來看，二者已經顯示出本質的分野。馬克思指出：「任何神話都是運用想像和借助想像以征服自然力、支配自然力。」〔註15〕高爾基也說：「神話沒有反映人類對自然的恐怖，它們相反地卻敘述人類戰勝自然，敘述語言不可思議的力量能征服物體和自然現象對勞動意圖和勞動過程的兇狠的抵抗。」〔註16〕因此，如果說原始宗教產生於人類對自然力量恐懼的話，那麼原始神話則產生於人類對自身力量的確認。

原始宗教和原始神話都受到萬物有靈觀念的支配，但它們在形象構成上存在著區別。原始宗教是自然崇拜，它崇拜的對象乃是自然的形態。這種自然形態充分表現了自然力量的不可理解和不可駕御，表現著人和自然關係的尖銳對立。而在原始神話中，自然形態轉化為人與動物合體的形態，自然力量儘管還存在著，但由於具有了人的因素，所以變得可以被人理解了。

〔註13〕（漢）司馬遷：《五帝本記》，《史記》，中華書局1982年版，第3頁。

〔註14〕（俄）列寧：《列寧全集》（十），人民出版社1972年版，第62頁。

〔註15〕（德）馬克思、恩格斯：《馬克思恩格斯選集》（二），人民出版社1972年版，第113頁。

〔註16〕（俄）高爾基：《論文學》，人民文學出版社1978年版，第140頁。

　　譬如，在中國古代神話中的神格主體，多是人物合體，物身人面。面部在身體諸部分中是最重要的，動物而有人面，動物也就具有了人的性質，使人不感覺它是異類。人與動物合體的形態，說明在勞動實踐過程中自然界和人類都發生了變化，自然界打上了人的烙印，而人也具有了動物那樣的神奇力量。人與自然不再是完全對立的，而是達到在一定程度上的滲透和統一。這就是「自然的人化」和「人的對象化」的過程，反映出人類認識和支配大自然的歷史進步。

　　在人和自然的關係上，既存在著人類在實踐活動中不斷征服和支配自然力的方面，也存在著自然力不斷對人類逞強施暴的方面。在對待人和自然的關係上，原始宗教和原始神話表現出截然不同的態度，從而決定了它們的不同性質。袁珂先生指出：「原始宗教所表現的是教人拜倒、屈服在神的意志之下，讓神來主宰人的命運，而原始神話卻是借敘述神的行事來表達人類征服自然的雄心壯志和對命運的不甘屈服等等。」〔註17〕可見，原始宗教反映了人類在自然力面前無能為力的消極意識，而原始神話反映了人類征服和支配自然力的積極願望。

　　在用人類實踐活動聯結起來的人和自然的關係上，人是能動的社會存在物。他們在實踐活動中，通過征服和支配自然力，達到和自然的統一，從而表現了「人的本質力量」。而在反映人類實踐活動的本質方面，原始宗教和原始神話表現出根本的不同。原始神話反映了人類在勞動中不斷戰勝自然的本質力量，揭示了人和自然關係的本質，而原始宗教則誇大了自然的威力，是對人和自然關係的一種歪曲的反映。

　　原始宗教和原始神話本質的不同，必然使它們在社會現實中發揮不同的作用。原始神話肯定了人的本質力量，給人類以巨大的鼓舞，它的想像和幻想成為激發人們聰明才智的手段。所以，在神話的想像翅膀翱翔的地方，往往有創造發明的先聲。原始宗教立足於信仰和虔誠，祈求異己的自然力和社會力量的拯救，指示人們向異己的力量屈服，它的想像和幻想成為禁錮人們積極奮鬥的枷鎖。

　　當然，作為原始意識形態，它們滿足著人類不同的精神需要。如果說原始神話滿足了人類積極的精神需要的話，那麼原始宗教則是滿足了人類的消極的精神需要。

〔註17〕袁珂：《神話論文集》，古籍出版社 1982 年版，第 69 頁。

（三）原始神話的積極意義

神話作為原始意識形態的積極方面，在人類實踐活動的基礎上產生和發展起來。它「給予人類以強有力的影響」〔註18〕，對人類社會的發展發揮了積極的作用；而且至今還以其「永久的藝術魅力」，「仍然能夠給我們以藝術享受」。所以，我們把神話放在人類勞動實踐基礎上，就能夠理解神話的積極意義。

第一，神話曲折地反映了人類物質實踐活動，具有唯物主義的思想萌芽。

神話的世界反映著一個與原始人生活密切相關的物質世界，日神羲和、風神飛廉、雨師屏翳、雷神豐隆、火神祝融、旱神女魃、山神河伯，以至於馬牛羊犬、虎豹蟲蛇。原始人與自然的關係，主要是與這個具體的物質環境的關係。生產力水平和思想能力的制約，他們只能在自己的物質環境基礎上進行想像。

神話突出反映了人類在這個物質環境中的實踐活動。女媧補天，旨在治水；后羿射日，意在抗旱。它們都是原始人實踐活動的折射。至於「太昊師蛛蜘而結網」、「句芒作羅」、「伯益作井（阱）」、「胲作服牛」、「舜之馴象」、「益烈山澤而焚之，禽獸逃匿」、「神農之時，天雨粟，神農遂耕而種之，作陶冶斤斧，為耒耜鋤耨，以墾草莽，然後五穀興助，百果藏實」。這些材料都說明神話對原始人漁獵、農牧生活的反映。神話由人類實踐活動所激發出來，它們在想像中描繪的事物都根植於人類實踐活動，因而滲透著唯物主義的思想因素。

第二，神話歌頌了人類實踐活動中的英雄，突出地表現了「人的本質力量」。

在人類的實踐活動中，力量和勇敢是「同自然作鬥爭的原始人的首要的和必需的美德」〔註19〕。在神話中的英雄神身上就充分表現了這樣的美德。如源遠流長的「鯀禹治水」神話：「洪水滔天，鯀竊帝之息壤以堙於洪水，不待帝命。帝令祝融殺鯀於羽郊。鯀腹生禹，帝乃命禹卒布土以定九州。」鯀禹前仆後繼地治理水患，正是人類在自然面前不甘屈服，勇敢地征服自然的真

〔註18〕（德）馬克思：《摩爾根〈古代社會〉一書摘要》，人民出版社 1972 年版，第 54 頁。

〔註19〕（法）拉法格：《思想起源論》，生活‧讀書‧新知三聯書店 1978 年版，第 99 頁。

實寫照。他們是人們愛戴的勞動英雄，體現了人的本質力量。

「夸父逐日」的神話，傳統的解釋似乎不妥。我們認為它更可能是反映了人們避旱逐水的活動。「夸父與日逐走，入日。渴欲得飲，飲於河、渭。河、渭不足，北飲大澤。未至，道渴而死。棄其杖，化為鄧林。」〔註20〕「夸父與日逐走」，實是日逐夸父。大旱之時，烈日炎炎，無法逃匿，只有背朝太陽，走而尋水。「入日」是身體被熱浪所包圍，好像進入太陽中的感覺。飲於河、渭，而乾旱使河、渭也沒有多少水。但夸父並不氣餒，他又向北方的大澤進發了，最後不幸「道渴而死」了。然而，夸父並沒有被旱災打敗，他「棄其杖，化為鄧林」，體現了人類不屈不撓征服自然的偉大精神。鄧林者，桃林也。那鬱鬱蔥蔥的桃林，正是人的本質力量的確證。

這類神話響徹了勞動的回音，讚頌著人類勇敢地征服自然的偉大力量，深刻地表現了人和自然的本質關係。

第三，神話在想像和幻想中對自然和人類作出了積極的解釋，包含著一定的合理性。

通過不斷的實踐活動，原始人的認識能力逐步提高。他們要在想像和幻想中掌握整個世界。世界是怎麼來的？人類是怎麼來的？萬物是怎麼來的？他們都要作出解釋和說明。《五運曆年記》載有盤古的神話：「首生盤古，垂死化生。氣成風雲，聲為雷霆，左眼為日，右眼為月，四肢五體，為四極五嶽，血液為江河，筋脈為地理，肌肉為田土，髮髭為星辰，皮毛為草木，齒骨為金石，精髓為珠玉，汗流為雨澤，身之諸蟲，因風所感，化為黎甿。」〔註21〕原始人用「化」的思想解釋世界萬物的來歷，這表現了他們天才的智力和精細的觀察力。「化」的思想自然是萬物有靈，靈魂不滅觀念的產物，但也確實概括了世界萬物產生、滅亡、變化不停的普遍現象。

在母系氏族時，產生了許多感生神話，如簡狄吞卵而生契，姜嫄踐巨人跡而生子。這是原始人不知道性交和生育的關係，而對氏族起源所作的幻想解釋。這種幻想是他們觀察到了卵生和懷孕的現象之後產生的認識。他們進而用「生」的思想去解釋各種現象，如「羲和者，帝俊之妻，生十日」、「帝俊妻常羲，生月十有二」、「帝俊妻娥皇，生此三身之國」、「黃帝生苗龍，苗龍生

〔註20〕袁珂：《山海經全譯》，貴州人民出版社 1991 年版，第 214 頁。
〔註21〕（清）馬驌：《繹史》，上海古籍出版社 1993，第 365 頁。

融吾，融吾生弄明，弄明生白犬，白犬生牝牡，是為犬戎」〔註22〕。連太陽、月亮、國家、民族都是生出來的。在生育原理沒有認識之前，這種大膽想像是可以理解的。

如果說「化」有些玄妙，「生」有些勉強的話，那麼，原始人對各種創造發明的解釋就比較現實了。如：「女媧作笙簧」、「包犧氏作八卦」、「蒼頡作書」、「燧人作火」、「寧封作陶」、「鯀築城郭」、「舜作簫」、「少昊子孫作矢」。「作」物之神不過是某種手藝的能手，「作」的認識更充分地體現了勞動創造世界的深刻思想。

隨著生產力水平的提高，原始人把目光轉向自己活動範圍以外的世界，殊方景物的神話就是對未來世界的探索。羽民國的人生有翅膀，能像鳥一樣自由飛翔；驩頭國的人手臂很長，以捕魚為生；奇肱國的人會造飛車，駕風遠行。這些想像都表現了原始人對減輕勞動強度、提高勞動效率、克服自然障礙的嚮往。

總之，神話的解釋不是科學的對立物，而是人的精神的最初的科學假設之一。它們給創造發明以積極的啟發，是推動生產力向前發展的重要因素。

第四，神話反映人和人的關係，具有進步的傾向性。

在原始社會末期，神話不僅反映人和自然的關係，也反映了階級的對立和鬥爭，表現了被壓迫階級的思想感情，具有進步的傾向性。在原始社會中，神話宣洩著全人類的精神本能。在進入階級社會後，神話「除了自然力量外，不久社會力量也起了作用」，「神的形象後來具有了這種兩重性」〔註23〕。隨著人間不平等現象的產生，平等的諸神也便分化開來。譬如黃帝戰勝四方帝，便是反映了壓迫者的力量和權威。

在這樣的條件下，被壓迫者就產生出一種反抗的意願。反抗神形象就集中體現了被壓迫者們的反抗意願。如《山海經·海外西經》載有刑天的神話：「刑天與黃帝爭神，帝斷其首，葬之常羊之山，乃以乳為目，以臍為口，操干戚以舞。」〔註24〕刑天與帝爭神，表現了人民的反抗情緒。刑天死而不屈的精神，體現了人民頑強的鬥志。這類神話讚美和同情反抗神，寄託了勞動人

〔註22〕 袁珂：《山海經全譯》，貴州人民出版社1991年版，第285頁。
〔註23〕 （德）馬克思、恩格斯：《馬克思恩格斯選集》（四），人民出版社1972年版，第253頁。
〔註24〕 袁珂：《山海經全譯》，貴州人民出版社1991年版，第203頁。

民的思想感情，鼓舞勞動人民對統治階級的鬥爭，因而具有歷史進步性。

第五，神話顯示出永久的藝術魅力。

神話誕生在人類的童年，留下了人類在那個永不復返階段的美麗倩影。無論內容的深刻性還是形式的完美性，神話都顯示出永久的藝術魅力。馬克思在談到希臘神話時說道：「希臘神話不只是希臘藝術的武庫，而且是它的土壤」，在某種意義上說「還是一種規範和高不可及的範本」〔註25〕。這些論述同樣適用於中國的遠古神話。

神話作為意識形態，必然要給予產生它的經濟基礎以反作用。中國的遠古神話對原始勞動實踐的反作用是積極的。它們在想像和幻想的形式中征服自然力，支配自然力，給從事勞動實踐的人們以巨大的鼓舞；它們的合理想像，大膽探索，對勞動實踐的進步以積極的推動；它們表達了人們的理想和願望，滿足了人們積極的精神需要。總之，它們對人類社會的進步發揮了重要的積極作用，它們所體現的精神與人類的發展的方向是完全一致的。

馬克思主義認為，美是人本質力量的對象化。神話曲折地反映了人類在特定的生產力水平階段上的本質力量，顯示了人類的童年之美。人類童年時代那種具體的現實狀況是永不復返的，在這種具體的現實狀況基礎上產生的人類的原始意識形態的特點和在這種具體的現實狀況基礎上顯示出來的人的本質力量也都是永不復返的。馬克思說：「為什麼歷史上的人類童年時代，在它發展的最完美的地方，不該作為永不復返的階段而顯示出永久的魅力呢？」〔註26〕因此，神話將永遠啟發人類的無窮遐想，永遠給人類以巨大的精神鼓舞。

（四）原始意識形態的衰微

隨著人類社會實踐活動的拓展和深入，無神論的思想萌芽產生了，原始意識形態便逐漸走向衰亡。在西周末期，神的信仰已經開始動搖，人們提出了「天命靡常」的命題，繼而逐漸產生了人神並舉，以至重人輕神的觀點。這種現象反映了人們認識水平的提高，以萬物有靈論為基礎的原始意識形態便從根本上瓦解了。

〔註25〕（德）馬克思、恩格斯：《馬克思恩格斯選集》（四），人民出版社 1972 年版，
　　　　第 114 頁。

〔註26〕（德）馬克思、恩格斯：《馬克思恩格斯選集》（四），人民出版社 1972 年版，
　　　　第 114 頁。

隨著有神論的逐漸衰亡，理性思想迅速覺醒，人們已經不需要在自然力面前頂禮膜拜，也不需要在想像和幻想中支配自然力，而是需要從一種接近於科學的角度去認識自然力、支配自然力。儘管人們還不能完全支配自然力，但是，人們的思想已經達到這樣的程度，即相信靠自己的力量終究能夠支配自然力。在這樣的條件下，原始宗教和原始神話便走到了它們的盡頭，新的理性的思維方式逐漸確立了主導地位。

神話是原始意識形態的積極方面，它和理性思維在精神上有一致的方面。它的合理想像，大膽探索，給人類實踐活動以巨大的鼓舞，推動了實踐活動的發展，為理性思維的產生奠定了基礎。在這個意義上可以說，神話為理性意識的產生做好了準備。理性思維是對原始意識形態的揚棄，它拋掉了有神論的形式和宗教的虛妄，繼承了神話的積極精神，從而使人類認識發生了質的飛躍。至此，神話便把自己沒有能力解決的任務交給了理性思維，而神話的歷史使命也就完成了。

二、先秦小說因素的滋生和演進

中國小說因素很早就滋生了，它經歷了漫長的歷史演進過程。

小說因素和小說具有深刻的本質聯繫。因此，在外部條件的作用下，小說因素不斷演進，便能夠發展形成為小說的萌芽。

什麼是小說因素呢？這需要通過對小說的認識來回答。一般認為，小說是一種以塑造人物形象，敘述故事情節為主的文學體裁。這說明，小說在本質上是把人作為內容，把敘述作為形式的。小說因素與小說的聯繫，也體現在這個方面，即小說因素也是把人作為內容，把敘述作為形式的。當然，小說因素演進為小說，還需要依賴於其他一些因素的作用，如虛構等。

小說因素滋生於神話。魯迅早已指出：小說「探其本根，則亦猶他民族然，在於神話和傳說。」〔註1〕當然，這只是就整體情況而言，而它的具體情況往往是比較複雜的。小說因素作為對人事的敘述，需要具有堅實的現實基礎。馬克思指出：「意識在任何時候都只能是被意識到了的存在，而人們的存在就是他們的實際生活過程。」〔註2〕可見，小說因素滋生的現實基礎也只能是人們的實際生活過程。

在原始社會中，人類的實際生活過程主要是人類征服自然的實踐活動。這種實踐活動是伴隨著人類產生便開始了。在它的發展過程中，經歷了不同的階段。開始，人類由於學會製造和使用工具而脫離了動物界。可是，由於生產工具的粗陋，認識能力的低下，他們只能處在被自然主宰的地位。這時，

〔註1〕魯迅：《中國小說史略》，人民文學出版社1973年版，第250頁。
〔註2〕（德）馬克思、恩格斯：《馬克思恩格斯選集》（一）人民出版社1972年版，第30頁。

人的主體意識尚未自覺。正如馬克思所說:「自然界起初是作為一種完全異己的,有無限威力的和不可制服的力量同人們對立的,人們同它們的關係完全像動物同它們的關係一樣。人們就像畜生一樣服從它的權力。」〔註3〕這是一個漫長的過程,在這個過程中,人類和自然的關係就主要方面來說,乃是自然主宰著人類的命運。在這樣的實際生活過程中,人類只能產生一種對自然界的純粹動物式的意識,即自然崇拜。自然崇拜體現在神話中,就是關於自然神的神話。

在中國遠古神話中,還依稀可見這種自然崇拜。原始人通過幻想,把各種「自然力加以形象化」。如風神飛廉,雨師屏翳,雷神豐隆,火神祝融,旱紳女魃,自然神多被描繪成奇形怪狀,性情暴戾的兇神惡煞。列寧指出:「恐懼創造了神」,「野蠻人由於沒有力量同大自然搏鬥,而產生了上帝、魔鬼、奇蹟等信仰。」〔註4〕這些自然神是原始人在大自然的威脅面前恐懼的表現。如旱紳女魃,《神異經》云:「南方有人,長二、三尺,袒身而目在頂上,走行如風,名曰魃,所之國大旱。」〔註5〕《大雅・雲漢》云:「旱既大甚,滌滌山川,旱魃為虐,如惔如焚。」這裡所說的當包含著一個很古老的神話。在這樣的神話中,還看不到對人的敘述,小說因素顯然還沒有滋生。

隨著生產力的發展和人們認識水平的提高,在生產實踐中,人類支配自然的領域也在由微而著地不斷擴大。這種量的積累終於導致質的變化,即人類和自然的關係,由自然主宰人類開始向人類支配自然轉化。如農業方面,原始人不但善於辨別土壤種類,而且善於選種選地,及時種植、耕耘和收穫。它們對氣候和季節也有了很多知識。這樣,自然界的威力遠不是無限的和不可制服的了。事實上,原始人在一定範圍內支配著自然力,而且這又激發了原始人進一步支配自然力的希望。在這樣的實際過程中,人愈來愈顯示出他的重要性,而自然力的神聖地位開始動搖。反映在神話裏,就是神愈來愈帶上了人的色彩,自然物的因素遭到了貶低,而人的主體地位得以提高。

《山海經》云:「蚩尤作兵伐黃帝,黃帝乃令應龍攻之冀州之野。應龍畜水,蚩尤請風伯、雨師縱大風雨,黃帝乃下天女曰魃。雨止,遂殺蚩尤。魃不

〔註3〕 (德)馬克思、恩格斯:《馬克思恩格斯全集》(三)人民出版社 1976 年版,第 35 頁。

〔註4〕 (俄)列寧:《列寧全集》(十),人民出版社 1984 年版,第 62 頁。

〔註5〕 (漢)東方朔:《神異經》,中華書局 1991 年版,第 50 頁。

得復上，所居不雨。叔均言之帝，後置之赤水之北。叔均乃為田祖。魃時亡之，所欲逐之者，令曰：『神北行！』先除水道，決通溝瀆。」〔註6〕在這裡，自然力成了被驅使的對象，雖然它還不是那麼馴服，但人們已經企圖要征服它了。馬克思說：「任何神話都是用想像和借助想像以征服自然力，支配自然力。」〔註7〕這段論述可以用來說明這種情況。

在這類神話中，已經能夠看到對人的敘述。當然，這種敘述還是借助於對神的敘述，通過幻想的方式曲折地反映出來的。小說因素導源於神話，應該是指這種情況。然而，小說因素在神話中的生長，要受到各種條件的制約。首先，神話思維是不能夠對人進行正確敘述的，因為它不能夠對人做出正確深刻的認識。在神話思維的領地內，人只能以一種歪曲的形象出現。其次，神話本身不只是一種敘述，而更恰當地說是一種操作。原始人講述神話，其實是他們實踐活動的一部分，是他們實踐活動的一種必要補充。它們是要在人類能力未及的範圍內行使一種巫術的魔力，以期收到實際的功利。這與我們今天看待神話是不一樣的。

儘管如此，神話對於小說因素的滋生是重要的。因為它畢竟包含了對人敘述的成分。再則，它無論在題材上，還是在敘述方法上，給予後世小說的啟發都是不容忽視的。正是在這個意義上，我們稱小說因素導源於神話。

在實際生活過程中，人的主體地位不斷得到增強，這是小說因素滋生的現實基礎。隨著這種現實基礎的不斷深厚，原始意識也在緩慢地發生變化。馬克思指出：「隨著經濟基礎的變更，全部龐大的上層建築也或慢或快滴發生變革。」〔註8〕正是在現實基礎的作用下，以神為中樞的神話，漸漸讓位於以人為中樞的傳說。

在傳說中，小說因素得到了長足的發展。首先，敘述主角更近於人性。如「舜耕歷山，歲不熟。舜糴，其母詣糴，每還錢與米，問之，子也。因相抱泣，拭其父目，尋自明。堯聞而妻之。」〔註9〕在這裡，舜身上的神的色彩已

〔註6〕袁珂：《山海經校譯》，上海古籍出版社1985年版，第286頁。

〔註7〕（德）馬克思、恩格斯：《馬克思恩格斯選集》（二）人民出版社1972年版，第113頁。

〔註8〕（德）馬克思、恩格斯：《馬克思恩格斯選集》（二）人民出版社1972年版，第83頁。

〔註9〕（宋）羅泌：《路史》，（《後紀》十一羅蘋注引《類林》），中華書局四部備要本。

經降到了次要地位，他是以現實中人的形象出現在敘述中的。比之神話，這是一個極大的進步。

其次，敘述情節近於現實。如「禹沐浴霪雨，扶風，決江疏河，鑿龍門，闢伊闕，修彭蠡之防，乘四載，隨山刊木，平治水土，定千八百國。」〔註10〕這裡的所有行為都是現實的中治水敷土實踐的反映。比之神話的荒誕情節來，情節更扎根在現實生活土壤之中。

再次，傳說的敘述不是信仰，而是理智的崇敬。在敘述中，融入了講述者深深的感情理解。所以，這種敘述不只是對生活的客觀反映，更是對生活的主觀表達，客觀事實在主觀感情的作用下發生著變異。這樣，便形成了傳說人物形象的神奇化，故事情節的戲劇化，從而為小說敘事積累了豐富的經驗。

神話和傳說之間無法做一個嚴格的劃分，因為傳說是在神話的土壤上滋生出來的，無論在內容還是形式上，它都受到了神話的影響。再則，到了傳說時代，神話自身也發生了改變，即神話的傳說化。如諸神之間逐漸具有了一種從屬關係或血緣譜系，這已經不是原始神話的本來面貌了。但是，神話和傳說之間畢竟具有本質的區別，一個是神中有人，一個是人中有神，二者是不可同日而語的。

小說因素作為對人的敘述，只有立足於人的現實土壤中才能得到真正的發展。傳說使小說因素生長於現實土壤中，從而使小說因素迅速地發展起來。在傳說中，小說因素才真正進入自己合適的軌道，才開始了自身的發展變化，在一定程度上可以說，傳說是小說因素的真正起點。

傳說作為一種重人的意識形態，還不能夠衝破濃重的宗教巫術意識。宗教巫術意識在發展了的社會現實面前，雖然已經成為阻礙社會發展的落後意識了，但它的保守性作為傳統並不能很快消除，衝破宗教巫術意識的濃重霧霾，還有待於理性精神的崛起。這種理性精神最早表現在歷史意識之中。

中華民族是一個歷史意識很早就成熟的民族。甲骨文中就有「御史」、「卿史」、「作冊」、「史」、「尹」，他們是商朝史官，擔任著為商王朝草擬文書、記錄言行、管理檔案等工作。文獻上說「唯殷先人，有冊有典」，可見確是事實。在殷商時代，雖然出現了「史」，但是「巫」的地位仍然很重要。到了周代，情況發生了很大變化。無論在自然界，還是在社會界，人的地位大大提高，

〔註10〕（漢）劉安：《淮南子》，陳廣忠譯，中華書局1912年版，第350頁。

他們在實際生活過程中發揮著主導的作用。周代統治者認識到了這一點，他們革新了殷商的天命觀，強調人的重要性，理性精神開始在意識形態中居於主導地位。因此，周代「史」的地位不斷上升，「巫」的地位不斷下降。史官的工作分工也更加細緻，已經有「左史」、「右史」、「內史」、「外史」、「太史」、「小史」的區分。史官的活動為後來各種史書的形成提供了基本條件。歷史的發達是中國古代社會的一個重要特點，這對於小說因素的發展具有極為重要的作用。

小說因素在傳說中尚表現為一種自發的對人的敘述，而歷史則是自覺地對人的敘述。傳說是民間的一種活動，並不利於小說因素的保存；而歷史則是官方的活動，借助於簡牘，小說因素得以保存下來。所以，歷史的出現給小說因素的發展提供了有利的條件。

首先，歷史是以一種理性的態度來認識人事的，這就為認識人提供了一種新的思想方法。在清醒的理性認識下，人事得到了正確的敘述。歷史敘述與神話不同，它著眼於真實可信，這就使小說因素牢牢地扎根於現實生活之中。

其次，歷史是社會分工的產物，有了從事記載人事的專職人員，這對於敘述經驗的積累具有重要的意義。正是在歷代史官的不斷寫作中，使文字敘述的技巧不斷提高，為小說敘述做了必要的準備。

再次，歷史的出現是對文化的理性總結。神話傳說在歷史中被改造了，而小說因素也借歷史母體得到發展。在某種意義上，歷史曾經是小說因素的合適母體，小說因素匯聚於歷史典籍中，以歷史的形態孕育和發展。

歷史出現之後，小說因素便以兩種方式發展著：一是以口傳方式繼續活躍於民間與瞽史之間，一是以書面方式活躍於史籍之中。前者始終保持著和現實生活的聯繫，而後者和官方的政治意識形態相聯繫。它們對於小說因素的發展都產生了不可忽視的作用。

在歷史典籍中，小說因素達到了相當高的水平。「左史記言，右史記事，事為《春秋》，言為《尚書》。」《春秋》、《尚書》中的人事敘述，包含著豐富的小說因素，特別是《尚書》中一些篇章，無論人物形象，故事情節，都非常講究，而到了《左傳》、《國語》，小說因素更得到蓬勃發展，顯示了敘事文學的最初的光輝。

徐中舒認為，《左傳》最初出於瞽史左丘明的傳誦，後來被筆錄下來，經

子夏門人的講習，由子夏再傳弟子搜集文獻，編寫成書。可見，《左傳》是融合了歷史記載和民間口傳兩方面的長處，它所記錄的豐富史實，具有很高的文學價值。

歷史在寫人方面取得了很高成就。

首先，表現為它具體形象、飽含感情、豐富多彩的文學語言。在敘述語言中，作者把目光集中於人物和事件的細部，運用具體形象的語言，描繪出一個實感世界。在人物語言中，表現為語言形式的具體真實和語言內容的飽含感情。

其次，表現為完整曲折的故事情節。

再次，表現在對人物形象的描繪上。

社會分工，史官出現，小說因素便以兩種方式發展：一是神話傳說在民間發展，聯繫生活而形成民間故事；一是神話傳說進入史官視野，聯繫政治而形成歷史。二者在不同方面發展了小說因素。前者形成真正為了消遣的故事，可惜沒有流傳下來，由《詩經》有關材料可見。

歷史縱然使小說因素得到發展，但是它也存在著嚴重的缺陷。首先是它徵實性的要求，必然限制了小說因素的進一步發展。其次，它在官方體制內運行，制約了小說因素面對更廣闊的對象和對民間敘述營養的吸收。再次，它宏大的體制不利於小說因素的獨立。從根本上說，歷史體制與小說因素的目的和發展趨向並不是一致的。

到了天子失政，官學下移，小說因素隨著諸子興起，百家爭鳴，開始呈現出活躍的狀態。諸子百家為了游說諸侯，他們從歷史典籍和現實生活中汲取材料，這樣一來，小說因素進入民間與官方的融匯階段，從而使小說因素得到更大突破，更大發展。

三、神話傳說中的小說因素

　　小說因素就是小說萌芽的某些條件，小說作為小說因素演進成熟的高級形式，它必然是理解小說因素的一把鑰匙。一般認為：小說是一種以塑造人物形象，敘述故事為主的文學體裁。因而，小說因素本質上也應該是對人事的敘述。否則，它就不可能演進成為小說。

　　作為對人事的敘述，小說因素的產生必須具備一定的條件。馬克思指出：「意識在任何時候都只能是被意識到了的存在，而人們的存在就是他們的實際生活過程。」〔註1〕可見，小說因素的產生需要具有一定的現實基礎和思想基礎。其現實基礎就是人們的實際生活過程，其思想基礎就是人們對實際生活過程的認識。

（一）神話中小說因素的孕育

　　神話產生的早期，人們的實際生活過程和對實際生活過程的認識，究竟是怎樣一種情況呢？從人類產生以來，就開始了人類征服自然的實踐活動，這種實踐活動經歷了不同的發展階段。「自然界起初是作為一種完全異己的，有無限威力的和不可制服的力量同人們對立的，人們同它們的關係完全像動物同它們的關係一樣，人們就像牲畜一樣服從它的權力。」〔註2〕在這個階段，人類和自然的關係就主要方面來說，還是自然主宰著人類的命運。原始人在

〔註1〕（德）馬克思、恩格斯：《馬克思恩格斯選集》（一），人民出版社1972年版，第30頁。

〔註2〕（德）馬克思、恩格斯：《馬克思恩格斯選集》（三），人民出版社1972年版，第35頁。

強大的自然力面前，產生了強烈的恐懼心理，而這種恐懼心理創造了最初的神，即自然崇拜。

在早期神話中，還依稀可見自然崇拜的痕跡，如風神飛廉、雨師屏翳、雷神豐隆、火神祝融、旱神女魃的神話，自然力都被描繪成奇形怪狀、性情暴戾的兇神惡煞。旱魃神話大約是非常古老的。《詩經》云：「旱既大甚，滌滌山川。旱魃為虐，如惔如焚。」〔註3〕《神異經·南荒經》云：「南方有人，長二三尺，袒身而目在頂上，走行如風，名曰魃，所之國大旱，赤地千里。」〔註4〕這裡旱魃有身有目，能行能走，已經被人格化了。然而，這種人格化實質上還「只是形式的和表面的」，「只以純然一般的力量和自然活動（作用）為它的內容」〔註5〕。實際生活過程中，當自然還在主宰著人類的命運，人類只能產生一種對自然的純粹動物式的意識，即自然崇拜。表現自然崇拜的神話，儘管對自然力作了幻想的解釋，但其中看不到人事敘述的影子。所以，它們和小說因素還相距甚遠。

在實踐活動中，隨著生產力水平的逐步提高，人類支配自然的領域由微而著地不斷擴大。這種量的積累終於導致質的飛躍，即人和自然的關係終於由自然主宰人類轉化為人類支配自然。譬如，原始人在農業方面逐步懂得了選地選種，明白了季節氣候，學會了耕耘收穫。在這種情況下，自然界的威力就不再是無限的和不可制服的了。原始人在一定範圍內支配了自然力，必然激發起他們進一步支配自然力的渴望。這種渴望反映在神話中，便是人類從對自然力的恐懼轉變為「用想像和借助想像企圖征服自然力、支配自然力」〔註6〕。於是，在神話中人的因素逐漸滲透進來，而自然的因素不斷遭到貶低，這種情況在中國古代神話中有著突出的表現。

《山海經·大荒北經》云：「蚩尤作兵伐黃帝，黃帝乃令應龍攻之冀州之野。應龍畜水，蚩尤請風伯雨師，縱大風雨。黃帝乃下天女，曰『魃』。雨止，遂殺蚩尤。魃不得復上，所居不雨。叔均言之帝，後置之赤水之北，叔均乃為田祖。魃時亡之，所欲逐之者，令曰：『神北行！』先除水道，決通溝瀆。」

〔註3〕 程俊英：《詩經譯注》，上海古籍出版社1985年版，第583頁。

〔註4〕 王國良：《神異經研究》，文史哲出版社1985年版，第65頁。

〔註5〕 （德）黑格爾：《美學》（第二卷），朱光潛譯，商務印書館1979年版，第10頁。

〔註6〕 （德）馬克思、恩格斯：《馬克思恩格斯選集》（二），人民出版社1972年版，第113頁。

〔註7〕這則神話曲折地反映了人和自然的鬥爭，在驅使自然力的天神身上，人得到了相當模糊和歪曲的反映。自然力在這裡成了被驅使的對象，人們在幻想和想像中表達了征服自然力的渴望。人的主體地位在實際生活過程中的提高，為神話曲折地反映人事奠定了現實基礎。在這個基礎上產生的神話就有可能具備小說因素。然而，神話思維的侷限，使人們不能很好地意識到實際生活過程中的人的主體地位。因此，神話只能以一種幻想的方式對人事作相當模糊的敘述。神話思維從根本上說是不能正確地認識人的活動的，神話對人事的模糊敘述只能是小說因素的孕育。

（二）神話中小說因素的特徵

神話是「通過人民的幻想，用一種不自覺的藝術方式加工過的自然和社會形式本身。」〔註8〕它以一種顛倒的、虛幻的、荒謬的形式，敘述著實際生活過程中人們的活動，孕育了最初的小說因素，並且形成自己的鮮明特徵。

其一，角色的怪誕性。神話中神的形象往往以怪誕的面目出現，如「炎帝神農氏人身牛首」、「女媧人頭蛇身」、「東方句芒鳥身人面」、「南方祝融獸身人面」、「西王母其狀如人，豹尾虎齒而善嘯」等等。這些形象是「人與自然這兩個因素的怪誕的混合」〔註9〕，既表現為自然的擬人化，也表現為人的擬物化。自然的擬人化是對自然的崇拜，而人的擬物化不僅表現了對自然的崇拜，而且表現了人類企圖獲得自然的神奇威力，其中已經包含了對人自身的崇拜了。怪誕的形象和神奇的威力是密切聯繫的，如「盤古之君，龍頭蛇身，噓為風雨，吹為雷電」〔註10〕，而「女媧人頭蛇身」，「煉五色石以補蒼天」〔註11〕，這都是多麼驚人的能力啊！神靈的故事中包含著對人事的敘述，怪誕的形象含有人類自身的影子，而神奇的威力也正是人類征服自然的崇高力量的折光。神話的怪誕形象是人類形象的母胎，而怪誕形象所具有的美學價值，給後來小說形象的創造以很大的影響。

〔註7〕袁珂：《山海經全譯》，貴州人民出版社1991年版，第319頁。
〔註8〕（德）馬克思、恩格斯：《馬克思恩格斯選集》（二），人民出版社1972年版，第114頁。
〔註9〕（德）黑格爾：《美學》（第二卷），朱光潛譯，商務印書館1979年版，第54頁。
〔註10〕袁珂：《中國神話傳說詞典》，上海辭書出版社1985年版，第358頁。
〔註11〕（漢）劉安：《覽冥訓》，《淮南子譯注》，陳廣忠譯注，吉林文史出版社1990年版，第289頁。

其二，情節的幻想性。神話的情節不是現實活動的反映，而是想像和幻想的產物。它們背離了自然的可能性，大膽地馳騁著想像力，使情節具有一種奇幻無比的特徵。如《淮南子‧天文訓》云：「昔者，共工與顓頊爭為帝，怒而觸不周之山，天柱折，地維絕，天傾西北，故日月星辰移焉，地不滿東南，故水潦塵埃歸焉。」〔註12〕盛怒觸山，竟然造成天移地轉的奇偉景觀，真讓人不可思議。它如「女媧補天」、「夸父逐日」，其情節大都如此。在原始意識中，情感因素和認識因素還沒有明確分化，甚至情感因素常常處於優勢地位，於是在強烈情感的推動下，出現離奇古怪的幻想。神話的情節就是在這樣的條件下產生的，當然，神話的幻想歸根結底離不開現實土壤，神的爭鬥乃是人的爭鬥的幻化，而對天文地理的幻想解釋，也離不開對自然現象的觀察。神話的情節幻想性展示了永久的藝術魅力，給後世小說創作以巨大啟發，成為推動藝術發展的強勁動力。

其三，敘述的功利性。神話不只是敘述，而且是一種實用的操作。在原始人手中，神話是一種巫術力量，是實踐活動的補充。在人們實際力量達不到的地方，原始人行使巫術的魔力，以期收到實際的功利。如「蚩尤率魑魅與黃帝戰於涿鹿，帝令吹角作龍吟以御之」，「魃時亡之。所欲逐之者，令曰：『神北行！』」〔註13〕這些敘述實際上都是巫術操作。普列漢諾夫認為：「從有用的觀點對待事物（當然也對待行為）的態度，是先於從審美快感的觀點對待事物的態度的。」〔註14〕馬林諾夫斯基也說：「神話實際說起來，不是開來無事的詩詞，不是空中樓閣沒有目的的傾吐，而是若干極其重要的文化勢力。」〔註15〕在原始人那裡，神話敘述正是一種有用的工具，它的功利性主要表現為要得到某種實際的物質利益。同時，神話敘述也在滿足著原始人的精神需要，在自然力的重重包圍之中，維持著他們的心理平衡。神話功利的雙重性，這是神話敘述從巫術操作中分化出來的基本原因。隨著巫術意識的消歇，神話便不再滿足人們的物質利益，而只是滿足人們的精神需要了，這

〔註12〕（漢）劉安：《天文訓》，《淮南子譯注》，陳廣忠譯注，吉林文史出版社 1990 年版，第 102 頁。

〔註13〕袁珂：《山海經全譯》，貴州人民出版社 1991 年版，第 319 頁。

〔註14〕（俄）普列漢諾夫：《論藝術》，生活‧讀書‧新知三聯書店 1964 年版，第 95 頁。

〔註15〕（英）馬林諾夫斯基：《巫術科學宗教與神話》，李安宅譯，中國民間文藝出版社 1986 年版，第 82 頁。

樣神話就進入了文學化的過程。

　　神話在神的形式中敘述人事，這就構成了它內在的矛盾，即神的形式和人的內容的矛盾。隨著人的地位在實際生活過程中的提高，這種矛盾日益尖銳起來。神話形式成為一種巨大的保守力量，極大地制約了對人事的敘述。人事的內容需要突破神話的制約，以便取得適合自己的敘述形式，這是小說因素發展的必然要求。正是在這樣的情況下，神話完成了對小說因素的孕育的任務，傳說應運而生，小說因素便開始了新的演進歷史。

（三）神話和傳說的區別

　　傳說有廣狹二義。廣義的傳說是指一切與歷史人物、歷史事件，以及地方風物古蹟等密切聯繫的口頭故事；而狹義的傳說是指直接從神話演進而來的上古傳說。本文只是在狹義上使用這個概念的。

　　傳說的產生是以人類實際生活過程和思想意識的進步為條件的。在人類的實踐活動中，人的重要性越來越突出，這種實際生活過程的存在必然作用於社會意識，使之發生質的變化。神話意識在這時已經成為傳統的保守力量，它既不能正確意識到現實存在，也不能正確反映現實存在。只有從神話意識的迷霧中走出來，現實存在的人的重要性才能得到正確的認識和反映。正是在這樣的條件下，一種從人的角度認識事物的思想意識產生出來，這是小說因素發展的思想基礎。

　　在這樣的基礎上，神話演進為傳說，小說因素取得了符合自己本性的形式。傳說是從人的角度對人事的敘述，這就解決了神話中神的形式和人的內容的矛盾。使神話中包含的那些人的因素得到解放，它們不再以一種模糊歪曲的形式出現在對神的敘述中，而是以一種比較清晰正確的形式出現在對人的敘述中。如果說，神話只是小說因素的準備，那麼，傳說才是小說因素的真正起點。青木正兒曾明確指出：小說若尋其源，則或須溯源於民間的傳說、寓言與俗說之類。〔註16〕這種小說源於傳說的意見是很值得重視的。

　　傳說的出現，並不是神話的立即結束。兩種思想、兩種敘述在很長時期內是同時並存的。它們之間的複雜聯繫，使我們很難將二者作出嚴格的劃分。首先，傳說是從神話的土壤中產生出來，它的形式和內容都殘留著神話的痕跡，如所敘人物頗含神性，所敘故事頗為誇誕。其次，神話受到傳說的影響，

〔註16〕（日）青木正兒：《中國文學概論》，重慶出版社1982年版，第143頁。

也不能保持原來的面貌了，於是產生了神話傳說化的現象，如諸神之間漸漸具有了一種從屬關係和血緣系譜。「它依然是神話。……可是，它是人性化了的神話，因而可以譯成為現實的人和現實的人類關係的語言的」〔註17〕。當然，這種複雜聯繫的存在，並不能抹殺二者的區別。

神話和傳說在本質上是不同的事物，這主要表現在如下方面：一是敘述的內容不同。神話反映的是人類處於野蠻時期的社會生活和心理狀態，而傳說反映的是人類跨入文明門檻後的社會生活和心理狀態。二是敘述的對象不同。神話敘述的是具有怪誕色彩的神靈，而傳說敘述的是帶有神勇色彩的人。三是敘述的方式不同。神話是不自覺地用主觀幻想的形式歪曲地反映現實生活，而傳說則是比較自覺地對歷史和現實進行接近於客觀的反映。四是敘述的目的不同。神話與物質功利緊密聯繫，其目的要得到具體實際的功效，而傳說則遠離物質功利，其目的在於記憶過去，對人們的精神起一種激勵和戒懼的作用。

總之，神話和傳說在本質上的區別是不能忽視的。理解這種區別對於認識小說因素的演進脈絡，對於認識小說因素在不同演進階段的性質和特點，都具有重要的意義。

（四）傳說中小說因素的特徵

傳說中的小說因素具有自身的特點，它們比原始神話前進了一大步。這裡所謂傳說，主要是指歷史意識成熟之前的傳說，即三代傳說。這些傳說後來被載入史籍，發生了一些變化，但它們能大體反映出原來的基本面貌。

其一，奇特非凡的人物形象。傳說以人為中樞，然而其人物形象具有神奇非凡的特點。他們有的是始祖，有的是暴君，有的是名臣，有的是貴妃，總是在社會上佔據著重要的地位，連他們的出生、行事也往往與眾不同。如傳說中的伊尹出生就很奇特，「伊尹母身，夢神女告之曰：『臼灶生蛙，亟去無顧。』居無幾何，臼灶中生蛙，母去，東走，顧視其邑，盡為大水。母因溺死，化為空桑之木。水乾之後，有小兒啼水涯，人取養之。既長大有殊才。」〔註18〕這種奇特的出生和非凡的才能是聯繫在一起的。後來，伊尹幫助商湯

〔註17〕 （美）錫德尼·芬克斯坦：《藝術中的現實主義》，趙澧譯，上海文藝出版社
　　　　 1985 年版，第 22 頁。
〔註18〕 蔣天樞：《楚辭校釋》，上海古籍出版社 1989 年版，第 231 頁。

滅掉了夏朝，建立了卓著的功勳。它如，簡狄吞卵生契，姜嫄履大人跡生后稷，出生都奇異非凡；湯讓王於務光，務光乃負石自沉於盧水；伯夷、叔齊不食周粟，餓死於首陽山上，行為都不同凡響。當然，人物形象無論怎樣非凡奇特，他們都是人而不是神。他們的行為、感情，都是真正的人的行為和感情。這就使小說因素向小說的發展大大地前進了一步。

其二，重大奇異的故事情節。傳說多選擇重大事件構置故事情節，像興邦、滅國之類。譬如，「後桀伐岷山，進女於桀二人，曰琬，曰琰。桀受二女無子，刻其名於苕華之玉，苕是琬，華是琰，而棄其元妃於洛，曰末喜氏。末喜氏以與伊尹交，遂以間夏。」〔註 19〕姜太公遇文王，後輔佐武王伐紂，建立了周朝。此外奇異事件也往往是傳說故事情節的選擇的對象。譬如，「穆王不恤國事，不樂臣妾，肆意遠遊。……遂賓於西王母，觴於瑤池之上。西王母為天子謠，王和之，其辭哀焉。」〔註 20〕周幽王舉烽打鼓，召集諸侯，欲博取褒姒一笑。這些重大奇異的故事情節，比起神話來更近於現實，合於情理，給人以真切的感受。

其三，誇飾變異的口頭敘述。傳說的內容和歷史有著深刻的聯繫，但又在歷史的基礎上進行了不自覺的虛構。傳說的社會功用在於從民族的歷史中汲取精神營養，人們對民族歷史的感情態度便不自覺地融入了傳說之中。對始祖的崇拜，對暴君的憎惡，對賢臣的仰慕，這些都深深地融入傳說敘述中。於是，善更增善，惡倍增惡，誇飾就不可避免成為傳說的顯著特點。如殷紂王迷戀妲己而亡國，妲己的形象便極為可惡。「紂乃為炮烙之法，膏銅柱加之炭，令有罪者行其上，輒墮炭中，妲己乃笑。比干諫曰：『不修先王之典法，而用婦言，禍至無日。』紂怒，以為妖言。妲己曰：『吾聞聖人之心有七竅。』於是剖心而觀之。」〔註 21〕至於口傳的變異，更使傳說呈現出不同的變體。如在孟子時，關於伊尹和大舜的傳說就異說紛紜。誇飾和變異還是一種不自覺的虛構。這種虛構在人們的口頭上、記憶中不斷地豐富，使傳說具有極強的藝術感染力，成為小說因素發展的深厚土壤。

傳說以其豐富的人事內容和多樣的藝術敘述，為小說因素的發展提供了強勁的動力。但是，我們也應該看到傳說的侷限性。一是傳說尚真，其目的

〔註 19〕王國維：《古本竹書紀年輯校》，遼寧教育出版社 1997 年版，第 6 頁。
〔註 20〕（晉）張湛：《周穆王》，《列子》，上海書店 1985 年版，第 33 頁。
〔註 21〕張濤：《列女傳譯注》，山東大學出版社 1990 年版，第 257 頁。

在於從中吸取經驗和教訓，滿足人們的一種社會野心。而小說因素的發展必然改變這種目的，轉變為尚趣，以滿足人們的娛樂需要。二是傳說的口傳性，一方面豐富了小說因素的藝術成份，另一方面又未能使小說因素的藝術進步及時凝固化，從而制約了小說因素的發展。

傳說之後，小說因素在歷史故事和民間故事中得到了進一步發展。歷史故事用文字記錄了大量傳說，就克服了傳說口傳的變異性，凝固了傳說的藝術成就，使小說因素在故事結構、語言修辭方面取得了新的進步。民間故事反映的生活更加貼近現實，人物形象的神奇色彩消失殆盡，故事結構的模式化凝固了長期的敘述經驗，逐步培養起新的審美趣味，為小說因素的發展開闢了寬廣道路，豐富了表現空間。

四、戰國游說故事中的小說因素

　　游說，在戰國時代蔚然成風，所謂「戰國虎爭，馳說雲湧」。九流諸子為了推行自己的思想和政見，大都通過游說來爭取統治者的信任和重用。他們的有些著述即使沒有直接進入的游說過程，也都是為了讓統治者接受的，與游說有著深刻的聯繫，同樣具有游說的性質。

（一）游說故事具有小說因素

　　游說故事，從狹義講是指縱橫家在游說過程中所講的故事，如《戰國策》中記載的許多故事即是。從廣義講，諸子在著述中用來論政闡道的故事也應該包括在內，如《孟子》、《莊子》、《荀子》、《韓非子》、《呂氏春秋》中運用的故事。我們這裡所說的游說故事，正是從廣義上而言的。

　　游說故事具有小說因素，這已經被學者所論及。梁啟超在論《韓非子》時說：「『內外儲說』等篇在『純文學』上亦有價值」，又說「所引實例，含有小說性質者居多」〔註1〕。魯迅也說：「記人間事者已甚古，列禦寇、韓非皆有錄載，列在用以喻道，韓在儲以論政。」〔註2〕只緣游說故事並不是為了賞心而作，所以未能引起研究者更多的重視。其實，作為小說因素，游說故事有著非常重要的價值。它是中國小說產生之前的一種必要的準備，對小說的發展也有著重要的影響。

　　游說故事運用故事形象的目的在於論政喻道，它主要不是為了給人以感

〔註1〕陳引馳編：《梁啟超國學講錄二種》，中國社會科學出版社 1997 年版，第 52頁。
〔註2〕魯迅：《中國小說史略》，人民文學出版社 1973 年版，第 45 頁。

性的愉悅，而是為了給人以理性的啟迪。一般來說，游說故事都表現出故事形象和一般意義的矛盾統一。游說故事有襲用和創作兩種情況。就襲用而言，有襲用歷史故事和襲用民間故事兩種，它們都是從故事出發引出一般意義，作為論政喻道的佐證。就創作而言，有託史寓言和憑空杜撰兩種，它們都是從一般意義出發來創造故事，作為政見道理的形象解釋。

故事形象和一般意義的矛盾統一構成了游說故事的獨特性質。無論從故事出發引出一般意義，還是從一般意義出發來創造故事，都說明二者存在著深刻的內在聯繫。這種內在聯繫使游說故事用於論政喻道成為可能。因此，故事形象和一般意義的統一是游說故事用來論政喻道的基礎。然而，故事形象包含的豐富意蘊是一般意義所無法窮盡的。一般意義只能說明故事形象的某一方面，而不能代替故事形象的全部豐富性。故事形象和一般意義的矛盾是游說故事擺脫論政喻道軌跡，作為小說因素獨立發展的內在動力。

游說故事就是在故事形象和一般意義的矛盾統一中不斷開闢著自己的發展道路。游說的目的是論政喻道，游說故事受到這個目的的制約，作為小說因素必然具有特殊的表現。譬如，諸子士人帶了功利的目的來選取歷史故事，給小說因素的發展帶來重要影響。這種選取使歷史故事作為一個獨立的話語從歷史整體中分化出來，使小說因素具有了相對完整的結構。這種選取賦予歷史故事以一般意義，儘管把故事形象導向一種理性的說教，但同時也啟發了故事主題的自覺。這種選取使歷史的徵實性失去了過去的重要性，這又為虛構的滋生提供了條件。總之，在游說故事中，小說因素以一種獨特的方式發展著，表現出自己鮮明的特徵。

（二）游說故事小說因素的特徵

游說故事小說因素的特徵，具體表現在如下方面：

一曰理性化的人物。

游說故事通過形形色色的智慧型人物，表現出鮮明的理性化色彩。有的表現出深刻的理智，如「蔡女為桓公妻」（《韓非子》）；有的表現出清醒的明智，如「公儀休不受魚」（《韓非子》）；有的表現出迅捷的機智，如「子胥出走」（《戰國策》）；有的表現出陰險的謀智，如「魏王遺楚王美人」（《戰國策》）；有的表現出鋒利的辯智，如「濠梁觀魚」（《莊子》）；有的表現出渺遠的悟智，如「庖丁解牛」（《莊子》）。這些人物突出的智慧，展示了理性精神灌注一切

的時代特徵，具有論政喻道而益人意智的積極作用。

游說故事還塑造了各種各樣愚笨型人物，他們是作為智慧型人物的對比而出現的，成為是理性的反面證明。如「鄭人置履」、「鄭縣人賣豚」、「守株待兔」、「鄭縣人卜子使其妻為絝」（《韓非子》）、「資章甫適越」（《莊子》）、「衛人迎新婦」（《戰國策》）。這些人物在民間故事中佔有很大比重，他們愚笨可笑，從反面襯托出時代的理性精神。

無論智慧型人物，還是愚笨型人物，他們都不可能具有個性特徵，只是一般意義的形象解釋而已。

二曰對話式的情節。

為了適應游說的需要，在游說故事中，對話成為情節的主要因素，人物語言往往是推動情節向前發展的根本動力。就襲用的故事而言，儘管人物的行動是情節發展的關鍵，但推動人物行動的動力主要來自人物語言。如：「晉人伐邢，齊桓公將救之。鮑叔曰：『大旱，邢不亡，晉不敝。晉不敝，齊不重。且夫持危之功，不如存亡之德大。君不如晚救之以敝晉，齊實利。待邢亡而復存之，其名實美。』桓公乃弗救。」〔註3〕從「將救之」到「弗救」的情節轉折，完全是鮑叔一席話所起的作用。在情節的發展中，語言比行動更具有重要意義。它如「子胥出走」、「秦康公築臺三年」、「有獻不死之藥於荊王者」、「田馴欺鄒君」等，其情節的發展都是人物語言推動的結果。

就創造故事而言，它們託言歷史人物或假設人物，採用問答的方式來闡述道理。像《莊子》「寓言十九，藉外論之」，就多是這種情況，諸如「大樗與狸狌」、「罔兩問景」、「南伯子葵問道」、「肩吾見狂接輿」、「齧缺問王倪」、「匠石見櫟社樹」、「夫子問老聃」、「河伯與海若」、「陽子居受教」等等，都是設問答為情節，直接把道理塞到人物口中，藉以表達自己的觀點。

總之，對話在情節中佔據主要地位，這與游說故事論政喻道的目的是密切相關的。對話可以直接成為論政喻道的工具，對話更容易引發人們理智上的思考。而在情節上重視對話，是小說因素的重要進步。對話既是外在行為，又是心理活動，重視對話必然為刻畫人物開闢了道路。

三曰哲理性的語言。

游說故事的語言哲理意味往往比較濃重，這與游說的目的是密切相關的。從敘述者來說，他們為了論政喻道，所以更關心故事的一般意義。他們的敘

〔註3〕陳奇猷：《韓非子集釋》，上海人民出版社1974年版，第420頁。

述正是要導向一種理性的思考，其語言的哲理性也就不難理解了。從人物語言來說，它們很少具有個性化特點，只是作者思想觀點的翻版。這類語言充滿哲理味道而缺乏感情色彩。如《莊子·外物》「老萊子教孔丘」中老萊子云：「夫不忍一世之傷，而驁萬世之患。抑固窶邪？亡其略弗及邪？惠以歡為，驁終身之醜，中民之行易進焉耳！相引以名，相結以隱。與其譽堯而非桀，不如兩忘而閉其所譽。……」〔註4〕這完全是的一篇道家說教辭。《莊子》的寓言，人物語言大抵如此。又如《戰國策》「客說春申君」中兩位說客引證歷史而推求事理，充滿理性的思考，好像就是一篇嚴肅的政論。當然，游說故事也有富於生活色彩的語言。如「曹商使秦」（《莊子》）、「晉平公與群臣飲」、「吳起為魏將而攻中山」（《韓非子》），其語言就生動形象，富有生活趣味。但是，哲理性的語言在游說故事中無疑佔據著主導地位，這是由游說論政喻道的目的所決定的。

四曰明確的寓意。

游說故事具有明確的寓意，它們將故事形象導向一般意義，從而啟迪人們理性的思考。如「扁鵲見蔡桓公」意在讓人防微杜漸，消除禍患。「齊人妻妾」意在譏諷士人卑鄙下流卻強作冠冕堂皇。這似乎消解了故事形象的豐富性，不利於小說因素的發展。但這只是事情的一個方面，另一個方面這又給小說因素以主題的啟發。小說通過形象反映生活，形象的豐富意蘊無疑大於思想，然而，小說的畢竟要有一個主題。游說故事的寓意為主題的自覺開闢了道路。事實上，小說也有寓意性的特點，除了形象的豐富性外，常常具有導向一般意義的傾向。總之，游說故事的明確寓意是啟發小說因素主題自覺的有利條件，這是勿庸置疑的。

五曰完整的結構。

藉故事形象來達到游說目的，其故事需要有前因後果，結構相對完整。從歷史中選取故事，總要選取一段有因果關係的事件，使之作為一個完整的故事從歷史中獨立出來。因為，只有完整的故事才能表達一定的意義，從而達到游說目的。在游說故事中，選取的歷史故事都取得了獨立完整的結構。如「周公旦勝殷」、「隰斯彌見田成子」、「荊王伐吳」，這些故事都由因而果，結構完整。

襲用民間故事，故事結構本身就是完整的。因為民間故事早已以一種完

〔註4〕曹礎基：《莊子淺注》，中華書局 1982 年版，第 412 頁。

整的獨立形式在社會上廣泛流傳。其中，寓言故事多結構簡單，而生活故事多結構複雜。如「齊人妻妾」〔註5〕，首敘齊人誇奢，再寫妻妾生疑、跟蹤揭密、妻妾相泣，後敘齊人驕人。首尾圓合，因果相扣，表現出嚴密的結構。又如「和氏璧」〔註6〕，和氏得玉璞於楚山之中，獻給厲王，刖其左足。獻給武王，刖其右足。這種結構通過情節複沓，層層推進，收到了引人入勝的藝術效果。這種複沓式結構在民間故事中是很普遍的。

至於創作故事，結構更見匠心，像《莊子》的許多故事幾乎形成一種結構模式：某人遊某處，遇見了某人，於是向他問道，他便說出一番道理，從而受到教益。如「天根遊於殷陽」、「雲將東遊」、「諄芒將之東之大壑」、「知北遊於玄水之上」、「漁夫」、「列子之齊」等等，都是這種結構模式。它如問答、夢境在結構方面也發揮了重要作用。游說故事的完整結構，顯示了小說因素的長足進步。

六曰虛構的手法。

游說故事用來論政喻道，為了妙達己意，打動對象，常常需要誇飾虛構，這樣就具有了相當的虛構性。

就虛構而言，有兩種情況。一是不自覺虛構。歷史傳聞多有這種情況，如「子胥出走」在《戰國策・燕策》中變為「張丑為質於燕」；「一鳴驚人」在《韓非子》中是「楚莊王蒞位三年，無令發無政為也，右司馬御座而與王隱曰」，而在《呂氏春秋》中是「荊莊王立三年，不聽而好隱，成公賈入諫」。這種移花接木、張冠李戴的現象，具有一定的虛構因素。

二是自覺虛構。民間故事、寓言故事大多這種情況。特別是莊子，他「以天下為沉濁，不可與莊語」，便通過寓言來曲折見意，虛構成為他表達「道」的主要手段。如「匠石運斤」、「輪扁斫輪」、「孔丘見盜跖」、「蠻觸之爭」、「井蛙與海鱉」等等。作者發揮神奇的想像力，創造出一個個奇特荒誕的故事。游說故事的虛構傾向，直接啟發了後來小說的虛構。

七曰多樣的風格。

游說故事呈現著不同的風格，有的典雅，有的豪放，有的細緻，有的粗疏，各有不同的趣味。大體來說，形成兩大傾向，一是寫實的風格，一是浪漫的風格。寫實的基本按照生活可能的樣子去展開故事，它的虛構並不違背客

〔註5〕楊伯峻：《孟子譯注》，中華書局 1960 年版，第 203 頁。
〔註6〕陳奇猷：《韓非子集釋》，上海人民出版社 1974 年版，第 238 頁。

觀情理。這種故事給人真實素樸的感受。如「齊人妻妾」、「扁鵲見蔡桓公」之類。浪漫的則充分發揮作者高度的想像力，運用誇張、擬人、變形的手法，突出表現事物的某些方面。如「匠石運斤」、「觸蠻之爭」之類，顯得神奇多彩，具有很強的藝術感染力。

不同風格的形成有各種因素的作用，其中游說目的、題材運用是重要因素。用於論政多要求平實徵信，如韓非子的游說故事多是寫實風格。用於喻道多玄妙奇特，如莊子的游說故事多是浪漫風格。歷史故事多寫實，寓言故事多浪漫。而民間故事則集寫實浪漫於一身，往往以簡潔的筆觸勾勒出一幅妙不可言的情境，呈現著一種喜劇的特徵。

（三）游說故事小說因素的發展

游說活動本身在為小說因素的發展開闢著前進的道路。游說是一個文化繼承、文化傳播、文化交融、文化創造的過程。在這個過程中，民間故事湧進了高雅廟堂，溝通了民間和官方的聯繫；歷史故事用來指導現實問題，溝通了歷史和現實的聯繫。在各種文化因素的交融中，激發了人們的藝術創造力，培養了人們的文學趣味。而這樣的文化氛圍是小說因素擺脫游說的制約，走向獨立發展的適宜環境。

士人的游說活動就是上下古今文化的交匯點。當時，平民上升為士人，士人下落民間，也都是平常的現象。像蘇秦說自己是「東周之鄙人也」，《史記》說「甘茂起下蔡閭閻」，甚至在士人產生之初，也就有原憲和子貢兩種不同的類型。士人流動於社會的上層和下層，為溝通上位文化和下位文化做出了貢獻。士人多是深諳歷史的飽學之士，而他們又充滿關心現實的激情，他們用歷史的眼光來觀照現實，必然具有超凡的見識。士人選擇歷史材料用來游說，拉近了歷史和現實的距離。歷史不再是藏於金匱的秘籍，而成為現實生活的借鏡。游說活動打通了歷史和現實的隔閡，歷史的深厚底蘊融匯到現實生活中來，而現實的審美趣味也擴散到歷史中去。這些社會現象都為小說因素的發展提供了重要的條件。

士人採擷民間故事運用於游說，將新的審美趣味帶進了高雅廟堂，從而促進了游說故事中小說因素的發展。聽故事的消遣需要，是在社會生產力大大地發展了之後，伴隨著民間故事的發展而逐漸培養起來。神話還不是消遣，而是一種謀求實際功利的活動。傳說也不是消遣，而是用記憶給人以精神上

的鼓勵。民間故事則主要是為了滿足人們聽故事的消遣需要。春秋戰國時期
是民間故事大量產生的時期，這從游說活動襲用大量民間故事就可以看出。
在這些故事中，表現著濃厚的重人審美趣味。如「杞人憂天」、「齊人攫金」、
「衛人嫁女」、「宋人待兔」、「鄭人買履」、「魯人徙越」、「楚人得弓」、「周人懷
璞」等等，人們把審美的眼光集中於人物，從人們可笑的行為中獲得審美愉
悅。這類故事與其說是為了表達某種意義，倒不如說主要是為了滿足人們消
遣的需要。

消遣需要影響於游說，就出現了重視游說故事審美價值的傾向。如「楚
王謂田鳩曰：『墨子，顯學也。其身體則可，其言多而不辯何也？』曰『……
墨子之說，傳先王之道，論聖人之言以宣告人，若辯其辭，則恐人懷其文忘
其用，以文害用也。此與楚人鬻珠、秦伯嫁女同類，故其言多不辯。』」〔註7〕
這裡的「辯」不是指條理，而是指文采。在楚王看來，游說沒有文采是一件憾
事。韓非《難言》云：「總微說約，徑省而不飾，則見以為劌而不辯。」〔註8〕
游說而「不辯」，似乎成為一個忌諱。在這樣的審美傾向作用下，九流諸子在
論政闡道中也要把故事講得很有趣味。那些投君所好的辯士，如陳軫、蘇秦、
甘茂、范雎之流，便都是講故事的能手，甚至連反對懷文忘用的韓非也有文
采斐然的故事。因此，民間故事帶來的新的審美趣味，使游說故事中的小說
因素在論政闡道的範疇內，也得到了長足地發展。

游說故事具有豐富的小說因素，但是，論政喻道的游說目的又使小說因
素的發展受到很大的限制。在游說故事中，突出了人物的理智方面，而忽略
了人物的情感方面；突出了語言在情節中的重要性，而忽略了行動在情節中
的重要性；語言的哲理化壓倒了語言的形象化和個性化；結構呈現一般化傾
向；寓意使故事成為一種圖解。所有這些都給小說因素的發展帶來阻礙。只
有擺脫論政喻道的制約，小說因素才有可能得到進一步發展。

〔註7〕陳奇猷：《韓非子集釋》，上海人民出版社 1974 年版，第 623 頁。
〔註8〕陳奇猷：《韓非子集釋》，上海人民出版社 1974 年版，第 48 頁。

五、《左傳》敘事文學價值

　　《左傳》是歷史著作，然而它又包含著豐富的敘事文學成分，具有較高的文學價值。這種現象表明：歷史寫作和敘事文學存在著部分交疊關係。從這種交疊關係切入研究，有助於加深理解《左傳》在敘事文學方面的重要成就。

（一）歷史和文學的交疊關係

　　歷史寫作和敘事文學的部分交疊關係，表現在寫作過程的各個方面。從寫作材料看，《左傳》包含著豐富的敘事文學材料。歷史著作把歷史人物和他們活動於其中的歷史事件作為主要表現對象，而敘事文學把社會人物和他們紛繁多樣的社會生活作為主要表現對象。二者顯然存在著部分交疊關係。作為社會存在的人物和事件，既可以成為歷史寫作的材料，也可以成為敘事文學的材料。譬如「晉公子重耳之亡」的一系列史實，它可以作為歷史材料，通過歷史方式加工，來評判歷史人物的功過是非，反映歷史事件的因果聯繫。同時，它也可以作為敘事文學材料，通過文學方式加工，來表現人物性格特徵和再現生活的曲折波瀾。歷史寫作和敘事文學的部分交疊關係，是《左傳》包含敘事文學材料的客觀條件。

　　歷史寫作和敘事文學在把人物事件作為寫作材料時，其著眼點是不同的。歷史記事注重「事關軍國，理涉興亡」的大事，而文學敘事更青睞「委巷瑣言、州閭細事」。然而，在文史觀念尚未分明的先秦，人們對文史分野是缺乏明確認識的。《左傳》作者對此就表現出較大的主觀模糊性。《左傳》既詳載軍國大事，也敘及佚聞瑣事；既再現大人物的形象，也勾勒小人物的特徵。

所以，它取材比較寬泛。劉知幾對此評論道：「故論其細也，則纖芥無遺；語其粗也，則丘山是棄。此其所以為短也。」〔註1〕大量的敘事文學材料被作者作為歷史材料選擇進來，這種現象就史學講，無疑是選材不嚴；而就文學言，則為《左傳》在敘事文學上取得成就奠定了深厚的基礎。

在這樣的條件下，《左傳》匯聚了豐富的敘事文學材料，其中有：旗鼓相對的戰爭，刀光劍影的政變，荒淫放恣的生活，一顰一笑的趣聞，出入戰場的勇士，諫諍於庭的謀臣，表裏相違的偽君子，落魄喪魂的膽小鬼。種種人事有聲有色，舉不勝舉。這些材料，被作者作為歷史材料選擇進來，在作者自覺意識之外發揮著敘事文學的功能，構成《左傳》敘事文學的基礎。

（二）寫作材料的特殊加工方式

在寫作材料的加工方式上，歷史和敘事文學也存在著部分交疊關係。這得從三個層次談起。

其一，敘述語言層次。

對寫作材料進行歷史加工，需要通過語言把過去發生的事情敘述出來。這既可以是概括敘述，也可以是具體敘述。如「鄭伯克段」這件史實，《春秋》記載曰：「夏五月，鄭伯克段於鄢。」這是概括敘述，只能給人一個空洞的歷史概念。而《左傳》則運用具體敘述，把姜氏的愛子偏執，莊公的欲擒故縱，祭仲的正面勸諫，公子呂的反面激將，都具體形象地展現出來〔註2〕。生動逼真的具體敘述既能夠給人具體的歷史感受，也能夠給人形象的文學感受。運用生動形象的具體敘述，使《左傳》部分作品具有了歷史和文學的雙重性質和雙重功能。《左傳》敘事文學成就離開具體敘述的語言是不可思議的。

其二，材料組織層次。

對寫作材料的剪裁組織，便於人們理解歷史的來龍去脈，在更高水平上再現歷史真實。如「晉靈公不君」之事〔註3〕，作者先用「厚斂雕牆」、「彈丸觀避」、「殺宰過朝」三事表現晉靈公的奢侈、無聊和殘暴。再用「派人行刺」、「飲酒伏甲」、「嗾夫獒焉」三事突出其昏庸無道之極。最後寫出「趙穿弒靈公於桃園」的結局。這種對材料的組織安排，很容易讓人得出晉靈公惡貫滿

〔註1〕（唐）劉知幾：《二體》，《史通》，遼寧教育出版社1997年版，第7頁。
〔註2〕楊伯峻：《春秋左傳注》，中華書局1981年版，第7、10～16頁。
〔註3〕楊伯峻：《春秋左傳注》，中華書局1981年版，第655頁。

盈，罪有應得的歷史認識。同時，它在客觀上也體現出作者精心的藝術構思。《左傳》作者在材料的剪裁組織方面頗費匠心，馮李驊稱：《左傳》「至敍事全由自己剪裁。」〔註4〕《左傳》在對材料的歷史組織中往往包含了敍事文學的巧妙構思，既挖掘了歷史的真，也顯示了藝術的巧。這種情況，體現了歷史和文學在材料組織層次上的部分交疊關係。

其三，人物描寫層次。

春秋戰國時期，歷史記載中重人的觀念已經佔據主導地位，《左傳》在這方面表現得尤其突出。重人的進步歷史認識表現在歷史敍述中，就是讓歷史人物佔據歷史敍述的中心位置。《左傳》敍事便體現了這種傾向，它往往通過人物這個焦點來揭示歷史本質。如「宋楚泓之戰」就通過宋襄公不懂軍事、頑固迂腐的個性，揭示了宋師敗績的原因。這種歷史敍述的重人傾向和敍事文學把人物作為描寫中心的特點是相吻合的。歷史寫人需要再現人物的獨特言行，以達到歷史的真；這對敍事文學說來，也就刻畫了人物的獨特個性。總之，在人物描寫層次上，歷史寫作和敍事文學也存在著部分交疊關係。

對寫作材料的加工方式，歷史寫作和敍事文學的部分交疊關係，是《左傳》敍事文學產生的客觀條件。而《左傳》作者繼承「史以文勝」、「文而行遠」的修史傳統，則是《左傳》敍事文學產生的主觀原因。《左傳》作者的重文傾向，使他不去區別文史加工方式的分野，而是更傾向於擴大文史加工方式的交疊範圍。我們看到，《左傳》有時竟然突破歷史敍述的最後界限，進入藝術創作的天地之中。如「申包胥如秦乞師」：申包胥乞師，秦伯推辭，於是申包胥「立，依於庭牆而哭，日夜不絕聲，勺飲不入七日，秦哀公為之賦《無衣》，九頓首而坐。」〔註5〕日夜不絕聲哭了七日，自不現實；勺飲不入立了七日，絕不可能；聽到《無衣》尚有力量「九頓首而坐」，簡直是奇蹟。這與其說是歷史記載，倒不如說是藝術虛構。由此可知，加工方式的客觀交疊，尚文行遠的主觀傾向，是《左傳》敍事文學產生的根本原因。

（三）逼真含情的文學語言

《左傳》敍事文學，是作者不自覺地對敍事文學材料，運用敍事文學加工方式生產出來的作品。誠然，這些作品並沒有突破歷史著作的範疇。然而，

〔註4〕（清）馮李驊：《讀左卮言》，《左繡》，齊魯書社1997年版，第2頁。
〔註5〕楊伯峻：《春秋左傳注》，中華書局1981年版，第1548頁。

它們以其高度的藝術成就成為早期敘事文學的典範，在敘事文學的發展歷程上佔據著重要地位。

《左傳》敘事文學的成就，首先表現為具體形象，逼真含情，豐富多彩的文學語言。高爾基說：「文學的第一要素是語言」〔註6〕。沒有文學語言，文學作品便無從談起。《左傳》的文學性質，首先在於語言的文學性，這主要體現在三個方面。

其一，敘述語言具體形象。

《左傳》作者往往把目光集中於人物和事件的細部，運用具體形象的語言描繪出一個實感世界。如寫楚靈王：「雨雪，王皮冠，秦復陶，翠被，豹舄，執鞭以出。」〔註7〕透過字句，我們彷彿聽到沙沙的落雪聲，觸到皮革堅韌的質地，看到斗蓬翠綠的色彩。這種具體敘述具有直接指物的特點，通過字句讓人聯想到具體事物，從而在想像中再現了一個實感世界。《左傳》運用指物描寫並非偶而為之，而是普遍現象。如：齊侯遊於姑棼，見「豕人立而啼」；王使宰孔賜齊侯胙，齊候「下、拜、登、受」；晉軍敗於邲，濟河逃歸，「舟中之指可掬也」；宋華父督見孔父之妻於路「目逆而送之」，等等。《左傳》充分發揮具體敘述的指物性特點，使敘述語言形象具體，有著很強的文學表現力。

其二，人物語言逼真含情。

《左傳》描寫人物形象，除具體敘述其行為動作外，還真實地描摹了他們的語言。從語言形式來看，《左傳》記錄了人物語言的各種形式。如商臣享江芊而不敬，江芊怒曰：「呼！役夫！宜君王之欲殺汝而立職也。」語氣逼真，神情可見。如魏絳給晉侯講后羿之事，晉侯急不可耐地打斷魏絳敘述，再現了插語的具體情景。又如，人們對公子圍的服飾議論紛紛，作者逼真地描繪出大家指手劃腳，你一言我一語的場面。《左傳》形象地描繪了人物口語，插語，群語的生活形態，逼真地表現出具體的情形和氛圍。從語言內容來看，人物對話和獨白作為內心世界的表露，具有濃重的感情色彩。如重耳將適齊，謂季隗曰：「待我二十五年，不來而後嫁。」對曰：「我二十五年矣，又如是而嫁，則就木焉。請待子。」〔註8〕字裏行間洋溢著夫妻別離的痛苦之情，渲染出一派哀怨的氣氛。又如，楚靈王就能否得天下而問卜於神龜，不吉而後投

〔註6〕（俄）高爾基：《論文學》，人民文學出版社1983年版，第332頁。
〔註7〕楊伯峻：《春秋左傳注》，中華書局1981年版，第1338頁。
〔註8〕楊伯峻：《春秋左傳注》，中華書局1981年版，第405頁。

龜，詬天而呼曰：「是區區者而不余畀，余必自取之。」〔註9〕突出表現了他希望驟滅而激發的暴怒之情，赤裸裸展現出他貪得無厭的個性。這種含情之語，能夠激發讀者情緒，引導讀者對人物產生不同的情感反應，具有很強的文學感染力。

其三，引用語言句簡意豐。

豐富多彩的引語是《左傳》文學語言不可忽視的方面。俗語、諺語、歌謠，巧妙地融化在作品中，給語言增色不少。如「輔車相依，唇亡齒寒」的格言；「其父析薪，其子弗克負荷」的諺語。它們詞簡意豐，與具體情境結合，起到很好的作用。至於引用民謠，更顯得清新活潑，別有一番情趣。如：「宋城，華元為植，巡功。城者謳曰：『睅其目，皤其腹，棄甲而復。於思於思，棄甲復來』。」〔註10〕為寬厚的華元畫了一幅漫畫像，創造出一種幽默的喜劇氣氛。《左傳》引詩更為可觀，據趙翼統計，達271次之多。這些引詩，給《左傳》語言帶來典雅的特點。總之，各種引語以其凝煉的形式，悅耳的節奏，豐厚的意蘊，有機地融化在作品中，具有重要的文學價值。

《左傳》語言具有較強的文學魅力，它能觸發讀者聯想，激發讀者情感，在聯想和情感的推動下，使讀者進入藝術審美的境界之中。

（四）完整曲折的故事情節

《左傳》敘事文學的成就，還表現在它完整曲折的故事情節方面。作為歷史著作，《左傳》不能脫離客觀史實去虛構故事情節。但是，這並不說明作者在藝術構思上將無所作為。劉熙載說：「左氏敘事，紛者整之，孤者輔之，板者活之，直者婉之，俗者雅之，枯者腴之；裁剪運化之方，斯為大備。」〔註11〕充分說明作者在藝術構思方面的努力。

其一，故事情節的完整性。

《左傳》是編年體，為了做到情節完整，作者是頗費苦心的。他往往採用穿插、補敘、倒敘多種方法，突破編年體的侷限，盡可能保持情節完整。吳闓生說：《左傳》「每事自為一章」〔註12〕。它能夠脈胳清晰，因果分明地把

〔註9〕楊伯峻：《春秋左傳注》，中華書局1981年版，第1350頁。
〔註10〕楊伯峻：《春秋左傳注》，中華書局1981年版，第653頁。
〔註11〕（清）劉熙載：《藝概》，上海古籍出版社1978年版，第1頁。
〔註12〕楊伯峻：《春秋左傳注》，中華書局1981年版，第1675頁。

故事情節組織成一個有機的藝術整體。如「晉楚城濮之戰」〔註13〕，作者首敘戰前兩國形勢，是為引子。接著寫楚子圍宋，晉國針鋒相對制定了伐曹、衛而免齊、宋的戰略，是為開端。隨著形勢發展，兩國內部出現了複雜情況：楚國，楚子使子玉去宋，而子玉卻使伯棼請戰；晉國，拘宛春，復曹衛，又退避三舍，是為發展。大戰前夕，晉侯多慮而謹慎，子玉狂妄而急躁，是為高潮。戰鬥打響，楚師敗績，是為結局。戰後，子玉自殺；晉侯聞而後喜，是為尾聲。作者抓住晉勝楚敗的內在聯繫組織戰爭情節，儘管事件頭緒紛繁，但能夠有條不紊從容寫來，使故事情節線索分明，整而不亂。《左傳》在藝術構思上苦心經營，無論複雜的長篇，還是精練的短製，無論是場面的速寫，還是謦笑的勾勒，都在不同層次上達到結構的完整性。

其二，故事情節的曲折性。

故事情節波瀾跌宕，是敘事文學藝術魅力的重要因素。《左傳》通過多種方式編織了波瀾曲折的故事情節。

一是起落式。

《左傳》寫了許多結怨報復的故事。結怨，為情節發展蓄積了巨大能量，而在表面上卻呈現一種平靜狀態。一旦時機成熟，情節急轉直下，怨仇得到報復，能量驟然釋放。如「崔杼弒君」、「鄭歸生弒靈王」，便是如此。這種形式使故事情節展現出起而驟落的波瀾，用懸念強烈地吸引著讀者。

二是劇變式。

《左傳》有許多陰謀政變的描寫，富有爆炸性的激變集中在一個場面之中，造成非常緊張的氣氛，頗有驚心動魄的威力。如「吳弒其君僚」：吳王伐楚，軍隊陷入進退兩難之境，這給公子光的政變帶來有利時機。公子光託事與鱄設諸，伏甲於掘室而享王。「王使甲坐於道及其門。門、階、戶、席，皆王親也，夾之以鈹。羞者獻體改服於門外。執羞者坐行而入，執鈹者夾承之，及體，以相授也。光偽足疾，入於掘室。鱄設諸置劍於魚中以進，抽劍刺王，鈹交於胸，遂弒王。」〔註14〕這個場面，比之荊軻刺秦王，比之鴻門宴，可以說毫不遜色。愈是渲染吳王戒備森嚴，愈強化了緊張氣氛，愈突出鱄設諸刺殺王僚之驚險奇詭。情節劇變，場面集中，大大增加了故事的內在力度，能收到震撼人心的強烈藝術效果。

〔註13〕楊伯峻：《春秋左傳注》，中華書局1981年版，第444頁。
〔註14〕楊伯峻：《春秋左傳注》，中華書局1981年版，第1484頁。

三是對比式。

採用對比式方式避免情節平板單調，是構成情節曲折性的一個因素。如「巫臣娶夏姬」：莊公欲納夏姬，巫臣曰：「貪色為淫，淫為大罰。」子反欲娶夏姬，巫臣又曰：「是不祥人也。」而後來，巫臣精心導演了「還尸歸鄭」的鬧劇，自己滿臉桑林之色去和夏姬結合了〔註15〕。巫臣前言後行的強烈對比，突出了其偽君子的嘴臉，給情節帶來喜劇性效果。對比在《左傳》情節曲折性方面發揮了重要作用，獲得新的審美效應。

四是穿插式。

主要情節的發展中交織著次要情節，緊張場面中穿入輕鬆插曲，風平浪靜時驟起急風暴雨。這種方式使情節張馳結合，跌宕有致。如「秦晉韓之戰」〔註16〕，在秦軍大獲全勝時候，插入秦穆姬登臺履薪的事件，剛剛風和浪靜，驟然波濤湧起，情節發生意外的曲折。

五是傳奇式。

《左傳》有許多異於常態的夢幻怪異描寫，給情節增添了傳奇色彩。如「齊晉平陰之戰」〔註17〕，寫獻子之夢境，由訟而搏，首墮尚行，實在荒誕離奇。如「齊侯遊於姑棼」〔註18〕，見「豕人立而啼」以為公子彭生，亦頗奇異。夢境、幻覺、象徵的描寫已經進入藝術想像領域，使情節具有浪漫的傳奇色彩，給後世文學虛構以重要啟發。

六是對話式。

情節不只是由人物外在行為構成，人物語言也具有同樣重要的意義。《左傳》有的情節主要由對話構成，情節在問答中推進，頗有戲劇意味。如「子革對靈王」，開始子革對靈王應答如響，對話採用附和形式，讓靈王的侈汰妄想得以充分暴露。然後語勢一轉，對話採用衝突形式，給飄飄然的楚靈王兜頭一盆冷水〔註19〕。對話把矛盾暴露出來，又在言語交鋒中使之得到解決。此外，對話穿插在情節中，往往成為推動情節發展的重要動力。

如果說情節完整是敘事文學的一般要求的話，那麼，情節曲折則是敘事文學的更高要求。《左傳》運用多種方式組織情節，豐富情節，極大地增強了

〔註15〕楊伯峻：《春秋左傳注》，中華書局 1981 年版，第 803 頁。

〔註16〕楊伯峻：《春秋左傳注》，中華書局 1981 年版，第 351～359 頁。

〔註17〕楊伯峻：《春秋左傳注》，中華書局 1981 年版，第 1035 頁。

〔註18〕楊伯峻：《春秋左傳注》，中華書局 1981 年版，第 175 頁。

〔註19〕楊伯峻：《春秋左傳注》，中華書局 1981 年版，第 1339 頁。

故事情節的誘人魅力，取得了很高的藝術成就。

（五）個性鮮明的人物形象

《左傳》敘事文學的成就，更主要表現在人物形象的描寫方面。描寫富有個性的人物形象，是敘事文學高層次的要求，也是敘事文學成熟的重要標誌。《左傳》運用多種方式，描寫了眾多具有個性特徵的人物形象，表現了敘事文學的長足進步。

其一，注重環境聯繫，多角度表現人物性格。

人物性格不是孤立現象，它存在於與環境的聯繫之中，通過這種聯繫表現人物性格，是對正面刻畫人物言行的重要補充。如「晉滅虞虢」，既正面描寫了宮之奇「輔車相依，唇亡齒寒」的深刻諫言和進諫無效而「以其族行」的懦弱行為，又通過環境的投影來表現宮之奇的性格特徵。晉將假道於虞以伐虢，晉公頗患宮之奇，曰：「宮之奇存焉。」晉臣荀息曰：「宮之奇之為人也，懦而不能強諫。且少長於君，君暱之；雖諫，將不聽。」〔註20〕這段對話正是宮之奇精明而懦弱性格特徵在晉國君臣中的反映。這種評述為正面刻畫人物性格作了必要的鋪墊。多角度地表現人物性格，比起單純地、孤立地描寫人物活動來，無疑是不小的進步。

其二，注重心理描寫，深層次揭示人物性格。

「言為心聲」，《左傳》人物語言具有較大的心理容量，如「鄭伯克段於鄢」〔註21〕，鄭伯言語不多，但句句都是沉甸甸的。「姜氏欲之，焉闢害？」輕描淡寫掩飾著毒辣的打算；「多行不義，必自斃，子姑待之！」又蘊含著多麼深刻的仇恨；而「可矣」的指令，更體現了他終於得到制裁胞弟時機的惡狠狠的態度。此外，《左傳》還把筆觸直接深入到人物的內心世界，通過夢境表現人物心理，通過獨白顯現人物心理。如「晉侯夢大厲」，就是晉景公為人盡作虧心事，就怕半夜鬼叫門的心理活動的形象再現，揭示了他殘暴行為後面的虛弱靈魂〔註22〕。注重心理描寫，揭示出人物形象的靈魂，使人物性格具有了一種透明度，讓人們準確把握到人物性格的深層實質。這對於淺層的、現象的外在特徵描寫來說正是一個重要突破。

〔註20〕楊伯峻：《春秋左傳注》，中華書局 1981 年版，第 282 頁。
〔註21〕楊伯峻：《春秋左傳注》，中華書局 1981 年版，第 10 頁。
〔註22〕楊伯峻：《春秋左傳注》，中華書局 1981 年版，第 849 頁。

其三，注重性格變化，完整地再現人物性格。

人物性格在社會活動中變化發展，呈現為一個動態的過程。《左傳》寫人能夠完整再現人物性格的動態特點，使人物性格更加真實可信。如「鐵之戰」，大戰將始，太子蒯聵望見鄭軍甚多，嚇得藏於車下，禱告祖先：「敢告無絕筋，無折骨，無面傷，以集大事，無作三祖羞。」但是，隨著戰事激烈進行，太子居然克服膽怯心理，在刀光劍影之中救出主帥簡子，勇猛戰鬥，打敗鄭師。戰鬥結束，他自豪地說：「吾救主於車，退敵於下，我右之上也。」〔註23〕由膽怯到勇敢的性格變化，真實地表現了蒯聵的完整個性。至於「晉公子重耳之亡」〔註24〕，更在廣闊的背景上完整地表現了重耳從幼稚的公子哥磨煉成為成熟的政治家的性格發展歷程，人物性格更加真實可信，給人一種縱深的歷史感。這種在變化發展中描寫人物性格的寫法，是《左傳》對敘事文學的重要貢獻。

其四，注重性格矛盾，立體地展示人物性格。

《左傳》能夠描寫人物性格的不同方面，揭示人物性格的豐富性，讓人物性格以其本身的複雜形態展現在人們面前。如，鄭伯既發過「不及黃泉，無相見也」的惡誓，亦發出「爾有母遺，繄我獨無」的感喟。〔註25〕表現了他對姜氏怨親交織的矛盾心理，展示了他性格的豐富性。又如，楚靈王為了登上王位「入問王疾，縊而弒之」，對親生父親都能殘忍下手，可見已經全無人性。但當他聽到群公子內訌而死，竟傷心萬分地說：「人之愛其子也，亦如余乎？」他終於自縊而死。〔註26〕這又表現了他濃厚的親子之心。這些矛盾複雜的因素表現在同一個人物身上，立體化地顯示著人物個性。

《左傳》運用多種方式把千差萬別的歷史人物的個性特點真實地表現出來。它善於捕捉人物之間的差別，在差別中表現其個性。譬如：同是膽怯，衛太子登鐵丘而戰，齊侯登巫山而逃；同是愛國，曹劌主動請見，燭之武被動出城；同是為娘家說話，秦穆姬登臺履薪，文嬴庭請三帥；同是死到臨頭，楚成王請食熊蹯而死，衛莊公欲示寶璧以活。這些人物各具特色，個性鮮明，難怪林紓說：「左氏每敘一人，必宛肖此一人之口吻。」〔註27〕具有鮮明個性

〔註23〕楊伯峻：《春秋左傳注》，中華書局 1981 年版，第 1616 頁。
〔註24〕楊伯峻：《春秋左傳注》，中華書局 1981 年版，第 404 頁。
〔註25〕楊伯峻：《春秋左傳注》，中華書局 1981 年版，第 14 頁。
〔註26〕楊伯峻：《春秋左傳注》，中華書局 1981 年版，第 1346 頁。
〔註27〕林紓：《左傳擷華》，覆文書局 1981 年版，第 16 頁。

的人物形象，是《左傳》敘事文學的最重要成果。

（六）歷史和文學的雙重功能

《左傳》敘事文學，生長在歷史和敘事文學部分交疊的地域。所以它既有歷史性質，又有文學性質，具有雙重的質的規定性。表現在作品功能上，也具有歷史和文學雙重的功能。它既有「讀之者為之解頤，聞之者為之撫掌」的文學感染作用；也有「記功書過，彰善癉惡」的歷史訓戒功能。兩種功用在特定的條件下共處於一個統一體中。

顯然，《左傳》敘事文學的兩種功能存在著矛盾。要更好發揮文學感染作用，就需要突破歷史真實，這必然衝擊歷史訓戒功能；反之，要突出強調歷史訓戒功能，就有必要清除作品中「非要不經」的成分，這就減弱了文學感染作用。這二者的矛盾，隨著文史區別意識的明確，它們便表現得越來越不可調和。歷史著作中敘事文學的文學功能，必然刺激提高人們的文學審美需要，這種發展了的審美需要，必然促進歷史著作中的敘事文學進一步發展。《史記》創立紀傳體，使敘事文學在歷史框架內得到最大限度的發展，可以說在一定程度上緩減了審美需要與歷史框架內敘事文學的矛盾。

但是，應當看到，審美需要與文學發展的相互作用是一個沒有止境的過程。隨著文學審美需要的進一步發展，歷史框架內的敘事文學的兩種功能的矛盾便無法調和。這種矛盾的衝突必然喚醒敘事文學的自覺意識，促使作者衝破歷史真實的樊籠，進入藝術想像的廣闊天地。六朝志怪小說、佚事小說的出現，便是進一步的文學審美需要推動的結果。敘事文學在歷史框架內經歷了漫長的孕育過程，最終脫離歷史母體呱呱墜地，取得了自己的獨立地位。

當然，敘事文學後來的長足發展，絲毫不能降低《左傳》在敘事文學發展史上的重要地位。《左傳》是敘事文學的先驅，它是敘事文學由不自覺走向自覺，由寄生歷史到取得獨立地位過程的中間環節。《左傳》是早期敘事文學的典範，它在各個層次上為敘事文學的進一步發展積累了豐富的經驗，它那精彩的敘事文學作品至今具有相當的欣賞價值。所以說，《左傳》敘事文學具有很高的歷史地位和久遠的文學價值。

六、「紀傳體」與傳記文學

　　《史記》是一部劃時代的偉大著作。在史學上，它創立了紀傳體的編纂體例，成為歷代史家之極則；在文學上，它塑造了許多生動完整的歷史人物形象，標誌著傳記文學的成熟。《史記》在紀傳體的體例內，取得了傳記文學的巨大成就，不難看出二者緊密而複雜的聯繫。對這種聯繫的剖析，有助於理解敘事文學在歷史框架內的發展軌跡。

（一）紀傳體和傳記文學的聯繫

　　紀傳體和傳記文學的聯繫是歷史和文學的聯繫在新條件下的具體表現。在文學自覺之前，敘事文學主要依附於歷史，歷史體例對它內部的敘事文學因素有著相當的制約作用。《左傳》的編年體形式就把本來可以完整的故事情節分割得支離破碎，我們從中看到的多是敘事文學片斷。《史記》創立紀傳體，極大地解放了歷史框架內的敘事文學因素，使作者能夠完整地展示歷史人物的面貌，從而產生了傳記文學。這個現象充分顯示了紀傳體和傳記文學的緊密聯繫。

　　紀傳體和傳記文學都把歷史人物作為記載和刻畫的中心，這並不是偶然的，而是歷史和文學深刻的精神聯繫的表現。誠然，紀傳體的創立和傳記文學的產生是兩個不同的過程。由編年體到紀傳體的發展是歷史認識不斷加深的結果，而由敘事文學因素到傳記文學的發展是文學在歷史框架內的必由之路。但是，這兩個過程有一種共同的趨向，這就是它們都逐步指向社會生活的主體——人。紀傳體和傳記文學的緊密聯繫，便是兩個發展過程在以人為中心這點上的契合。

無論歷史還是文學，其發展都離不開社會發展的進程。社會發展進程是推動歷史和文學趨向於人的根本力量。社會的發展表現為人類從必然王國走向自由王國的過程。隨著人們征服自然，改造社會巨大力量的顯示，重視人的思想必然衝破宗教蒙昧主義的牢籠。所謂「殷人尊神，周人近人」，就反映了殷周之際人的地位開始提高。春秋戰國，社會生活各個方面都突出顯示著人的重要性。於是，「尚賢」、「重士」成為時代風尚。這種重人的社會思潮，就是歷史和文學的發展趨向於人的思想基礎。

在重人社會思潮的背景下，展開了歷史體例由編年體向紀傳體的演進，展開了敘事文學因素向傳記文學的演進。自然，二者的演進方式是不同的。紀傳體的創立是歷史內容和形式的相互作用的結果；而傳記文學的產生是歷史框架內的敘事文學因素借助於歷史內容和形式的相互作用，自身內容和形式因素不斷增長的結果。

（二）司馬遷創立紀傳體

紀傳體的創立以歷史認識的不斷加深為條件。重人的社會思潮必然影響到人們的歷史認識，從人的角度解釋歷史很早就有了。周公認為君主享國長短與其行為善惡有必然聯繫。他諄諄告誡成王要「能保惠於庶民，不敢侮鰥寡」〔註1〕。孔子多次讚揚管仲的歷史功績，稱「微管仲，吾其被髮左衽矣」〔註2〕。這種議論出自對歷史人物作用的清醒認識。這種立足於人的進步歷史認識，隨著社會發展不斷加深。它從一種對個別人的看法，必然發展為對整個歷史發展過程的認識；它從一種片斷零碎的看法，必然形成一套完整的體系。紀傳體便是這種系統的歷史認識在編纂體例上的體現。

周公、孔子以來的進步歷史認識，在戰國秦漢間得到進一步深化和發展，必然反映到歷史編纂方面來。司馬談就提出，要論載「明主賢君，忠臣死義之士」〔註3〕，把歷史人物作為歷史編纂的中心。司馬遷繼承父志，創立紀傳體這種嶄新的歷史編纂體例，終於完成了這個歷史任務。紀傳體是一種新的歷史體例，也是許多代人進步歷史認識的凝聚。從周公、孔子到司馬遷，我們確實可以看到重人的進步歷史認識不斷發展、不斷成熟的線索。紀傳體一

〔註1〕 王世舜：《尚書譯注》，四川人民出版社1982年版，第216頁。
〔註2〕 楊伯峻：《論語譯注》，中華書局1980年版，第151頁。
〔註3〕 （漢）司馬遷：《太史公自序》，《史記》，中華書局1982年版，第3295頁。

出，重人的進步歷史認識找到了自己最佳表達方式。《史記》以後的正史絕無例外沿襲紀傳體，便充分說明這一點。

進步的歷史認識是紀傳體創立的前提，而紀傳體孕育的具體過程則主要表現為歷史內容和形式的相互作用。《春秋》採用編年體，其內容和形式還是比較適應的。《左傳》採用編年體，其內容和形式便不太適應了。豐富的歷史內容，那種以歷史人物活動為主的歷史內容和編年體形式產生了尖銳的矛盾。為了克服這一矛盾，作者不得不使用倒敘、補敘、插敘的方法，但這終究不能從根本上解決矛盾。隨著歷史認識的加深，歷史內容的豐富，新形式的因素也在突破舊形式的頑強束縛而不斷增強著。《國語》、《戰國策》已有完整歷史事件的敘述和比較完整的歷史人物描繪了。這在一定程度上突破了舊形式。至於野史雜傳，在體例上缺少傳統體例的制約，它們採用更適應於內容的形式。如《晏子春秋》縱記晏子一生言論行事，《燕丹子》亦是完整的寫人記事之作。總之，新的內容要求著新的形式，歷史內容和形式的相互作用，推動著編年體向紀傳體不斷演進，紀傳體的出現就是適應新內容的新形式因素不斷增長的結果，是歷史內容和形式矛盾的解決。

紀傳體的創立是司馬遷的偉大創造，也是新形式因素積累的結果。司馬遷的偉大創造是以前人的文化遺產為基礎的。班固說：「司馬遷據《左傳》、《國語》、採《世本》、《戰國策》，述《楚漢春秋》。」〔註4〕對《晏子春秋》、《燕丹子》，司馬遷亦是熟悉的。這些著作中的新形式因素必然給他以體例方面的啟發。范文瀾稱：「《史記》體例，俱有所本。」書表莫論，就是本紀、世家、列傳都可找出它們的前身。如列傳一體，有人指出源於《戰國策》，像「馮諼客孟嘗君」，便可看作是體例完整的《馮諼列傳》。當然，對前人遺產的繼承，絲毫也不能降低司馬遷的偉大創造性，只能說明紀傳體產生的必然性。因為，儘管《戰國策》中有對人物完整記載的形式，卻沒有人把這種形式作為系統歷史認識的體例；而司馬遷做到了這一點，系統的歷史認識才凝結到歷史體例中來。

（三）傳記文學的產生

傳記文學的產生是敘事文學因素在歷史框架內發展的最終結果。

重人的社會思潮孕育著重人的審美趣味。在先秦寓言中，就明顯看到這

〔註4〕 （漢）班固：《司馬遷傳贊》，《漢書》，中華書局 1962 年版，第 2737 頁。

種重人審美趣味的蹤跡。寓言的主人公大多是人物，諸如杞人憂天、齊人攫
金、衛人嫁女、宋人待兔、鄭人買履、魯人徙越、楚人得弓、周人懷璞之類。
人們把審美的目光集中於人物，從對他們可笑行為的觀照中獲得審美愉悅。
可見，社會發展促使人們的審美趣味從對神的膜拜而轉到對人的欣賞，這是
重人的社會思潮在審美趣味中的深刻反映。

　　重人審美趣味的發展，便規定了敘事文學趨向於人的基本發展方向。審
美趣味和敘事文學因素的相互作用成為傳記文學產生的基本動因。重人審美
趣味對於敘事文學的作用主要從三個方面展開。

　　其一，它作用於歷史之外的寓言傳說。寓言傳說不受歷史信實性的制約，
更容易適應人們的審美趣味而取得文學上的成就。反之，寓言傳說也更容易
刺激人們的審美趣味的發展，激發人們的藝術想像力。然而，歷史之外的敘
事文學並未因此而成熟、繁榮起來。因為那個年代沒有給文學一席之地，實
用的理性精神統治著整個意識形態。歷史是這個時代的寵兒，寓言、傳說是
無法與之競爭的。這樣，寓言傳說只能作為諸子議論的附庸，起一種鑒借知
今的準歷史作用。

　　其二，它作用於歷史內部的敘事文學因素。重人審美趣味滲透到歷史認
識中，間接地影響著敘事文學因素。《左傳》中那些曲折情節、精彩對話、生
動人物，不能不是這種影響的結果。反過來，《左傳》這些文學因素也在強化
著人們的重人審美趣味。孔子說：「質勝文則野，文勝質則史。」〔註5〕歷史
著作很早就有注重文采的傾向。在「史以文勝」、「文以行遠」的認識下，歷史
作者在可能的範圍內是願意滿足人們的審美趣味的。因此，隨著重人審美趣
味的發展，歷史著作開始突破舊體制，傾向於通過完整的故事情節表現完整
的歷史人物。《國語》、《戰國策》這方面的成就，可以說正是這一連鎖反應的
結果。

　　其三，它作用於歷史外緣的野史雜傳。重人審美趣味在歷史框架內難以
得到很好滿足，編年體的形式無法實現人們進一步的審美要求。然而，審美
趣味的進步，歷史中那些片斷粗略的故事，零碎單調的人物已經不受歡迎。
而歷史之外的敘事文學在歷史意識占統治地位的情況下又難以生長。這樣，
在歷史外緣產生出野史雜傳來。如《晏子春秋》、《吳越春秋》、《越絕書》、《燕
丹子》之類，它們中有的成書很晚，但主要故事一定在戰國秦漢時已經廣泛

〔註5〕 楊伯峻：《論語譯注》，中華書局1980年版，第61頁。

流傳了。它們既不違悖歷史意識，又能吸收大量的佚聞趣事，在體例上也不受到傳統形式的制約。它們在內容和形式上都有了新的發展。

審美趣味和敘事文學因素的相互作用，使重人審美趣味不斷增強，使寫人的藝術經驗充分積累，這些都為傳記文學的產生做好了準備。而編年體到紀傳體的歷史體例革新，在歷史框架內的敘事文學因素獲得了迅速生長的空間。這樣，在歷史體制內，一種以刻畫歷史人物為中心的敘事文學種類——傳記文學便呱呱墜地了。傳記文學是在歷史的縫隙中生長起來的，它的產生是敘事文學因素自身發展的結果，但也是以紀傳體的創立為外在條件的。

司馬遷多方面汲取前人的經驗積累，創造性地加以發展，完成了敘事文學因素到傳記文學的轉變。

首先，他吸收歷史典籍中的敘事文學因素。司馬遷為太史令，有條件博覽群書，而在重人的審美氛圍中，他更注意歷史中人物性格的描述，這些描述常常引起深深的感慨。他說：「余讀世家言，至於宣公之太子以婦見誅，弟壽爭死以相讓，此與晉太子申生不敢明驪姬之過同，俱惡傷父之意。然卒死亡，何其悲也！」〔註6〕由此可見一斑。

其次，他受到野史雜傳的影響。在歷史允許的範圍內，他樂意收集歷史人物的佚聞趣事。如寫晏子，「論其佚事」；寫吳起，「論其行事所施設者。」後世評論家多指出司馬遷愛奇求異的傾向。袁枚說：「史遷敘事，有明知其不確，而貪所聞新異，以助己之文章。」〔註7〕這種傾向和野史雜傳的影響是有關係的。

再次，他汲取民間傳說的豐富營養。司馬遷年輕時漫遊名山大川，「網羅天下放失舊聞」。在寫魏公子、淮陰侯等人時，便得益於實地考察和民間傳說很多。

司馬遷吸收和利用敘事文學的豐富積累，把敘事文學大大推進一步，開創了傳記文學。但是，這在他並不是完全自覺的。他的目的是在寫歷史。然而，審美趣味的趨向，藝術功力的深厚，加之他也有「文采表於後」的強烈願望，便在自覺不自覺之中塑造出各種類型的歷史人物形象。從而使歷史框架內的敘事文學因素發生了質的飛躍，傳記文學得以產生和成熟。

〔註6〕 （漢）司馬遷：《衛康叔世家》，《史記》，中華書局 1982 年版，第 1605 頁。
〔註7〕 韓兆琦：《史記選注集評》，廣西師範大學出版社 1995 年版，第 261 頁。

（四）傳記文學的成熟

紀傳體和傳記文學的同時出現，是司馬遷進步的歷史認識和高超的文學才能的雙重體現。但是，紀傳體並不等於是傳記文學。即使司馬遷的作品亦是如此，書、表莫論，本紀、世家、列傳中亦有不少內容與傳記文學無緣。紀傳體在傳記文學的產生方面起到了一個助產婆的作用，它為歷史寫人提供了一個更廣闊的天地，同時也為傳記文學在歷史框架內產生提供了一種可能性。至於是否寫人，寫人能否達到傳記文學水平，那是另外一個問題。《漢書》以來的正史都是紀傳體，但能歸之於傳記文學的篇章卻寥寥可數。

紀傳體對傳記文學的作用是外在的，傳記文學的產生和成熟主要由它自身的內在矛盾決定的。在重人審美趣味的推動下，敘事文學從片斷向整體演進，從重事向重人演進。而紀傳體的創立則為這種演進開闢了成功的道路。在紀傳體內，故事情節可以完整展開，人物形象能夠完整體現，而完整的情節和人物，必將深化敘事文學的審美特徵。在這種完整的格局中，就有可能傾注作者更強烈的感情，有可能多側面表現人物性格，有可能表現出鮮明的語言風格。司馬遷的創作實踐非常及時地把這種可能變成了現實。

司馬遷在本紀、世家、列傳中的許多作品，標誌著傳記文學的成熟。這些作品取得了很高的文學成就，為古典傳記奠定了深厚的基礎，樹立了崇高的典範。

第一，人物形象的完整性。

作者塑造了完整的人物形象，克服了以前史書人物性格零碎單調的弊病。如《淮陰侯列傳》從韓信始為布衣一直寫到罪夷三族。通過對韓信一生的描繪，多側面地立體地展示了傳主才高功大，傲而不馴的性格，給人以血肉豐滿、栩栩如生的感受。

第二，情節戲劇化。

作者從歷史素材中提煉出富有矛盾衝突的情節，擺脫了斷爛朝報式的平板敘述，使故事波瀾起伏，跌宕多姿。如《廉頗藺相如列傳》提煉了完璧歸趙、澠池會、將相和三個富有矛盾衝突的典型情節，塑造出藺相如這一愛國英雄的形象。

第三，細節的逼真性。

作者注重細節描寫，往往寥寥幾筆使人物神情畢肖，如《鴻門宴》中「范

增數目項王，舉所佩玉玦以示之者三」。「亞夫受玉斗，置於地，拔劍而破之」〔註8〕逼真地表現了范增老謀深算的性格和謀畫失敗後的氣惱。這樣逼真的細節在司馬遷的傳記作品中比比皆是。

第四，強烈的抒情性。

司馬遷不是冰冷地描述歷史，而是把滿腔激情傾注筆端。他寫李廣自殺，寫得慷慨淒涼，催人淚下。他寫酷吏，更投入生命的血淚，發出深痛的控訴。強烈的抒情性是其作品具有巨大藝術魅力的重要原因，這也是後來的傳記文學作品所難以企及的。

第五，生動通俗的語言。

他對口語進行提煉加工，鎔鑄了最好的語言給傳記文學。如書中古語譯為今語，寫對話更是從口語中拈來，生動形象維妙維肖。它如引用民諺鄙語，也是俯拾即是，這些使《史記》語言更加通俗、生動。

《史記》中的傳記文學是對以往敘事文學成果的總結。司馬遷儘管還是不自覺地寫傳記文學作品；但是，這些作品的文學品格已經足以喚醒自己的獨立意識了。因此，《史記》的出現，標誌著傳記文學的成熟。

紀傳體是重人歷史認識的最佳表達方式，因此，千年不能易其制。但是，對於文學來說，它並非最佳形式，它只是歷史對於文學客觀上所能做到的最大寬容而已。從《史記》中，我們也能看到文學內容和紀傳體的矛盾。一是紀傳體為歷史而設，本紀、世家、列傳中尚包含著大量非文學因素。二是歷史信實性的要求，限制了許多富有想像力的文學成分。

敘事文學要滿足人們日益增長的審美需求，便不能在傳記文學上停滯不前。隨著這種矛盾的發展，文學便只好與歷史分道揚鑣，進入屬於自己的廣闊天地。當然，傳記文學作為歷史和文學結合產生的重要文學品種，其生命力是歷久而不衰的。

〔註8〕　（漢）司馬遷：《項羽本紀》，《史記》，中華書局 1982 年版，第 314 頁。

七、《易經》卦爻辭中格言和諺語的文學價值

　　《易經》是最古老的語言作品之一，它在語言藝術的發展中具有著重要意義是無可懷疑的。從文學角度對《易經》卦爻辭的研究已經取得了相當的成績，《易經》的文學價值已經得到學術界的普遍肯定。然而，對《易經》卦爻辭文學價值的認識還有進一步深化的必要，下面就這個問題作一些探討。

（一）《易經》卦爻辭的主要文學價值在格言和諺語方面

　　我們先來對《易經》卦爻辭文學價值的已有認識作些粗略的回顧和反思。

　　對《易經》卦爻辭文學價值的研究主要集中在散文和詩歌兩個方面。李鏡池說：「《周易》還有一定的文學價值。全書基本上是散文，但韻文也佔了其中三分之一。……作為我國現存最早的一部著作，在一定程度上體現了那一時期的文學發展水平。」〔註1〕就散文而言，高亨指出：「《周易》是一部最古的有組織有系統的散文作品，……它的文學價值及其在文學史上地位比西周時代的王朝誥記與銅器銘文都較高一些。」〔註2〕就詩歌而言，黃玉順出版《易經古歌考釋》一書，認為：「《易經》裏已經隱藏著一部時代更早的『詩集』」；「《易經》六十四卦無不徵引古歌：六十四條卦辭中時而有古歌，三百八十四條爻辭絕大部分都有古歌」〔註3〕。這些評價的確令人振奮，但仔細想

〔註1〕李鏡池：《周易通義》，中華書局 1981 年版，第 2 頁。
〔註2〕高亨：《周易雜論》，齊魯書社 1979 年版，第 69 頁。
〔註3〕黃玉順：《易經古歌考釋》，巴蜀書社 1995 年版，第 4 頁。

來卻都有些言過其實。

據李鏡池的觀點,《易經》應是西周末年的著作。而在這個時期,散文有銅器銘文、周初誥命,詩歌有《國風》、《雅》、《頌》的一部分,《易經》其實遠不能體現西周末年的文學發展水平。

就散文言:西周銅器銘文有的文字繁多,內容複雜,已經達到相當高的水平。如《毛公鼎》長達四百九十餘字,記敘內容也很豐富。西周誥命之作記言條理,文辭鋪陳,結構完整,思想深刻,真是「郁郁乎文哉」!如《尚書·無逸》,論點明確,論據充分,語言懇切,娓娓道來,體現了西周散文嶄新的藝術風格。而《易經》儘管每卦都有中心,卦爻辭也有相當的條理,但卜筮的固定編排體例必然大大地限制了它散文藝術的發展空間。兩者相比較,倒是西周時代的銅器銘文與王朝誥記的文學價值要比《易經》高出許多。

就詩歌言:《商頌》、《周頌》、《大雅》的部分作品講述民族歷史,讚美祖先業績,敷陳直敘,風格典雅,積澱了深厚的民族精神。《國風》的部分作品,如《七月》反映了勞動人民的生活遭遇,《東山》表現了東征戰士的悲涼情緒,敷陳比興,意境感人,詩歌藝術達到相當的水平。《易經》卦爻辭中所用材料並不限於古歌,其中有史事、格言和諺語等多方面的內容。認為每卦都有古歌,而古歌恰好都能說明卦象,這種認識顯然出於今人的假設,其實並不符合實際。《易經》卦爻辭意在議論事理,說明卦象,這與古歌的性質並不完全契合,所以其徵引古歌也就很有限。而這些有限的古歌與《詩經》西周作品比較起來,其藝術水平顯然也要低些。

除詩歌、散文之外,尚有從小說、寓言方面肯定《易經》卦爻辭文學價值者。有論者認為:「從《易經》卦(爻)辭的內容上看,有些也有簡單明晰的情節,具有故事性,對一些人物形象也有所描述,所以,不應把它們排斥在小說濫觴之外。」有論者認為:《易經》「所敘述的事件、故事,多是現實生活中最具有代表性,最能誘人思考、予人以啟發的事件,或是包蘊某些生活經驗或哲理的虛構故事」,這便是寓言〔註4〕。

我們以為,《易經》卦爻辭包含著一定的敘事成分,這些敘事成分或源於史事,如「帝乙歸妹」;或來自民間,如「困於石,據於蒺藜,入於其宮,不見其妻」。源於史事者上承甲骨卜辭,下啟《春秋》記事;來自民間者,實是

〔註4〕李增林、宿歸嵐:《易經文學性探微》,《寧夏教育學院銀川師專學報》1991年第三期,第50頁。

民間故事的撮錄。為了說明卦象，議論事理，《易經》卦爻辭在輯錄時對敘事成分作了處理，削弱了敘事完整性而突出了議論指向性，因為它們以論理為指向，而非以敘事為目標。這種情況造成其敘事成分人物隱晦而不明，情節片斷而不整的特點。將這種敘事成分作為小說的濫觴，總讓人覺得有些牽強附會。

至於《易經》卦爻辭與寓言的因緣倒是更加密切些，它那種具體敘事而導向一般論理的實際傾向，既創造了寓言產生的條件，也培育了寓言發生的萌芽。然而，這些寓言萌芽還不具備寓言文體的基本條件。它們敘事的不完整性和哲理的外在性，使敘事和哲理二要素還沒有達成有機的統一。所以，徑指《易經》卦爻辭包含了寓言，這樣的觀點是難以成立的。當然，我們可以肯定《易經》卦爻辭中具有寓言的萌芽，而這些萌芽進一步發展出寓言文體，成為後來戰國寓言繁榮的基礎。

《易經》卦爻辭受到自身體制和特點的制約，它們在散文和詩歌方面的文學價值，並不能體現那一時期的文學發展水平；它們在小說和寓言方面的文學價值，也不能達到人們所期望達到的程度。但是，我們並不因此而貶低《易經》的文學價值，而只是要將《易經》卦爻辭的主要文學價值定位在另一個方面，即格言和諺語方面。

（二）格言和諺語是早期的文學樣式

文學是語言的藝術，語言藝術的發生發展當然遵循著事物發展由低級到高級，由簡單到複雜的普遍規律。早在詩歌、散文這些文學體裁成形之前，語言藝術的萌芽已經在人們的言語活動中茁壯生長。人們把生產和生活中的經驗和感悟用形象生動，精練概括的言語表現出來，創造了最初的文學樣式，即格言和諺語。在這裡我們無意討論格言和諺語與詩歌和散文發生的孰先孰後，而只是要說明格言和諺語是我們民族早期的重要文學樣式，文學史研究對此不能視而不見。

考察其他少數民族文學發展過程，也有助於理解這一點。如在壯族古歌謠產生的同時，不斷產生許多格言和諺語，它們簡短凝練，音韻和諧，形象生動，富有哲理，在文學史上佔有重要地位〔註5〕。在藏族文學中，格言和諺語取得很高的成就，如《松巴諺語》、《薩迦格言》都是著名的作品，而收集在

〔註 5〕歐陽若修：《壯族文學史》，廣西人民出版社 1986 年版，第 55 頁。

《丹珠爾》中有印度的七部格言詩，則顯示了格言藝術在藏族文學中的廣泛流傳〔註6〕。與其他少數民族的文學發展一樣，在漢民族早期文學中也存在著很發達的格言和諺語。

先秦典籍對當時民間所流傳的格言和諺語多有記錄，如《尚書‧酒誥》云：「古人有言曰：『人，無於水鑒，當於民鑒。』」《左傳‧隱公十一年》云：「周諺有曰：『山有木，工則度之；賓有禮，主則擇之。』」《莊子‧秋水》云：「野語有之曰：『聞道百，以為莫己若者』，我之謂也。」這些「言曰」、「諺曰」、「語曰」的言語，都是從生活中總結出的經驗教訓，並且提升到理性認識上來的格言和諺語。

在先秦典籍中，《易經》卦爻辭最集中地包含了格言和諺語。《易經》本為卜筮之書，它用象徵的方法表達作者的思想，所謂「觀物取象」、「立象盡意」是它根本的思維方式。這種特殊的性質使它傾向於「近取諸身，遠取諸物」，從廣泛的社會生活中概括經驗和教訓，用來說明卦象，議論事理。因為只有這樣，它所預見的事態才更可信，它所闡述的道理才更易懂，從而才能更好地發揮指導人們生活行事的作用。正是這樣的操作要求，那些概括了人們生活經驗和教訓的格言和諺語，就成為卦爻辭編寫者的主要的輯錄對象，從而使《易經》卦爻辭包含了大量格言和諺語。從文學角度看，《易經》卦爻辭的格言和諺語是中國文學早期的重要樣式，是中國文學發展的一個重要的環節，它們所具有的文學價值以及在文學發展史上的地位和影響，應該引起文學史研究者的高度重視。

然而，長期以來人們對於《易經》卦爻辭中的格言和諺語的文學價值缺乏應有的研究。其主要原因是出於一種傳統的認識：即把格言和諺語僅僅看作是語言單位，而沒有把它看作是人們口頭創作的文學作品。

我們認為：格言和諺語具備了文學作品的品格。所謂文學，就是「顯現在話語蘊藉中的審美意識形態」。〔註7〕而格言和諺語完全符合文學的基本性質。

首先，格言和諺語具有意識形態性。格言和諺語雖然可以脫離上下文語境而獨立，但沒有徹底完成由言語單位向語言單位的轉化，它們仍然受到社

〔註6〕中央民族學院藏族文學史編寫組：《藏族文學史》，四川民族出版社 1985 年版，第 58 頁。

〔註7〕童慶炳：《文學理論教程》，高等教育出版社 1998 年版，第 75 頁。

會大語境的制約。它們所表達的主體對客觀事物，特別是客觀事物複雜聯繫的態度和看法，總是從屬於一定的思想體系，具有不同程度的意識形態性。如「開國承家，小人勿用」（封侯受邑，不用小人），就突出表現了貴族階級強烈的等級觀念。

其次，格言和諺語具有審美性。就內容而言，它們總結了人們在生活中形成的經驗和體會，其中積澱了人們在具體生活中的豐富情感；就形式而言，它們大都是人們在言語活動中反覆提煉的詩化語言。如「君子終日乾乾，夕惕若厲」（貴族白天勤勉自強，夜晚安閒休息）〔註8〕、「小人用壯，君子用罔」（小人用力氣，貴族用智慧），這些作品的思想內容給人啟迪，語言形式給人美感，整體地具有審美特徵。

再次，格言和諺語具有話語蘊藉性。它們不是直白的敘述，不是抽象的議論，而是在具體形象中揭示深刻而豐富的意蘊。如「枯楊生稊，老夫得其女妻」（乾枯的楊樹生嫩芽，老頭子娶了女嬌娃），鮮明的形象含蘊著盎然的生機，具體的描述泛化出豐富的象徵意義。格言和諺語所具有的文學特徵使它們作為早期的文學樣式，無愧地進入了語言藝術的領域。

正是基於這種認識，我們需要正面審視《易經》卦爻辭中格言和諺語的文學價值、文學地位和文學影響。

（三）《易經》卦爻辭中格言和諺語之思想內容價值

在先秦典籍中，大都包含有一定的格言和諺語，顯示了這種文學樣式曾經的繁榮。而《易經》卦爻辭最集中地包含了早期的格言和諺語，它們自然成為這種文學樣式的典範，而它們的文學價值也足以證明這種文學樣式的重要性。

從思想內容來看，《易經》卦爻辭中格言和諺語反映了宗教、政治、軍事、生產、生活、道德修養等多方面的社會生活，表現了人們對生活的理解和認識。其內容的豐富性和思想的深刻性，都顯示出格言和諺語在文學上的重要價值。

反映宗教內容的格言和諺語，展示了人們在宗教意識籠罩下的精神狀態。如「自天佑之，吉無不利」（上天保佑，大吉大利）、「或益之十朋之龜，弗克違」（大寶龜，不能違），表達了對上天的虔誠信仰。「初筮告，再三瀆」（初次

〔註8〕廖名春：《周易經傳與易學史新論》，齊魯書社2001年版，第7頁。

占，神靈告；再三卜，神靈惱），說明了筮占的操作規範。在《周易》筮占之前，存在著多樣的占卜形式，於是有許多卦爻辭記錄了其他占卜形式的經驗。如星佔有「見龍在田，利見大人」；物佔有「鴻漸於陸，夫征不復，婦孕不育」；鳥佔有「飛鳥遺之音，宜下不宜上」；夢佔有「履虎尾，不咥人」。這些格言和諺語形象地反映了理性覺醒之前人們真實的精神面貌，表現了人們對生活真誠祈盼的情感體驗。

反映政治、軍事內容的格言和諺語，總結了相當長的歷史時期的政治、軍事方面的經驗教訓。如「富以其鄰」、「不富以其鄰」（與鄰人同禍福），概括出早期部落聯盟的政治原則；「開國承家，小人勿用」，則反映了宗法社會的等級觀念。又如「師出以律」（治軍必須有紀律），總結出治軍的原則；「長子帥師，弟子輿尸」（長官負責指揮，副官主管後勤），說明軍事行動中的具體分工。它們已經洗去了宗教色彩，更多地表現出清醒的理性精神，具有積極的認識價值和指導現實的作用。有些格言和諺語表現了人們在政治生活中的具體感受和思想傾向，如「君子豹變，小人革面」（貴族發火，小人翻臉），是對現實政治關係的深刻認識；「王臣蹇蹇，匪躬之故」（王臣處境艱難，不是個人緣故），帶有更多的具體的政治體驗色彩；而「不事王侯，高尚其事」（不侍奉王侯，行為很高尚），則表現了在政治黑暗中萌生的隱逸思想傾向。它們對事物客觀規律的認識與對主體思想感情的表現是深刻而真誠的，當然具有積極的思想意義和審美價值。

反映生產、生活內容的格言和諺語涉及面最為廣泛，它們大多來自於下層人民的長期實踐活動。生產方面如：「拔茅茹，以其彙」（拔取茅茹，按類分辨），是遠古採集生產留下的諺語；「不耕獲，不菑畬」（不耕而獲，不菑而畬），是反映農耕生產的格言；「執之用黃牛之革，莫之勝說」（用黃牛皮條捆住它，誰也逃不脫），是畜牧生產的經驗之談。「密雲不雨，自我西郊」（西郊有濃雲，光陰不下雨），描述嚴重旱象；「履霜堅冰至」（秋霜降了，結冰快了），描述季節嬗遞，都應該屬於氣象諺語。生活方面如：關於婚姻的，有「取女見金，夫有不躬」（娶婦遇見兵刃，丈夫不保其身），是對原始搶婚失利現象的總結；「輿說輻，夫妻反目」（車輿脫輻，夫妻反目），是對婚姻關係惡化的表述。關於飲食的，有「井泥不食」（井水髒了不能吃），講究飲食衛生；「噬乾肉，得黃金」（吃乾肉吃出銅箭頭），提醒要細嚼慢嚥。關於疾病的，有「臀無膚，其行次且」（臀部乾瘦，不便走路），描述了腿病症狀。「介疾有喜」（小病易愈），

是對小毛病的樂觀判斷。概括生活哲理的，有「不節若，則嗟若」（不節儉，就艱難），主張節儉；「三人行則損一人，一人行則得其友」論述人際交往；「係小子，失丈夫」（抓住小孩，跑了大人），權衡利弊得失；「無平不陂，無往不復」，表示事物的轉化。這些豐富的格言和諺語充滿了人生經驗和思想體悟，凝結著科學知識與哲學智慧，它們成為指導人民群眾生產、生活的「百科全書」，在當時的現實生活和思想意識中都發揮了積極的作用。

反映道德修養的格言和諺語具有更鮮明的意識形態性，基本上表述了統治階級的人格理想。如「君子終日乾乾，夕惕若厲」，是說君子白天勤勉，夜晚休息，知時而動，有張有弛；「小人用壯，君子用罔」，是說君子凡事不要蠻幹，而要用智慧去解決；「謙謙君子，用涉大川」、「勞謙君子，有終吉」是說君子有謙虛、勤勞的美德，就一定會有好結果；「不恒其德，或承之羞」，是說君子不堅持美德，就會有蒙受羞辱的可能。這些內容表現了君子的道德規範和人格追求，具有積極的道德價值和思想意義。它們後來通過儒家的繼承發揮，對整個中國傳統的道德思想都產生了深遠的影響。

《易經》卦爻辭中的格言和諺語從現實生活的土壤中來，帶著生活的具體形象和感性體驗。所以，它們所蘊涵的充滿智慧的思想便不是抽象的說教，不是超驗的玄思，而是形象的認識和具體的感悟。它們在形象中給人以啟迪，在感悟中給人以指導，在審美中給人以教育，它們所具有的文學價值當是無可懷疑的。

（四）《易經》卦爻辭中格言和諺語之語言藝術特徵

從語言表現來看，《易經》卦爻辭中格言和諺語的語言形式是詩化的形式，藝術化的形式。它們在日常言語活動中經過反覆錘鍊，具有韻律和諧、凝練生動、意蘊深遠的特徵，從而使之成為語言藝術的珍珠。它們在語言表現方面所取得的成就，是其文學價值的重要方面。

首先，《易經》卦爻辭中格言和諺語具有韻律和諧的特徵，表現了語言作品的語音美感。口頭語言藝術最初發端於語音的藝術化，韻語性是早期文學形式的突出特徵。在這方面，格言和諺語與早期詩歌具有共生性，在它們之間存在著相互影響的關係。《易經》卦爻辭中格言和諺語與《詩經》詩句在語言韻律方面有著相似的特點。《詩經》詩句以四言結構為主，其節律多為「二二式」，《易經》卦爻辭中格言和諺語也以四言結構為主。如：「無平不陂，無

往不復」、「西南得朋，東北喪朋」、「君子豹變，小人革面」、「密雲不雨，自我西郊」等，這種語言結構大約占到其全部的十分之七左右。如「其亡其亡，繫於苞桑」與《詩經》詩句「肅肅鴇行，集于苞桑」、「載飛載止，集于苞杞」幾乎如出一轍，說明它們之間的共生關係。講究語言韻律，注重語音美感，向詩歌特徵的趨近，使格言和諺語具有了音樂之美，這也是讓人們很容易把它們看作古歌的一個主要原因。

當然，《易經》卦爻辭中格言和諺語不是詩歌，其語言形式具有多樣性和變化性。如「履霜，堅冰至」、「不耕獲，不菑畬」、「飛鳥遺之音，宜下不宜上」、「鳥焚其巢，旅人先笑而後號咷」等，語言結構有二言、三言、五言、多言的多樣形式。又如「羝羊觸藩，羸其角」與「羝羊觸藩，不能退，不能遂」、「西南得朋，東北喪朋」與「利西南，不利東北」、「噬乾肉，得黃金」與「噬乾胏，得金矢」等，語義相同而語言表現變化。這種多樣和變化更多地保留了生活話語原生狀態的語音美，其出於自然的節奏韻律，同樣也具有韻律和諧的特徵，增加著《易經》卦爻辭中格言和諺語的藝術魅力。

其次，《易經》卦爻辭中格言和諺語運用多種表達形式和表現手法，力圖把語義內容表達得簡潔凝練，形象生動，創作出富有特色的語言藝術作品。格言和諺語是早期社會人們用來傳授生產、生活經驗的最好方式。它們在口語中流傳，要便於人們的記憶和念誦，所以必然遵循口語藝術的規律。它們注重節奏韻律的特點已見上述，它們在語言提煉方面也頗見匠心。如「師出以律」、「喪馬勿逐，自復」（老馬識途）、「不節若，則嗟若」，語言簡潔凝練，語句整齊勻稱，上口上耳，易於傳播。它們來源於生活，在長期言語活動中反覆錘鍊，它們是生活話語的昇華，是語言的藝術結晶。

就表現手法而言，主要有下面幾種情況：一是直陳式，如「師出以律」、「初筮告，再三瀆」、「開國承家，小人勿用」，語言樸素，不用修辭，明白如話，通俗易懂。二是描繪式，如「君子終日乾乾，夕惕若厲」、「君子豹變，小人革面」、「密雲不雨，自我西郊」，語言精練，描狀摹態，形象生動，具體可感。三是誇飾式，如「翰音登於天」（雞毛飛上了天）、「其亡其亡，繫於苞桑」、「履虎尾，不咥人」，語言誇張，用詞奇險，營造情境，感受強烈。四是映襯式，如「舍爾靈龜，觀我朵頤」（捨你靈龜不卜，聽我動頰而談）、「小人用壯，君子用罔」、「東鄰殺牛，不如西鄰之禴祭」，前後映襯，相互比較，突出重點，語意明瞭。五是起興式，如「輿說輻，夫妻反目」、「枯楊生稊，老夫得其女

妻」、「鴻漸於陸，夫征不復，婦孕不育」，觸景生情，因事寄興，先言它物，
進而表述思想感情。比興是口語藝術的重要表現方法，在民歌中有著更為廣
泛的運用。六是對比式，如「係小子，失丈夫」、「初登於天，後入於地」、「三
人行則損一人，一人行則得其友」，前後不同，對比見義，思想深刻，富有哲
理。多種表現手法的運用，增強了語言的審美表現力，使人們在形象鮮明，
生動活潑的語言感受中領悟到深刻意蘊。

再次，《易經》卦爻辭中格言和諺語運用的象徵性，使具體領域中的生活
經驗進一步泛化，在不同的語用環境中表達出更加豐富的意蘊，從而增強了
格言和諺語話語蘊藉的特點。格言和諺語的意義不僅取決於它的內部組織，
而且取決於它的外部功能。在具體的語言環境中，格言和諺語能夠展示多方
面的意義。格言和諺語立足於具體的生活經驗，表述了人們對生活的一般認
識和看法。它們作為現成地表達觀點的語句，能夠在實際的語言運用中發揮
交流思想的作用。引用格言和諺語來表達思想是非常古老的文化傳統，在《尚
書》、《左傳》、先秦諸子著作等文獻中都有大量引用格言和諺語的材料。在不
同的語用環境中，格言和諺語超越具體經驗的侷限而發生意義的泛化，從而
使它們具有更加豐富的意蘊。如「山有木，工則度之」本是生產經驗，但它用
來表達政治方面的觀點；「履霜堅冰至」本是氣象諺語，但它突破氣象領域用
來表達事物發展的必然趨勢的意思。

《易經》是一部卜筮書，也是一部嚴整的思想著作。它的作者借助卦爻
符號、卦爻辭構建了一個龐大的象徵體系。卦爻辭引用格言和諺語，將它們
納入這個象徵體系之中，使之超越自身而蘊涵了更豐富的象徵意義。概括具
體生活經驗的格言和諺語作為事象、物象成為《易經》作者表達義理的工具。
如「枯楊生稊，老夫得其女妻」、「枯楊生華，老婦得其士夫」，它們被引入
「大過」卦中，便不僅是生活現象的敘寫，而且具有了深刻的寓意。王弼注
「枯楊生稊，老夫得其女妻」曰：「老過則枯，少過則稚。以老分少，則稚
者長；以稚分老，則枯者榮；過以相與之謂也。」〔註9〕老夫配少妻，雖與
世俗相悖，但在「大過」非常之時，以過剛配過柔，剛柔相濟能夠獲得成功，
故云「無不利」。而「枯楊生華，老婦得其士夫」則云「無譽無咎」。在男性
為中心的社會中，老婦配士夫更加有悖於常情。所以，它在現實中很難持久，
它在道德上評價不高。故《象傳》云：「『枯楊生華』何可久也？『老婦士夫』

─────────────────
〔註9〕（唐）孔穎達：《周易正義》，上海古籍出版社1990年版，第73頁。

亦可醜也。」〔註10〕在《易經》象徵體系中，格言和諺語是具體和一般的統一，感性和理性的統一，它們通過具體而指向一般，通過感性而指向理性。它們是一種媒介，一種啟示，通過人們的思考感悟而指向更高層次的哲學智慧。《易經》卦爻辭中格言和諺語運用的象徵性特點，既拓展了格言和諺語的豐富意蘊，也開闊了人們感悟格言和諺語的思維空間，這就進一步增強了格言和諺語的文學價值。

（五）格言和諺語在文學發展史上影響和地位

《易經》卦爻辭中格言和諺語是先秦格言和諺語的典型代表，它們在文學史上有著重要的地位和廣泛的影響。如果我們拓寬視野，觀照整個先秦格言和諺語，那麼就會對作為早期的文學體裁的格言和諺語在文學發展史上地位和影響有更全面、更深刻的理解。

格言和諺語的產生應當是很早的。就文獻根據而言，現存先秦典籍多記錄了當時流傳的格言和諺語，如時代很早的《尚書》多有「古人有言曰」的記錄，當時稱「古人」正說明了格言和諺語的古老。就理論推測而言，格言和諺語表述了人們的生活經驗，而這些經驗是人們在社會實踐中對客觀事物思考的結果。即便是蒙昧時代，人類在現實中無法把握的領域中運用巫術意識，而在現實中能夠把握的領域中則運用理性思維。《易經》卦爻辭中格言和諺語也是在巫術占筮的系統中所包蘊著的理性思維因素。所以，可以設想，遠在巫風熾盛的時代，人們在具體的生產、生活領域中也可以局部地擺脫巫術思維的精神束縛，在最初的理性思維萌芽中孕育出格言和諺語這個寧馨兒。

從文體看，格言和諺語的形式沒有多大區別，後人指出它們之間的雅俗之異，如「格言不吐庸人之口」、「俚語曰諺」，那是文化分層之後的現象，在文化分層不明顯的早期文化中，這種區別並沒有多大意義。格言和諺語以詩化的語言表述了人們對客觀事物的現實的態度和理性的看法，它們是人類理性精神的萌芽，也是議論文學的源頭。前人對格言和諺語的議論性質早有認識，《說文解字》釋「語」云：「語，論也。從言吾聲。」〔註11〕說明「語」的本義是議論、談論。格言和諺語是以議論為主的文學體裁，它開啟了中國議論文學的先河，並且對中國早期文學產生了非常重要的影響。

〔註10〕（唐）孔穎達：《周易正義》，上海古籍出版社 1990 年版，第 73 頁。
〔註11〕（漢）許慎：《說文解字》，中華書局 1963 年版，第 51 頁。

　　首先，格言和諺語是文學史上最早的議論文學體裁。它們用一句話來表述人們的認識和主張，其中既凝結著廣泛的社會生活經驗，又凝結著豐富的語言藝術經驗，這是簡單而成熟的語言藝術作品。在文學發展的早期，格言和諺語得到世人的高度重視，它們在民間下位文化中廣泛流傳，進而在朝廷上位文化中也佔有一席之地，如《國語·周語》稱「天子聽政」有考察「庶人傳語」的慣例。而先秦典籍如《尚書》、《周易》、《左傳》、《穀梁傳》、《國語》、《戰國策》、《論語》、《老子》、《墨子》、《莊子》、《孟子》、《荀子》、《韓非子》、《呂氏春秋》、《尸子》、《列子》、《易傳》等，都普遍對格言和諺語有所記錄。格言和諺語曾經是先民們的生活教科書，曾經是先哲們的政治教科書，它們以審美的語言形式保存、傳播了生產生活知識和社會價值觀念，對推動社會進步無疑發揮了積極的作用。

　　其次，格言和諺語是文學發展的重要環節，它們直接影響形成多種文學體裁。作為生產生活知識和社會價值觀念的主要載體，格言和諺語曾經處在文化與文學的中心地帶，它必然影響和輻射著其他文學形式的產生和發展。

　　一是箴銘體裁脫胎於格言和諺語。

　　格言和諺語由民間流傳而被引入「天子聽政」的朝堂，它們勸誡說理的功能便得到加強，這些勸誡說理一旦具有針對性和經常性，那麼格言和諺語就可能轉化為箴銘。格言和諺語是現成語言成分的運用，而人們受其啟發，主動地創造出一些勸誡性詩化語句，這便出現了箴銘體裁。劉勰稱：「昔帝軒刻輿幾以弼違，大禹勒筍簴而招諫。成湯盤盂，著日新之規，武王戶席，題必戒之訓。周公慎言於金人，仲尼革容於欹器。則先聖鑒戒，其來久矣。」〔註12〕如《大戴禮記·武王踐阼》載周武王即位作戒書，有機銘、鑒銘、盥盤銘、楹銘、杖銘、帶銘、履屨銘、觴豆銘、戶銘、牖銘、劍銘、弓銘、矛銘等〔註13〕。過去，人們懷疑這些記述的真實性，但隨著箴戒性金文的出土，人們的懷疑漸漸地消除了。如一件出土的戰國帶鉤，上有銘文云：「物可折衷，冊復毋反。」（以鉤可繫帶，比喻折衷之德。）又說：「無怍無悔，不汲於利。」（以鉤取之義，戒人不可貪利。）又說：「宜曲則曲，宜直則直。」（以鉤曲之義，戒人不可一味曲阿逢迎。）〔註14〕以箴戒性金文看來，先秦時代存在過

〔註12〕向長清：《文心雕龍淺釋》，吉林人民出版社1984年版，第124頁。
〔註13〕（清）王聘珍：《大戴禮記解詁》，中華書局1983年版，第104頁。
〔註14〕劉翔：《商周古文字讀本》，語文出版社1989年版，第219頁。

大量箴銘作品是無可懷疑的。

二是先秦哲理詩承源於格言和諺語。

《老子》五千言多用詩化的語句表達哲理，被人譽為哲理詩。我們驚歎於作者偉大創造的同時，不能不去探索這個偉大創造的思想基礎和文學基礎。我們認為，《老子》哲理詩與《易經》卦爻辭中格言和諺語存在著密切的源流關係。人們過去囿於《易經》是儒家經典，《老子》是道家經典的成見，對二者的密切聯繫認識不足。如果破除成見，那就會看到《易經》影響《老子》的痕跡比比皆是。《易經》成書於西周末年，而《老子》產生於春秋末季，《老子》的作者在進行哲學創造時，除《易經》之外，可供參考吸收的思想資料實在很有限。所以，引《易》入「道」幾乎是他哲學創造的必然選擇。近年，隨著對與《老子》、《易經》相關的出土帛書的深入研究，《易經》與《老子》聯繫的神秘面紗被逐漸揭開了。

就思想聯繫言，《老子》的許多思想淵源於《易經》。如「無為」與「潛龍勿用」；「貴柔守雌」與「坤」卦；「大象無形」與卦象；軍事思想與「師」、「晉」等卦，都存在著明顯的淵源關係。難怪李中華先生稱：「發揮《易》之哲學者，蓋非老子莫屬。」〔註15〕

就語言聯繫言，《老子》對《易經》卦爻辭多有採擷和發揮。如「吉」、「凶」、「災」、「咎」、「福」、「禍」等詞，可看作直接來源於《易經》；而「豫兮若冬涉川」與「用涉大川」、「利涉大川」，「萬物並作，吾以觀復」與「復」卦，都有著密切關聯的跡象。再如《老子·五十四章》云：「善建者不拔，善抱者不脫，子孫以祭祀不輟。……故以身觀身，以家觀家，以鄉觀鄉，以邦觀邦，以天下觀天下。」〔註16〕「觀」卦之卦爻辭云：「觀：盥而不薦，有孚顒若。」「觀我生，君子无咎。」「觀國之光，利用賓於王。」〔註17〕兩者都由祭祀開始，進而具體談論「觀」的內容，不僅結構相同，句法相近，而且前者簡直就在模仿後者，它們之間的繼承關係是很明顯的。

就文體聯繫言，《老子》用韻語表達哲理的方式受到格言和諺語用韻語表達主體看法的方式的啟發。《易經》本為史官所執掌，曾為史官的老子自然熟

〔註15〕 李中華：《老子與周易古經之關係》，《道家文化研究》（第12輯），生活·讀書·新知三聯書店1998年版，第103頁。

〔註16〕 （周）老子：《道德經》，安徽人民出版社1990年版，第148頁。

〔註17〕 （唐）孔穎達：《周易正義》，九州出版社2004年版，第228頁。

語《易經》，所以《易經》卦爻辭中格言和諺語對他的文體創造的影響也更為具體。《老子》有引述格言和諺語者，如「古之所謂『曲則全』者，豈虛言哉？」「是以聖人云：『受國之垢，是謂社稷主；受國不祥，是謂天下王。』」這說明《老子》哲理詩與格言和諺語的直接聯繫。《老子》中語句運用了多種表現手法，如「夫物或行或隨，或歔或吹，或強或羸，或載或隳」、「是故不欲琭琭如玉，珞珞如石」、「合抱之木，生於毫末；九層之臺，起於累土；千里之行，始於足下」、「天道無親，常與善人」、「信言不美，美言不信」，其中有描繪、有比喻、有排比、有直陳、有對比，這些表現手法在《易經》卦爻辭格言和諺語中也都有充分的運用，由此我們可以推定前者對後者存在學習借鑒的可能。

將《易經》卦爻辭中格言和諺語理解為《老子》哲理詩產生的基礎，這完全符合思想發展和文學發展的邏輯。如果沒有這樣一個環節，那麼《老子》哲理詩的產生倒是顯得太橫空出世，讓人無法理解了。

三是寓言體裁得益於格言和諺語。

寓言文體的成熟得益於比喻和象徵的發展。在早期的格言和諺語中，比喻就是重要的表現手段，如《尚書》之「人惟求舊，器非求舊，惟新」，「若火之燎於原，不可向邇，其猶可撲滅」，這些確切而生動的比喻將具體形象和一般觀念聯繫在一起，為寓言的產生開闢了道路。而在《易經》卦爻辭中，格言和諺語除了具有具體敘事導向一般論理的特點，而且具有實際占筮中解釋卦象趨於象徵的傾向，這些因素為寓言文體的出現創造了最適宜的條件。《易經》觀物取象，立象盡意的象徵思維方式也是創作寓言的思維方式，因此，《易經》卦爻辭與寓言的因緣就更加密切了。

有論者從《易經》卦爻辭中勾抉出二十餘則寓言，如「包荒渡河」、「伏兵自泄」等〔註18〕。但其敘述如「包荒，用馮河，不遐遺朋，亡，得尚於中行」、「伏戎於莽，升其高陵，三歲不興」，它們都不是具體完整的敘事，而只是不脫離具體經驗的概括議論，它們所象徵的道理受到《易經》巫術占筮系統的制約，而不能完全內在於具體經驗。所以，我們認為，這些卦爻辭敘事的不完整性和哲理的外在性，使敘事和哲理二要素還沒有達到成熟程度和有機的統一，故不能徑稱為寓言。然而，勿庸置疑，它們當是寓言的萌芽。

後來，這類敘事成分在民間故事的影響下，增強其敘事的具體性和完整

〔註18〕李增林、宿歸嵐：《易經文學性探微》，《寧夏教育學院銀川師專學報》1991年第三期，第50頁。

性，在立象盡意象徵思維的啟發下，增強其哲理的內在性和有機性。在它們完全擺脫《易經》那樣的巫術占筮系統，以具體完整的敘事象徵內在有機的哲理的時候，寓言體裁就真正誕生了。在這個過程中，格言和諺語的比喻與《易經》的象徵思維都起到了助產婆的作用。寓言誕生後，士人們更以自覺的意識運用和創作，使之在戰國時期達到高度繁榮。

此外，格言和諺語作為中國議論文學的源頭，它所具有的核心基因對早期議論文學基本特徵的形成產生了重要作用。

格言和諺語是實踐經驗的總結，其思想內容具有尚實、尚理的特點，這些特點滋養了早期議論文學。如孟子、荀子立足政治而探究性善、性惡，老子、莊子闡發先驗之道而無法忘懷現實。在早期議論文學中，形成了理性智慧不離現實政治的實用理性特徵，這無疑是對格言和諺語尚實、尚理特點的繼承和發揚。

格言和諺語在言語活動中的傳播，其語言表現有著具體形象、協音上口的特點，這些特點也影響了早期議論文學。如莊子喜用寓言故事，韓非多用歷史故事，縱橫遊士善用民間故事，他們借具體形象的故事表達自己的思想，這種「深於比興」、「深於取象」的特徵與格言和諺語具體言理的特點是有關係的。

格言和諺語最初在口頭流傳，協其音，偶其辭，便容易上口，這個特點影響於早期議論文學甚深。《老子》、《孫子》不必說，如《易傳》、《莊子》、《荀子》、《韓非子》多駢散兼行，韻散並用，語言具有詩化的傾向。

總之，作為中國議論文學的源頭，格言和諺語對議論文學具有早期定向的作用，它所給予早期議論文學發展的影響也就更為重要。

綜上所述，《易經》卦爻辭中格言和諺語，進而以及先秦格言和諺語，它們在早期文學發展史上所具有的重要價值和重要的地位是完全可以斷言的。過去忽視對這些問題的研究，已經極大的制約了對早期文學發展規律的探討。現在，我們深化理論認識，確認格言和諺語的文學性質，強調格言和諺語的文學價值，重視格言和諺語的文學地位，將會對早期文學發展史的研究起到一定的推動作用。

八、先秦諸子散文的審美構成

　　先秦諸子散文的研究，在中國早期文學研究中佔有重要的地位，揭示先秦諸子散文獨特的文學性質和演進軌跡，對於認識中國早期文學的特殊性，理解中國早期文學的發展進程，具有十分重要的理論意義。

（一）加強理論認識的重要性

　　加深文學對象、文學性質、文學演進的認識，是從文學角度研究先秦諸子散文的理論基礎。首先，明確文學研究對象，使文學研究區別於其他研究；其次，揭示其獨特文學性質，以說明獨特的文學價值；再次，釐清文學演進軌跡，從而確立其文學發展中的地位。只到今天，這些認識也很難說完全清楚了。為了推進先秦諸子散文的文學研究，加深各方面的理論認識是完全必要的。

　　先秦諸子散文是否文學研究的對象？這是首先需要解決的問題。早在魏晉時期文學覺醒之後，人們便試圖回答這個問題。蕭統和劉勰的意見，代表了兩種互相對立的傾向。蕭統認為，文學的特徵在於「事出於沉思，意歸於翰藻」，而「《老》、《莊》之作，《管》、《孟》之流，蓋以立意為宗，不以能文為本」〔註1〕，自然是不能成為文學研究對象的。劉勰則認為，「蓋文心之作也，本乎道，師乎聖，體乎經，酌乎緯，變乎騷」，這乃是「文之樞紐」；而「諸子者，入道見志之書」，「唯英才特達，則炳曜垂文，騰其姓氏，懸諸日月

〔註1〕（梁）蕭統：《文選序》，《古代文論名篇詳注》，霍松林主編，上海古籍出版社1986年版，第182頁。

焉」〔註2〕。蕭統的意見是以成熟的文學標準來要求尚未成熟的先秦諸子散文，因而把它們排斥在文學範圍之外。這種意見雖然表現了文學自覺的意識，但是也暴露出文學歷史觀念的闕如。劉勰的意見是以一種廣義的文學觀念而將先秦諸子散文納入文學範圍之內。這種意見雖然是對文學複雜現實的模糊承認，但是也畢竟缺乏科學分析的態度。

我們認為，明確先秦諸子散文的文學對象問題，既需要具有歷史觀念，也需要具有分析態度。從文學歷史發展的眼光看來，自覺的文學是由不自覺的文學發展而來的；從不自覺到自覺，從實用到審美，這是文學發展的重要過程。處在這個過程中的先秦諸子散文有著自身的獨特性，揭示其獨特的文學特徵乃是文學研究不可迴避的工作。唯其處在這樣的發展階段，它們的內在因素是非常複雜的。先秦諸子散文大多是表達作者政治、哲學思想的議論性文章，而怎樣表達，怎樣議論卻是各不相同的，而這些區別與它們的文學性密切相關。所以，對先秦諸子散文的研究也需要有具體分析的態度。以歷史觀念認識先秦諸子散文的文學特殊性，以分析態度認識先秦諸子散文的文學普遍性。這種融通的處理方式也許可以克服劉勰和蕭統的不足，從而將他們的意見統一起來，解決先秦諸子散文作為文學研究對象的問題。

先秦諸子散文具有怎樣的文學性質？這是先秦諸子散文文學研究所要解決的核心問題。對這個問題的認識有各種說法，而不外集中在這樣三個層次上進行：

一是修辭論，即認為先秦諸子散文善於採用多種表現手法，諸如邏輯嚴密、章法別致、比喻巧妙、誇張合理、語詞排比、音韻和諧等等。這種觀點在各類文學史教材中廣泛流行。

二是形象論，即認為先秦諸子散文塑造了以作者為中心的人物形象，而大量引證歷史事實、寓言故事、民間故事，也增加了文學形象的色彩。如胡念貽指出，諸子散文文學性最主要的標誌是「有形象」〔註3〕。

三是情感論，即認為先秦諸子散文往往包含著作者的豐富的政治激情，而情感性是比形象性更使它們具有審美藝術特徵。如李澤厚指出，諸子散文「所以成為文學範本，卻大抵並不在其形象性」，「情感性比形象性更是使它

〔註2〕周振甫：《文心雕龍注釋》人民文學出版社1981年版，第535、188頁。
〔註3〕胡念貽：《文學史編寫中的散文問題》，《文學評論叢刊》（第三輯），中國社會科學出版社1978年版，第263頁。

們具有審美藝術特徵之所在」〔註4〕。

沒有文學語言、文學形象、文學感情，自然也就沒有文學，所以，從這些方面說明先秦諸子散文的文學性質自然是必要的。然而，應當看到這三個層次的因素構成一個有機的整體，語言、形象、感情，互相滲透，互相融合，從而構成整體的文學性質，片面強調某一方面的重要性都是不夠的。如形象和感情並不是可以相互剝離的因素，離開形象的感情與離開感情的形象對於文學審美而言，那是不可思議的。所以，我們不是從某一層次因素考察先秦諸子散文的文學性，而是從各層次諸因素的有機統一中考察先秦諸子散文的整體的文學性。

先秦諸子散文是特殊的文學現象，它既不同於後世的文學散文，也不同於它同時的歷史散文。與後世的文學散文相比，它處於文學發展的不自覺階段，它不是成熟的純文學形態，而是文學因素與非文學因素結合的雜文學形態；與同屬雜文學形態的歷史散文相比，它們之間存在著類別的差異，歷史散文的文學因素主要表現在敘事方面，而先秦諸子散文始終無法逃脫議論的範圍。所以，研究先秦諸子散文的文學性質，必須著眼於它整體的特殊形態和特殊因素，這樣庶幾可以揭示其特殊的文學性質。

先秦諸子散文在文學發展中是怎樣演進的？這是文學史研究不能迴避的問題。過去對這個問題的認識主要集中在兩個方面：一是先秦諸子散文的歷史淵源，二是先秦諸子散文對後世文學的影響。具體而言，從甲骨卜辭到《易》卦爻辭，再到《尚書》、銅器銘文，進而發展出諸子散文；而先秦諸子散文在思想內容和藝術形式方面則給予後世文學多方面的影響，以此確立其文學史上的地位。這種認識沒有具體分析先秦諸子散文內在的文學因素和非文學因素，只能外在地說明思想和寫作方面的傳承影響，而不能將文學的傳承影響與非文學的傳承影響區別開來。只有具體地分析先秦諸子散文的內在因素，揭示文學因素與非文學因素之間的內在機制，才有助於說明在文學發展過程中先秦諸子散文的所展開的具體演進軌跡。

解決先秦諸子散文文學研究的三個問題，有待於雜文學理論，特別是議論文學理論的建構。然而，圍繞先秦諸子散文的共同特徵，即其內在要素，對之進行深入分析以加深認識，無疑為解決這些問題創造了必要條件。

〔註4〕李澤厚：《美的歷程》，天津社會科學出版社2001年版，第96頁。

（二）先秦諸子散文的共同特徵

關於先秦諸子散文的共同特徵，人們的認識還是比較一致的。

張志岳認為：「就諸子散文而論，有兩個共同特點。第一是關於社會上的許多問題，特別是政治問題，都紛紛提出自己的看法和主張，形成一套一套的不同理論。第二是諸子在闡發他們的主張，也就是論點的時候，都用了大量的故事寓言和多種多樣的比喻來進行說明。」〔註5〕郭預衡認為：戰國文章（實際主要是諸子散文）的基本特徵，一是「放言無憚，為後人所不敢言」；二是「深於比興，深於取象」〔註6〕。其實，他們的認識都清楚地揭示出先秦諸子散文的內在特徵：一是諸子散文發表了對社會政治哲學的各種看法；二是諸子散文發表看法時採用了許多形象的故事。

我們把前者稱之為「論」，把後者稱之為「說」（《韓非子》有《儲說》、《說林》等篇，其中彙集大量材料多是這種用來說明看法的故事，在此借用韓非的概念，將這些說明看法的形象故事稱之為「說」），從而將先秦諸子散文所具有的內在特徵概括為「論—說」二要素。「論」與「說」兩種要素，本身具有相互結合的可能性，它們在一定的社會文化條件下，可能性便轉化為現實性，於是出現了早期文學史上洋洋大觀的先秦諸子散文。先秦諸子散文是「論—說」二要素的有機結合，而通過對「論—說」二要素的分析，對於揭示先秦諸子散文的特殊文學性質是很有幫助的。

所謂「論」，乃是對社會問題的各種看法，它們的產生是理性覺醒的產物，存在著深刻的思想背景。殷末周初，伴隨著天道觀的衰微，理性精神逐漸覺醒，人們開始對社會生活各個方面的問題表達自己的看法。而春秋戰國時代，社會處在從奴隸制向封建制的轉化過程之中，社會政治劇烈動盪更成為人們產生各種看法的深厚現實土壤。從社會生活中產生出來的看法——「論」，既是理性思考的產物，也是具體感受的結果。它們是理性和感性的統一，既具有強烈的理論性，也具有強烈的感情性。在諸子所倡導的「論」中，既凝聚著他們理性的思考，也凝聚著他們政治的激情。譬如，孟子提出「與民同樂」的主張，自然包含著他對民眾的深情關注；而韓非提出「君王任法」的觀點，自然也包含著他作為貴族本身所帶來的對宗族統治者的深情眷戀。

「論」的理論性和感情性，是構成諸子散文獨特審美性的兩個重要方面。

〔註5〕張志岳：《文學上的莊子》，《社會科學戰線》1980 年第三期，第 255 頁。
〔註6〕郭預衡：《中國散文史》（上），上海古籍出版社 1993 年版，第 6、8 頁。

它們帶來獨特的審美效果，其理論性啟發人們的理智，其感情性鼓動人們的情緒，二者相互配合，相須為用，從而使諸子散文產生出巨大的思想感染力。否定其中任何方面，都無法解釋諸子散文的獨特審美價值。「論」是一種認識，也是一份激情，它不是冷冰冰的科學認識，而是熱騰騰的社會主張。它是作者站在一定的社會立場上，對各種社會問題所作的具體觀察和具體思考，它往往聯繫著作者切身的物質利益，也關係著作者人生的理想追求，它凝聚著感性的衝動和理性的光輝，構成了先秦諸子散文獨特的審美價值。

所謂「說」，主要指用來說明「論」的形象故事。「說」的產生同樣是以理性覺醒為前提的。在理性覺醒之前，人們熱中於神事的想像而缺乏於人事的思考。天道觀的衰微，人們將視線由神轉移到人，於是產生了大量歷史事件的記載，生活事件的描述，神話傳說的改造。從先秦諸子散文所容納的「說」來看，主要有三種類型：一是歷史事件，二是民間故事，三是寓言傳說。三者有著不同的色彩，更具有共同的特徵。就共同性而言，它們都具有形象性和教諭性的特徵。它們是對社會生活的形象反映，有的儘管零碎而片段，但形象性的特徵是非常突出的。它們是理性精神培養起來的形象故事，有比較確定的人文意蘊，具有對人進行勸導的教諭性特徵。因此，形象性和教諭性構成了「說」的兩個重要方面，自然，形象性是基本的，而教諭性是派生的。這兩個方面發揮不同的審美作用，形象性給人感性的衝擊，教諭性給人以理性的啟迪。當然，「說」的不同類型具有不同的色彩，歷史事件的徵實性多具有經驗教訓的特點，民間故事的生活化而多有輕鬆喜劇的意味，寓言故事的想像性則帶有幻想浪漫的特色。

先秦諸子散文的「論—說」因素，本身存在互相融合的可能性。「論」之理論性與感情性，「說」之形象性與教諭性，它們具有互相融合的內在依據。教諭的意蘊和理論的觀點產生共震，認識的激情借形象故事得以釋放。這種內在原因使諸子散文因「說」成「論」成為可能。而可能向現實的轉化，則離不開先秦時代具體的社會思想狀況。如果說前者是諸子散文產生的內在原因的話，那麼後者就是諸子散文產生的外在原因了。就諸子散文產生的外在原因，有這樣一些認識：一是從思維角度說，諸子散文處在歷史的早期階段，人們的抽象思維能力比較差，所以不免借形象而說理；二是從語言角度說，當時的語彙和語彙組合還不夠人們充分表達的要求，所以不得不借助形象而說理；三是從作者角度說，諸子散文的作者大多是博物君子，他們熟悉歷史

文獻，說理時自然要引經據典了；四是從讀者角度說，諸子的主張是要君主大人們接受的，而君主大人們文化水平不高，所以只能「分別以喻之，譬稱以明之」了。這些說法或許在某些方面有點道理，但從根本上來說卻是站不住腳的。

我們認為，諸子散文產生的外在原因主要是先秦時代占統治地位的歷史意識。在先秦時代，理性覺醒所帶來的最大收穫便是歷史意識的成熟。李澤厚指出：「歷史意識是中國智慧的重要特徵，成為歷史教論加人際情感的實用理性。」〔註7〕中國古代的歷史意識產生是很早的，所謂「唐虞三代，《詩》、《書》所及，世有史官，以司典籍」〔註8〕。然而，歷史意識的成熟，並且上升到思想領域的主導地位，則是殷商天道觀崩潰之後的事情。理性覺醒之後，人們要從歷史經驗中提高認識，要借助歷史來認識現實社會。特別是在社會動盪的戰國時代，在歷史意識支配下的以古鑒今乃是諸子散文產生的重要條件。在諸子散文中，儘管存在三種類型的「說」，但歷史事件在其中佔據著最重要的地位。作者的看法主張，接受者的領略，都需要借助歷史意識來達成。諸子散文的「論—說」結合形態，是在歷史意識主導之下的以古鑒今文化背景下的必然產物。

諸子散文借「說」達「論」的方式構成其獨特的議論品格。「論—說」結合，即形象性和感情性的結合，理論性和教論性的結合，必然造成議論的獨特文學性。這樣的議論不是抽象說教，不是冰冷的條文，而是融合了感性形象和社會激情的議論，它不僅具有認識功能，而且也具有審美功能；它不只是思想結晶，同時也是藝術奇葩。諸子散文是文學因素和非文學因素的有機結合，具有實用和審美的雙重性質，這種特殊的文學現象，應該成為文學的研究對象。

（三）「論—說」融合的有機整體

諸子散文是「論—說」融合的有機整體，其文學性質是這個事物有機整體的性質，它是由其內在矛盾性所決定的，而不是外在因素所強加的。所以，認識諸子散文的獨特文學性，應該從事物整體出發，從事物特殊矛盾出發。

過去做得卻不是這樣，人們不是只從「論」來分析，便是只從「說」來分

〔註7〕 李澤厚：《中國古代思想史論》，人民出版社1986年版，第305頁。
〔註8〕 （宋）范曄：《班彪傳》，《後漢書》（五），中華書局1965年版，第1325頁。

析。從「論」的層面分析，便是孟子具有民本主義思想，莊子具有悲觀厭世傾向云云。這種分析是思想分析，哲學分析，而不是文學分析；儘管這些分析是必要的，也是文學研究的重要參考，但是它不能代替文學研究。從「說」的層面分析，有論者稱諸子散文的文學價值在於其中的寓言，寓言文學代表了諸子散文的最高成就。認識了寓言的文學性質，也就揭示了諸子散文的文學性質。我們以為，這樣的認識是片面的。「說」只是諸子散文的一個因素，「說」的文學性只是諸子散文文學性的一部分。部分不等於整體，自然也不能代替整體。

諸子散文在「論—說」融合中，形成了有機整體，具有了整體質的規定性。「論—說」因素在融合過程中都發生了深刻的變化，已經不是原來獨立的性質了。所以，必須從「論—說」融合的整體中認識諸子散文的文學性質。

諸子散文在文學方面是不自覺的，而在政治、哲學方面則是自覺的。諸子散文的主旨是表達對社會政治的看法，以期改造社會政治。因此，「論—說」二要素在諸子散文中的地位是不同的。在「論—說」融合中，「論」處在主導地位，規範「說」使之輔助自己實現既定目的；「說」則處在次要地位，圍繞「論」展開自己並豐富著「論」的內涵。「論」的地位決定了諸子散文的自覺本質，即它在社會政治方面的實用本質；而「說」的有機滲入，在不自覺中形成了諸子散文的另一本質——文學本質。諸子散文是文學與非文學，實用和審美的融合，具有雙重的本質和雙重的功能。

諸子散文的特徵也是早期文學共同具有的特徵。在文學自覺之前，文學還沒有得到充分的獨立發展，文學不是通過自身，而是通過其他形態得以表現，文學存在於其他事物之中，這就是所謂的「雜文學」。然而，文學的「雜」並不能抹殺其文學性，而是造成了它獨特的文學性質和獨特的文學價值。

包含在「論—說」二要素中的文學基因，在諸子散文這個統一體中發生著許多變化。一方面它們服從於社會政治目的的需要，文學性產生了弱化，一方面它們的相互組合，激發了新的文學功能，文學性也產生了強化。試以《墨子‧兼愛中》〔註9〕的一節來說明這些現象。

一是形象的泛化。

墨子認為兼愛易行，他說：「夫愛人者，人必從而愛之；利人者，人必從而利之；惡人者，人必從而惡之；害人者，人必從而害之。此何難之有！特上

〔註9〕（清）孫詒讓：《墨子閒詁》，中華書局 1986 年版，第 6 頁。

弗以為政，士不以為行故也。」為了闡發這個觀點——「論」，他採用了三個「說」：一是晉文公好士之惡衣。「晉文公好士之惡衣，故文公之臣，皆牂羊之裘，韋以帶劍，練帛之冠，入以見於君，出以踐於朝。」二是楚靈王好士細腰。「楚靈王好士細腰，故君王之臣皆以一飯為節，脅息然後帶，扶牆然後起。比期年，朝有黎黑之色。」三是越王句踐好士之勇。「越王句踐好士之勇，教馴其臣，私令人焚舟失火，試其士曰：『越國之寶盡在此。』越王親自鼓其士而進之。士聞鼓聲，破碎亂行，蹈火而死者左右百人有餘。」在「論—說」二要素的融合中，「說」的形象性發生了泛化。如晉文公之臣那「牂羊之裘，韋以帶劍，練帛之冠」的裝束，楚靈王之臣「脅息然後帶，扶牆然後起」的動作，越王句踐之臣「破碎亂行，蹈火而死」的場面，三種形象組接，意蘊聯結貫通，它們已經不是原來的孤立意義，而突出了三者共同的主旨——「上行下效」。個別形象降到了次要地位，而共同本質被突出出來。這種泛化的形象與「論」緊密結合表現了作者的政治理想：君王行兼愛，則「天下之人皆相愛，強不執弱，眾不劫寡，富不侮貧，貴不敖賤，詐不欺愚」。在「論—說」融合過程中，「論」與「說」配合，「說」與「說」組接，產生了新的思想意義，具有了新的審美效應。

二是情感的強化。

「兼相愛」的觀點，凝結了墨子深刻的認識激情和政治激情。面對爾虞我詐的社會現實，墨子真是痛心疾首，而得到醫治這個社會痼疾的妙方，他自然也是欣喜若狂。墨子「以利易害」的救世情懷就不露聲色地包含在「兼相愛」的政治主張中，而在「論—說」融合中，這種強烈的政治激情便噴湧而出了。三個故事本身也具有情感色彩，晉文公之臣的粗俗讓人不以為然，楚靈王之臣的作態讓人為之作嘔，越王句踐之臣的奮勇讓人為之驚奇。在形象組接的過程中，這些情感趨向於深刻的認識激情，它們與作者的政治激情相結合，便造成了情感的強化。這些情感不再是為了某個具體歷史故事而發，而是為了一場自上而下的社會變革而發，它們具有了更深厚的思想蘊涵和更強烈的感染力量。

三是議論審美化。

形象的泛化和情感的強化都指向一個方向，即作者的思想觀點。作者在「論—說」結合中進行議論，造成議論形象化，議論情感化，改變了抽象議論的非文學面孔，從而使議論具有了文學性。而「論」的理論性和「說」的教

論性的充分融合，產生出豐富的思想意蘊。社會理想灌注於整個議論，政治激情照亮了整個議論，從而使作者的觀點不再是乾巴巴的教條，具有了獨特的審美價值。諸子散文作為議論文學，具有獨特的文學特徵。在議論的框架內，聯想形象，激發情感，領悟思想，使人得到一種獨特的審美感受。

（四）「論—說」因素的具體結構

諸子散文以「論—說」因素的具體結構，形成諸子散文的不同構成形式，顯示了諸子散文發展演進的邏輯進程。

首先，「論—說」因素的消長，構成諸子散文的不同形式。

一是說林體。

說林體以《韓非子》之《說林》為代表。《說林》雖然有「說」而無「論」，而事實上它是為了「論」而準備的「說」，與「論」有著天然的聯繫。與此類似的，如有《荀子》中的《宥坐》、《子道》、《法行》、《哀公》、《堯問》等。

二是儲說體。

儲說體以《韓非子》之《內儲說》、《外儲說》為代表。它們首標論旨，後儲說例，「論—說」二因素處在鬆散的聯繫中，沒有形成有機融合的整體。這種形式為韓非所獨創，如漢代劉向《說苑》基本上也屬於儲說體。

三是融說體。

融說體是指「論—說」因素的有機融合，是諸子散文的典型形態。在議論的框架內，「論—說」二因素互相滲透而達到有機融合，感性與理性，形象與概念，文學因素與非文學因素處在一種不能分割的有機聯繫之中，形成了諸子散文特殊的文學性，具有獨特的文學審美效果。我們所討論的先秦諸子散文主要屬於這種類型，如《韓非子》、《呂氏春秋》多屬此類。

四是概說體。

概說體是諸子散文走向解體的形態。其特徵是以「說」的概括介紹代替了「說」的具體描繪。如李斯的《諫逐客書》便屬於此類。其云：「昔穆公求士，西取由余於戎，東得百里奚於宛，迎蹇叔於宋，來丕豹、公孫支於晉，此五子者，不產於秦，穆公用之，並國二十，遂霸西戎。」〔註10〕這裡，「說」的具體描繪沒有了，只剩下對「說「的概括介紹，因而「說「的形象性和情感

〔註10〕劉盼遂、郭預衡：《中國歷代散文選》（上），北京出版社 1980 年版，第 218 頁。

性驟為減弱。《荀子》散文也多有此種類型。這種概括介紹雖然也能夠引發具體過程的聯想，但是它們已經趨向於抽象的議論，顯示出諸子散文基本特徵的解構。

其次，「論─說」的排列方式，也構成諸子散文的不同形式。

一是先「說」後「論」。

《韓非子》之《和氏》屬於此類〔註11〕。首先，文章敘述楚人和氏獻玉璞而被刖足，抱其璞而哭於楚山之下的故事；然後，引出有術之士獻術於王難於和氏獻璞的議論。通過「說─論」組接，民間故事所塑造的和氏形象自然而然地滲透到了有術之士的形象之中，而人們對和氏獻璞刖足的同情也自然轉移到了有術之士的身上。由「說」而「論」，故事的形象性和感情性先入為主，一開始就給文章塗上了濃重的文學色彩。在這樣的狀態中，文章具有特殊的審美作用，使人們更容易接受作者的議論。

二是先「論」後「說」。

《韓非子》之《說難》屬於此類〔註12〕。作者首先就游說之難發表了一整套議論，問題已經討論清楚了。然後，作者在文章末尾加了三則歷史故事：一是鄭武公欲伐胡，大夫關其思對曰：「胡可伐。」結果，被鄭武公怒而戮之；二是宋有富人，天雨牆壞，鄰人之父言「不築，必將有盜」，果然當晚大亡其財，而鄰人之父卻因此受到懷疑；三是彌子瑕之於衛君，前得寵而見賢，後愛弛而獲罪。通過歷史故事，具體顯示了游說之難。最後，作者發出「人主亦有逆鱗，說者能無嬰人主之逆鱗則幾矣」的深沉感慨。由「論」而「說」，文章具有濃重的理性色彩。感性形象是在理性狀態中接受的，形象的感受，情感的激發，完全被規範在議論的框架之內，成為議論的充分根據。

三是「論─說」相雜。

《呂氏春秋》多屬於此類。它們往往有好幾個故事，故事之後有畫龍點睛的議論，「論」滲透於「說」中，「說」融化於「論」中，「說─論」交錯，既有理趣，亦有情致，形成波瀾起伏的錯落美。此類文章數量最多，是諸子散文的典型樣式，讓人在形象感受中領悟道理，也讓人在道理引導下感受形象，表現出議論文學的特殊審美價值。

再次，「論─說」組接關係，也構成諸子散文的不同形式。

〔註11〕陳奇猷：《韓非子集釋》，上海人民出版社 1974 年版，第 238 頁。
〔註12〕陳奇猷：《韓非子集釋》，上海人民出版社 1974 年版，第 221 頁。

一是「論—說」一致的。

一般情況下，「論」的主旨與「說」的意蘊具有一致性，這也是因「說」成「論」的基本條件。「說」與「說」的意蘊具有相似性，如《呂氏春秋》之《慎小》舉有二「說」：一是「衛獻公戒孫林父、甯殖食。鴻集於囿，虞人以告，公如囿射鴻。二子待君，日晏，公不來至。來，不釋皮冠而見二子。二子不悅，逐獻公，立公子黚」；二是「衛莊公立，欲逐石圃。登臺以望，見戎州」，「使奪之宅，殘其州。晉人適攻衛，戎州人因與石圃殺莊公，立公子起。」〔註13〕具有相似意蘊的故事，互相加強，互相豐富，並且超越特殊形象而泛化出一般思理。

二是「論—說」相反的。

「論—說」相反的情況在韓非散文中所在多有。韓非常常將「說」的意蘊剖析到與通常理解完全相反的方向去，從而導出一種不同於常情的主旨。這是對「說」的豐富性的開拓，表現了作者深邃的思想。當然，表面上「論—說」處於逆態組接中，而實際上更突出「論—說」的深層次聯繫。

「說」與「說」也有逆態組接的情況。如《呂氏春秋》之《慎小》舉有前二「說」之後，又舉有另外二「說」：一是齊桓公去食肉之獸，去食粟之鳥，三年不言，而天下稱賢；二是「吳起治西河，欲論其信於民，夜日置表於南門之外」，曰：「明日有人徙南門之外表者，仕長大夫。」有人「往徙表，來謁吳起，吳起自見而出，仕之長大夫」。「自是之後，民信吳起之賞罰」。此二「說」與前二「說」意蘊相對，前者說明不慎小之害，後者顯示慎小之利。兩相對比，既增加了文學的豐富性，也增強了理論的說服力。

總之，由「論—說」因素具體結構所造成的不僅是諸子散文的形式問題，而且也深刻地影響著諸子散文的思想內容。「論—說」因素的不同組接，具有不同的審美效應。它們或由情入理，或由理入情，或論說相似，或論說相對，或鋪排而顯，或對比而明，呈現出諸子散文多姿多彩的面貌。

（五）先秦諸子散文的文學風格

先秦諸子散文有著共同的獨特審美結構和獨特文學特徵，而先秦諸子在寫作中創「論」不同，選「說」有異，又形成了各自不同的文學風格。

先秦諸子們生活在不同的社會情境中，代表了不同的利益階層，他們的

〔註13〕陳奇猷：《呂氏春秋校釋》，學林出版社1984年版，第1680頁。

思想激情便有區別；他們處在不同的文化背景中，具有不同的知識結構，他們的文學表現便有獨特的色彩。

墨子散文具有質實簡樸的風格。墨子崇實重行，其立論強調實踐，選說注重歷史。如「兼愛易行」，選擇三個歷史故事，既通俗易懂，又增強信度；而「君悅之，則士眾能為之」，則染上了墨家那種身體力行的實幹精神。

孟子散文具有浩然豪邁的風格。如「墦間乞食」一節，作者採用民間故事展開議論，諷刺熱中富貴利祿者乃是乞人餘唾的無恥之徒。齊人妻妾的故事本身形象生動，情感鮮明，意蘊豐厚，具有獨立的文學意義。作者將之納入議論，這個故事的性質便發生了改變。在故事的結尾，作者議論道：「由君子觀之，則人之所以求富貴利達者，其妻妾不羞也，而不相泣者，幾希矣。」〔註14〕齊人不再是孤立的形象，他和那班求富貴利達者聯繫起來而產生泛化，原來對齊人的不屑，轉而成為對富貴利達者的嘲笑。原有的意蘊被導入一種深刻的社會認識中，而孟子的認識激情也借這個民間故事集中地爆發出來。我們從中看到了孟子那富有浩然正氣的高大人格對於一班猥褻卑瑣者行為的極度藐視。

莊子散文的獨特風格是其思想激情的獨特性和創作寓言的特殊性的產物。莊子散文沒有空洞議論，沒有抽象說教，他借助寓言，融論於說，表現出獨特的文學風格。

如「惠子相梁」一節〔註15〕，通過鵷雛與鴟的寓言表達了對權勢的厭惡，以超遠飄逸的自由人格嘲笑了人為物役的異化人格。鵷雛是那樣的高潔，它「非梧桐不止，非練實不食，非醴泉不飲」；而鴟是那樣的卑瑣，它竟然把腐鼠當作寶貝。當它看到鵷雛從天際飛過，便以自己卑瑣之心度鵷雛高潔之志，害怕搶走它的腐鼠，發出了保衛腐鼠的「嚇」聲！這則寓言本身很富有審美趣味，鵷雛與鴟相逢，高潔與卑瑣相襯，自然產生出富有喜劇的意味。然而，這則寓言和莊子與惠施的事情組接在一起，又產生出新的審美趣味。「惠子相梁，莊子往見之。或謂惠子曰：『莊子來欲代子相。』於是惠子恐，搜於國中三日三夜。」這樣一來，「鵷雛──鴟──腐鼠」的形象，就與「莊子──惠子──相位」的形象融為一體，莊子即鵷雛，惠子似鴟，相位如腐鼠的意蘊自然流露出來，而鴟之「嚇」與惠子之「恐」便散發出同樣的喜劇意味。從假

〔註14〕楊伯俊：《孟子譯注》，中華書局1960年版，第204頁。
〔註15〕曹礎基：《莊子淺注》，中華書局1982年版，第256頁。

想的寓言到現實的生活，莊子鄙薄相位，超脫清高的風格也就突出地顯現出來了。

在莊子散文中，「論」不是抽象表達出來的，而是在「說」的組接中自然流露出來的。這樣，讀者不是從認識的框架中得到審美，而是在審美過程中加強了認識。因此，莊子散文在先秦諸子散文中具有更強烈的藝術性，它以其獨特的認識，獨特的激情，獨特的故事，鑄就了獨特的風格，成為先秦散文藝術的奇葩！

荀子散文是嚴肅的議論，但也有清新可喜的篇章。如《解蔽》中有「涓蜀梁」一節。他記敘一則民間故事說：「夏首之南有人焉，曰涓蜀梁。其為人也，愚而善畏。明月而宵行，俯見其行，以為伏鬼也；仰視其髮，以為立魅也；背而走，比至其家，失氣而死。」這個膽小鬼的形象與荀子的觀點結合起來，形象和情感發生變化，導向了作者的思想主旨。膽小鬼的故事所激發出的喜劇意味頓時導向了嚴肅的思考。荀子說：「豈不哀哉！凡人之有鬼也，必以其惑忽之間疑玄之時正之。」〔註16〕清醒的理性對非理性的解剖，體現出嚴肅的學者風格。

韓非有意識地為議論搜集各種言談故事材料，構成《韓非子》之《說林》、《儲說》等篇章。我們以《難一》之「晉平公與群臣飲」為例，談談韓非散文。文章之「說」是一個歷史故事：「晉平公與群臣飲，飲酣，乃喟然歎曰：『莫樂為人君，惟其言而莫之違。』師曠侍坐於前，援琴撞之。公披衽而避，琴壞於壁。公曰：『太師誰撞？』師曠曰：『今者有小人言於側者，故撞之。』公曰：『寡人也。』師曠曰：『啞！是非君人者之言也。』左右請除之。公曰：『釋之！以為寡人戒。』」〔註17〕師曠撞而戒君，平公悟而釋臣，這個故事的形象、感情、意蘊本是確定的。然而，這個故事經過韓非的議論，形象發生逆轉，情感產生改變，意旨出乎人意。韓非說：「今師曠非平公之過，舉琴而親其體，雖嚴父不加於子，而師曠行之於君，此大逆之術也。臣行大逆，平公喜而聽之，是失君道也。」這樣便得出「平公失君道，師曠失臣禮」的結論，師曠的勇直成了叛臣的特點，平公的寬納成了糊塗的標誌。在作者政治激情的作用下，形象變形，情感轉向，本來正面形象結果變成反面形象，本來贊許的情感竟然變為「是可忍，孰不可忍」的憤怒，從而集中體現了韓非所竭力

〔註16〕（清）王先謙：《荀子集解》，中華書局1988年版，第406頁。
〔註17〕陳奇猷：《韓非子集釋》，上海人民出版社1974年版，第791頁。

宣揚的君道臣禮。韓非散文常採取「論─說」逆接的方式，以細緻的剖析，揭去常情的遮蔽，顯示出人意料的看法，產生「益人神智」的作用，韓非散文的犀利風格也由此得以體現。

《呂氏春秋》散文是典型的「論─說」結合形式，就像其思想雜取百家一樣，其散文也缺乏鮮明的特色。試以《別類》見其一斑〔註18〕。其云：「小智，非大智之類也」，「聖人因而興制，不事心焉。」是說光靠心智推斷是不可靠的，而要靠實際來檢驗。文章提出「物多類然而不然」的命題，然後舉例說明：「草有莘有藟，獨食之則殺人，合而食之則益壽」；「漆淖水淖，合兩淖則為蹇，濕之則為幹；金柔錫柔，合兩柔則為剛，燔之則為淖。」通過具體例證來說明「類固不必，不可推也」的觀點。此番議論缺乏形象和感情因素，文學審美價值實在不高。接下來作者選用三則故事進一步證明非類而推的可笑。一是魯人公孫綽之「吾固能治偏枯，今五倍所以為偏枯之藥，則可以起死人矣」；二是相劍者曰「白所以為堅也，黃所以為牣也，黃白雜則堅且牣，良劍也」；三是高陽應之「木益枯則勁，塗益乾則輕，以益勁任益輕則不敗」。公孫綽之吹噓，自為常識所不許，相劍者之辯說陷入自相矛盾的境地，高陽應之推理終以「其後果敗」為結局。每個故事之後，作者簡單議論幾句，便將故事導入論題的軌道，人物的喜劇行為便轉化為對事物的嚴肅思考。作者將三則故事組接在一起，顯示出超越具體故事的一般意旨，說明「亂類而推」的小聰明是完全靠不住的，從而水到渠成地提出「聖人因而興制，不事心焉」的結論。《呂氏春秋》是件「粹白之裘」，作者以一種博大的胸襟，包容各種思想激情，容納各類人物事件，以「說」證「論」，嚴密推理，顯示出穩健嚴謹的文學風格。

諸子的思想、情感不同，議論、語言有別，自然造成各自獨特的文學風格，形成先秦諸子散文百花齊放的盛況。

（六）先秦諸子散文的地位和影響

先秦諸子散文是中國文學史上的重要歷史現象。它在吸收前代豐富的思想文化營養基礎上產生進而成熟，它也以自己獨特方式影響著後代的文學發展。

諸子散文作為「論─說」要素的矛盾統一體，應該在「論─說」要素內

〔註18〕陳奇猷：《呂氏春秋校釋》，學林出版社1984年版，第1642頁。

在關係中來理解其前承後啟的歷史軌跡。

諸子散文的產生主要通過「論」和「說」兩個渠道吸收前代文學營養而實現。從「論」的角度來看，古老的諺語和格言對諸子散文有重要的作用。伴隨著理性的覺醒，人們開始表達對自然界、社會界的理解。人們的理解是建立在經驗基礎上的理性，它們多以諺語和格言的形式出現。在先秦古籍中，多提到一種古老的典籍——《志》，而考察《志》的內容幾乎都是總結各方面生活經驗的格言。而在《易經》「卦爻辭」中也存在著大量的諺語和格言。我們認為，古老的諺語和格言曾經是先秦諸子思想取資的文化寶庫。此外，諸子思想表達的認識激情和政治激情，同樣具有古老的傳統。如《詩經》包含著強烈的認識激情和政治激情。詩人們為政治的黑暗憂心如焚，為王朝的崩潰痛心疾首，一種匡政救世的政治激情通過他們的詩篇噴湧而出。先秦諸子繼承前代的理性精神和政治激情，以清醒的理性來剖析社會的現實，以強烈的激情來擔當社會的責任，這些對於諸子散文是不可或缺的重要因素。

從「說」的角度來看，歷史記載、民間故事、寓言故事是諸子散文的重要材料來源。伴隨著理性的覺醒，重人意識終於衝破宗教神學迷霧而走進歷史。重視人事的傾向最突出表現在歷史記載之中。大量的歷史記載是文化傳承的主要載體，諸子們從歷史記載中選擇自己的理論根據。當重人意識彌漫於民間之時，民間也就催生出大量以人為中心的故事。民間故事從生活中提煉出來，帶著樸實的生活感受，帶有輕鬆的生活趣味，自然具有更突出的審美價值。當理性精神占居主導地位，神話消歇而寓言興盛。寓言故事是理性精神的產物，它用假想的故事表達生活的經驗，它以浪漫的想像表現嚴肅的思考，它獨特的形態具有巨大的藝術魅力。在西周末期之後，禮崩樂壞而致學術下移，這樣的文化背景為官方文化和民間文化的對流提供了重要條件。諸子們身在其中，他們成為官方文化和民間文化對流的焦點。來自官方的歷史記載，來自民間的故事、寓言，都進入了他們的文化視野，成為他們思想表達的重要資源。

「論—說」二要素本身存在著結合的可能性，而在理性的歷史意識的支配下，在社會的政治動盪的條件下，諸子們從「論」和「說」兩個渠道吸收前代思想文學營養而實現了諸子散文的繁榮。

諸子散文一旦成熟，便以獨特審美形式，滿足人們的審美需要，顯示其獨特的文學價值。在文學發展的不自覺階段上，在議論文學的框架內，諸子

散文給人以理性的啟迪，形象的感受，情感的感染，以其獨特的文學魅力而益人意智，發揮著重要的文學作用和社會作用。

隨著戰國時代百家爭鳴的結束，諸子散文也逐漸走向了衰落。諸子散文的衰微不只是社會政治文化變化所致，同時也是諸子散文「論─說」要素自身矛盾的結果。「論─說」要素本身具有矛盾性，就「論」的本質看，它主要用抽象的一般道理去訓導人，以滿足人們的認識需要；就「說」的本質看，它主要用形象的具體故事去感染人，以滿足人們的審美需要。「論─說」之間的矛盾性從一開始就存在著，由於外在的特定思想社會條件下，它們暫時地處在諸子散文這個統一體之中。而隨著外在思想社會條件的變化，「論─說」要素的矛盾性就突出表現出來，不可避免地導致諸子散文的消歇。

諸子散文消歇的思想條件，首先是哲學意識和文學意識的覺醒取代了混沌一體的歷史意識。哲學意識的覺醒，要求人們屏棄那些具體感性的東西，追求一種更深層的玄理。「論」具有擺脫「說」而獨立發展的趨向，這樣必然導致純粹的說理文的孕育產生，它們將退出文學範圍而繼續發展。文學意識的覺醒，要求人們拋棄那些抽象的說教，完全以形象事物本身來感染人，「說」也在試圖擺脫「論」的控制，於是，筆記文便應運而生了。如果說劉向《新序》和《列女傳》中的故事還殘存著「論」的尾巴的話，那麼，六朝筆記記事終於取得了獨立的地位。

「論─說」因素的分化，並不是「論─說」完全的分道揚鑣。它們的結合將在更高層次上進行，後世抒情文可能顯示了這樣的發展趨向。抒情文在更高的層次上，剝落了「論」之理，而突出了「論」之情，削弱了「說」之形，而提升了「說」之意，於是「論─說」融合而情深意濃的文學新形式誕生了。

作為軸心時代的精神產品，先秦諸子散文對後世文學具有深遠的影響。諸子散文所表現的思想永遠是中華民族發展的精神座標，人們將不斷從中汲取精神的力量，這是其他任何作品都無法比擬的。而諸子散文所展現的獨特藝術則是在特定歷史時代產生，而後世無法企及的範本。從唐宋到明清，諸子散文一直都是人們文學寫作取法的典範，它對後世文學的影響是非常深遠的。

先秦諸子散文的研究，對於揭示中國古代文學的特殊性具有核心的價值。隨著先秦諸子散文研究的深入，整個中國古代文學的研究也將得到進一步發展。

九、韓非政論的文學特徵

　　韓非政論處在文章由實用文體向文學創作發展的過渡階段，處在政論和文學聯繫的邊緣地帶。這使它同發展成熟的、處在文學世界中心的文學作品相比，具有特殊性。這種特殊性不能成為否定它具有文學性質的理由。因為就連倡導「絕對文學的」觀點的韋勒克也認識到：最好把那些美感作用占主導地位的作品視為文學，同時還必須承認其他文學，諸如雜文、傳記等類過渡的形式和某些更多運用修辭手段的文字亦是文學。否則便是一種狹隘的文學觀念。〔註1〕當然，在肯定韓非政論具有文學性質的同時，需要深入認識它的特殊性。下面我們通過對韓非政論文學內部因素、審美構成、總體特徵三個方面的探討，以期加深這種認識。

（一）韓非政論的內部因素

　　韓非政論是說理文，議論是它主要的表達方式。議論這種表達方式，既和非文學因素相聯繫，也能夠和文學因素相聯繫。從這個特點出發，我們先來說明韓非政論中包含著的兩種因素——非文學因素和文學因素。

　　議論要運用邏輯思維形式來闡明事理，它不能停留在具體事物上面，而要進行抽象概括，它不能任憑感情的衝擊，而要進行邏輯推理。韓非政論在闡述自己的主張或駁難別人的看法時，也必然要運用抽象概括和邏輯推理。

　　韓非認為社會是發展變化的。為此，他講了兩件事：「古者文王處豐、

〔註1〕（美）韋勒克、沃倫：《文學理論》，生活·讀書·新知三聯書店1984年版，
　　　第13頁。

鎬之間，地方百里，行仁義而懷西戎。遂王天下。徐偃王處漢東，地方五百里，行仁義，割地而朝者三十有六國。荊文王恐害己也，舉兵伐徐，遂滅之」。〔註2〕這兩件孤立的事情尚難說明什麼道理或主張。於是，在具體事實上面的抽象概括便勢在必行了。他接著寫道：「故文王行仁義而王天下，偃王行仁義而喪其國，是仁義用於古不用於今也。故曰：世異則事異。」經過抽象，道理便很明確了。「世異則事異」已經遠遠超出個別事例的意義，清楚地表明了韓非的歷史觀點。

韓非是反對儒墨的，斥之為「愚誣之學」。他在論述這一觀點時，是這樣進行邏輯推理的：「孔子、墨子俱道堯舜，而取捨不同。皆自謂真堯舜，堯舜不復生，將誰使定儒墨之誠乎？殷周七百餘歲，虞夏二千餘歲，而不能定儒墨之真，今乃欲審堯舜之道於三千歲之前，意者其不可必乎！無參驗而必之者，愚也，弗能必而據之者，誣也。故明據先王，必定堯舜者，非愚則誣也。」〔註3〕這裡，他運用了複雜的三段論式，進行環環緊扣的嚴密推理，具有很強的邏輯力量。對此，儒墨只能瞠目結舌，再無置喙餘地。

一般說來，抽象概括和邏輯推理與文學是矛盾的。普列漢諾夫指出：「藝術家用形象表現自己的思想，而政論家借助邏輯的推理來證明自己的思想。」〔註4〕可見，抽象說理和邏輯推論使韓非政論同文學拉遠了距離。在這個意義上，我們稱之為非文學因素。

議論也能夠和文學因素相聯繫。形象和感情是文學的重要特徵，它們和議論並不絕緣。議論可以是以理推理，也可以是以事說理、以事證理、以事喻理。而後者在用具體事物來論述道理時，形象因素便包含其中。議論可以是只談認識，也可以是兼談評價。而在評價的認識和認識的評價中，主觀感情便融入議論之中。韓非利用這個特點，使其政論中包含了豐富的文學因素。

韓非政論固然是以說理為主。但是為了加強說服力，便不能沒有例證，為了幫助讀者理解某種事理，則不能沒有比喻。它的例證和比喻，都具有相當的形象性。

韓非主張利害人情論，他認為上下異利，他說：「魯人從君戰，三戰三

〔註2〕陳奇猷：《韓非子集釋》，上海人民出版社1974年版，第1041～1042頁。

〔註3〕陳奇猷：《韓非子集釋》，上海人民出版社1974年版，第1080頁。

〔註4〕（俄）格·瓦·普列漢諾夫：《藝術與社會生活》，人民文學出版社1962年版，第225頁。

北。仲尼問其故，對曰：『吾有老父，身死莫之養也。』仲尼以為孝，舉而上之。以是觀之，夫父之孝子，君之背臣也。」〔註5〕這裡，「上下異利」的道理是從例證形象中生發出來的。道理不是空洞的說教，而是和例證形象緊密聯繫的。這種用例證形象說明道理的方法是韓非政論包含形象的主要途徑。

韓非還善於運用比喻形象說明道理。他把法術視為治國之具，說道：「託於犀車良馬之上，則可以陸犯阪阻之患；乘舟之安，持楫之利，則可以水絕江河之難；操法術之數，行重罰嚴誅，則可以致霸王之功。治國之有法術賞罰，猶若陸行之有犀車良馬也，水行之有輕舟便楫也，乘之者遂得其成。」〔註6〕通過犀車良馬、輕舟便楫的比喻，法術之於治國的重要性便不言自明瞭。這種比喻形象也是韓非政論中不可忽視的形象因素。

韓非政論是「疾治國不務修明其法制」、「悲廉直不容於邪枉之臣」的發憤之作。無論言事，還是言理，都滲透著作者的強烈激情。用「筆鋒常帶感情」來評價韓非政論是毫不誇張的。

《和氏》一篇寫楚人和氏獻璞刖足的故事，字裏行間洋溢著濃重的悲憐情調。特別聯繫到法術之士獻道無由的現實，作者一腔悲憤迸湧而出：「則法術之士雖至死亡，道必不論矣」；「則法術之士，安能蒙二子之危也而明己之法術哉？此世所以亂無霸王也。」〔註7〕真情濃烈，感人肺腑，完全可稱為一首飽含孤憤血淚的悲歌。韓非不是坐而論道，議論說理處處打上感情的印記。他揭露社會現實的矛盾，揭示國家弱亂的原因，其中充滿了強烈的認識激情和政治激情。如：「斬敵者受賞，而高慈惠之行；拔城者受爵祿，而信廉愛之說；堅甲厲兵以備難，而美薦紳之飾；富國以農，距敵恃卒，而貴文學之士；廢敬上畏法之民，而養遊俠私劍之屬。舉行如此，治強不可得也。」〔註8〕在對社會現實的深刻認識中，凝聚了作者憤世憂國的感情。這樣的議論，既是冷靜的客觀認識，也是熱烈的感情宣洩；既以它深刻的認識啟迪人，也以它強烈的激情感染人。

總之，韓非政論在議論框架中包含了豐富的形象和濃烈的感情。這些文

〔註5〕陳奇猷：《韓非子集釋》，上海人民出版社1974年版，第1057頁。
〔註6〕陳奇猷：《韓非子集釋》，上海人民出版社1974年版，第250頁。
〔註7〕陳奇猷：《韓非子集釋》，上海人民出版社1974年版，第239頁。
〔註8〕陳奇猷：《韓非子集釋》，上海人民出版社1974年版，第1058頁。

學因素的存在，是韓非政論文學性的必要條件。

（二）韓非政論的審美構成

韓非政論是文學因素和非文學因素結合的整體。只肯定其中文學因素，還不能說明其整體的文學性。說理文中包含文學因素並非個別現象，然而，遠不是都能具有整體文學性的。整體文學性的產生，需要具備一定條件。其中最根本的便是兩種因素有機融合，整體地具有審美價值。

韓非政論的文學性，就是在兩種因素有機融合的基礎上整體地顯示出來的審美性。這主要表現在三個方面。

首先，議論形象化。

在韓非政論中，形象因素主要地不是外在於抽象概括和邏輯推理。它和抽象概括與邏輯推理所表現出的思理水乳交融，有機結合。這要區別兩種形象因素，即比喻形象和例證形象。就比喻言，本體和喻體是異質的，只緣它們在某點有類似之處，便構成比喻關係。《五蠹》云：「如欲以寬緩之政，治急世之民，猶無轡策而御駻馬」，比喻儘管生動，但只是對思理的外在說明。比喻形象在說明思理、表達情緒方面具有積極作用，然而它本身並不能豐富思理的內容。在這裡，文學因素和非文學因素還只是一種無機組接，僅僅靠它還不足以造成韓非政論整體的文學性。

例證形象則不然。它所描繪的社會政治圖畫，本身便蘊含和顯示著思理。抽象思理是對例證形象的理性概括，是對例證形象底蘊的明晰化。它們在本質上是一致的，這正是它們有機融合的基礎。如《難言》中，列舉了十數個仁賢忠良之士遇難的具體事實。一個個悲慘鏡頭的組接給人以強烈的形象感受。在此基礎上，作者進一步作了理性闡發：「此十數人者，皆世之仁賢忠良有道術之士也，不幸而遇悖亂暗惑之主而死。然則雖賢聖不能逃死亡避戮辱者，何也？則愚者難說也，故君子難言也」〔註9〕。這裡，抽象和形象並重，推理和顯示並行，非文學因素和文學因素有機結合，融為一體。在形象的感受中，趨向於對思理的感悟；在對思理的理解中，亦無法得意忘形。人們既從形象感受中領悟思理，亦從思理理解中認識形象。形象因素滲透到議論中，使議論不再是抽象說教，它具體地豐富了思理的內容，這便是議論形象化。

〔註9〕陳奇猷：《韓非子集釋》，上海人民出版社1974年版，第50頁。

車爾尼雪夫斯基說：「凡是感受不到的東西，對美感來說就不存在。」
〔註 10〕形象因素有機地融入議論，使議論成為可以感受的東西，推理的展開連綴著形象的花結，形象的花結又為理性的陽光所哺育。這種有機整體，既能喚起讀者感性的聯想，又能掣動讀者理性的智慧。使讀者在理解和聯想中得到審美感受。邏輯說服力和形象感染力在這裡得到高度統一。議論形象化把非審美價值交融成審美價值，從而造成韓非政論整體的文學性。

其次，議論情感化。

韓非政論中，情感因素和認識因素有機融合，使議論的整體蕩漾著強烈的感情色彩。因而，「情感性比形象性更是使它們具有審美藝術特徵之所在。」〔註 11〕

韓非政論所討論的是社會政治問題。這個對象本身，不但和人發生認識關係，而且還和人發生情感關係。認識和情感是由同一對象作用於人心理的不同方面而產生出來。情感不能脫離認識而孤立存在，而是滲透在認識過程中，對認識起著推動作用。反之，認識也深化和制約著情感。二者在本質上是一致的，這是它們有機融合的基礎。韓非政論到處流淌著作者的情感，情感因素有機地滲透在說理論證中。《孤憤》云：「今大臣執柄獨斷，而上弗知收，是人主不明也。與死人同病者，不可生也；與亡國同事者，不可存也。今襲跡於齊、晉，欲國安存，不可得也。」〔註 12〕深刻的認識中交織著豐富情感。這裡有對權臣的怨恨，有對世主的痛心，有對國運的憂慮，有對現實的感慨。認識和情感完全融為一體，說理和抒情達到完美統一，這便是議論情感化。

情感化的議論便不再是郢廓、蒼白的說教，而成為心靈的傾訴。情感的滲透使認識染上濃重的情感色彩，而認識對情感的作用，也使情感具有理性之美。這樣的議論能夠激活讀者在現實中的感受和體驗，引起他們智慧的回音和情感的共鳴。這種情理相融的特點，使韓非政論在一定程度上詩化了。理中含情，情中帶理，非文學因素在情感的輻射下熠熠發亮，使議論整體具有了審美性。

〔註 10〕（俄）尼·加·車爾尼雪夫斯基：《藝術與現實的審美關係》，人民文學出版社 1979 年版，第 51 頁。
〔註 11〕李澤厚：《美的歷程》，中國社會科學出版社 1984 年版，第 72 頁。
〔註 12〕陳奇猷：《韓非子集釋》，上海人民出版社 1974 年版，第 208 頁。

再次，議論個性化。

在兩種因素有機融合的基礎上，韓非政論從內容到形式都煥發著強烈的個性色彩。議論在他手裏，完全擺脫了一般化，而成為「精神個性」的代表。

「韓子引繩墨、切事情、明是非」，其思想具有深刻性、切實性和批判性。表現在政論中，便有格高氣盛、意旨軒昂，洞察時弊、痛下針砭，蕩滌陳說、立論奇峭的特點，構成韓非政論深峭切實的思想特徵。韓非能動地運用議論形式，表現出論題顯豁、分析精細，例譬有力、壁壘森嚴，辨難多方、無堅不摧的特點，使韓非政論的表達方式具有明確犀利的特徵。韓非運用語言極富個性：危言必語，奇峭剛勁；詰問警句，練淨有鋒；排語復說，氣勢充盈。這些特點造成韓非政論剛勁峻急的語言特色。這些特徵諧調一致，相互作用，使韓非政論有機地表現出深峭勁急的獨特風格，充分地體現著韓非的倔強個性。梁啟超說：「吾儕在本書中雖不能多得韓非事蹟，然其性格則可想見。」〔註13〕確實，韓非政論中活躍著一個議論主人公的形象，它正是議論個性化的結果。韓非政論的獨特風格就在更高層次上顯示了它整體的審美價值。

獨特風格的新異性，能夠產生強烈的審美效果。韓非政論的獨特風格，常常給人一種深刻的刺激和強烈的震撼。使讀者在驚異之餘，得到一種嶄新的觀念，想到一個獨特的性格，感到一種非常的氣韻，而審美感受也含寓其中了。李澤厚指出：諸子散文所以成為文學範本，是因為具有氣勢、風格等審美素質。而尤稱「韓文的峻峭，才更是使其成為審美對象的原因。」〔註14〕韓非政論具有整體的文學性，其議論個性化無疑是更重要的。

審美性是文學的本質特徵。議論形象化、議論情感化、議論個性化，使文學因素和非文學因素有機融合，是構成韓非政論審美性的特殊形式。

（三）審美構成的總體特徵

韓非政論審美構成的特殊形式，決定了它不等同於一般文學作品。其文學特徵不在於單純的形象性和情感性，而在於以思理為中心，思理、情感、形象諸因素的有機融合。這是韓非政論文學的總體特徵，它深刻體現在各種因素融合過程中所表現的特殊性上面。

〔註13〕陳引馳編：《梁啟超國學講錄二種》，中國社會科學出版社 1997 年版，第 48 頁。

〔註14〕李澤厚：《美的歷程》，中國社會科學出版社 1984 年版，第 72 頁。

首先，思理因素的文學化。

韓非政論是以立意為宗的文章，無論具體敘述，還是邏輯推論，都是為了闡明道理。思理因素始終是韓非政論的核心。自然，抽象的思理、思辨的結論，很難具有審美價值。韓非政論的思理因素在和形象、情感因素的融合中，使自己文學化了。它成為一種形象的思理，情感的思理，不是外在於文學的因素，而是政論文學的有機部分。

思理因素的文學化，主要通過這樣一些方式實現的。

其一，理帶形象。思理從形象的事物中引申出來，和形象相互滲透，緊密聯繫，造成「義不離象」的情況。思理和形象融合，使思理抽象性減弱，形象性增強，從而思理形象化了。

其二，理帶感情。思理中融入感情，便不再是冰冷的客觀道理，而成為一種情理。它不是超然地、客觀地議論生活，而是充滿激情地置身於生活。這種融情之理，有著激動人心、感染人情的巨大力量。

其三，理帶趣味。思理本來是嚴肅的，但在韓非政論中常常融入趣味因素，使思理含有諧趣。如「守株待兔」、「自相矛盾」、「鄭人買履」之類。這種寓莊於諧的方式，使思理嚴肅的面孔鬆弛下來，極富理趣。

總之，思理和形象、情感、趣味有機結合，使之轉化為文學的有機成分。

思理因素文學化，並不導致它和一般文學作品主題思想的等同。它具有自己的鮮明特點。一是明確性。一般文學作品的主題思想應該在人物和情節的敘述中自然而然地流露出來，特別指出主題思想乃是創作大忌。政論文學卻不是這樣，其思想必須刻露鮮明，毫不含糊。劉熙載說：「文無論奇正，皆取明理。」〔註15〕韓非政論「引繩墨、切事情、明是非」，思理明確性是它不可磨滅的重要原因。二是深刻性。「文以識為主」，韓非政論之思理採擷於政治現實之深部。「闡前人所已發，擴前人所未發」，處處表現出獨特見識，深刻揭示了政治現實的某些本質，提出許多深邃的見解。這種深刻的思理益人意智，極大提高了它的文學價值。議論的力量首先來自議論本身。思理因素的明確、深刻，使韓非政論煥發著理性的光輝，成為政論文學中的珍品。

其次，情感因素的強化。

情感的引發是以認識為中介的，認識愈是深刻，情感便愈強烈。在韓非政論中，情感因素以思理為中心的有機融合，極大地增強了情感色彩和情感

〔註15〕（清）劉熙載：《藝概》，上海古籍出版社 1987 年版，第 36 頁。

力量，表現出情感因素強化的特點。

情感強化主要是在思理作用下實現的。

其一，以理激情。認識規定情感，並使情感深化。韓非對宗國危亡的清醒認識，使他的情感更深刻、更強烈。每當論及政治現實中悖亂相反的現象時，他便迸發出迫急怨憤的激情，真有痛哭、流涕、長太息之慨。觀念在心靈中發出強烈的激情，深刻的思理推動著情感的強化。

其二，以理固情。思理還能造成情感的持久穩固。韓非對法術之士悲劇命運的切實感受和深刻認識，在情感上造成持續的心境。於是，韓非政論始終籠罩著一種孤憤的情調。

其三，以理制情。思理因素制約情感，克服情肆之患，使情感更為集中。認識深入到事物本質，便能忽略一般的感觸，使情感集中一處。韓非立論，棄愛重刑，慘礉少恩，使人覺得冷酷無情。其實無情亦是情感。韓非對政治現實的深層認識，使他把情感集中到尊主安國上面。一方面的無情正說明另一方面的鍾情。

強化了的情感因素在思理的激發、加固、制約下表現出來，因而不同於感官的情緒反應和非理性的迷狂，具有深刻的認知性。這種情感是對歷史沉思和對現實分析基礎上湧發出來，它不是個人得失的呻吟，而是社會政治的感慨，因而又具有強烈的社會性。這種滲透著理性精神、灌注著時代血液的情感有著更重要的審美價值和社會價值。

再次，形象因素的泛化。

韓非政論中的形象是證明或說明思理的手段，它同樣以思理為中心，融匯在議論中。適應這種融匯，加之思理因素的作用，形象具有從特殊導向一般的泛化傾向。

韓非政論「未嘗離事而言理」，但是，事理相較，重心始終在理一邊。為了適應這種趨向，形象便有如下表現：

其一，由事證理。因為總有一理橫亙胸中，所以例證形象的描述必然更重選擇。往往去其枝葉，留其主幹，理明即止，具有簡括的特色。這種簡括的形象含義集中，在思理影響下更易向一般觀念泛化。

其二，類比見理。《二柄》云：「君見好，則群臣誣能。」為此舉出許多歷史事例，「故越王好勇而民多輕死，楚靈王好細腰而國中多餓人；齊桓公妒而好內，故豎刁自宮以治內；桓公好味，易牙蒸其子首而進之；燕子噲好賢，故

子之明不受國。」〔註16〕這種相類事例的組接，導致特殊事例向一般道理的轉化。在組接中，特殊方面退居其次，而共同方面被思維歸納出來，形象自然發生泛化。

其三，借事喻理。事為客，理為主。比喻形象只是為了使道理更易理解和接受，自然不能反客為主。有的形象雖然奇妙生動，但終需得其意而忘其形。比喻形象必然導向一般思理。形象本身是大於思想的，但在思理的制約和作用下，它生動的細節或被刪削，它豐富的意蘊或被遮掩，從而只突出了和思理聯繫的方面。這種泛化了的形象雖然削弱了原有的豐富性和生動性，卻能夠給人更深刻的感覺，即趨向於思理的感覺。

就例證形象而言，韓非政論還具有如下特點。

一是典型性。韓非從自己的政治思想出發，選取生活中和歷史上的典型現象以為例證。劉勰說：「故事得其要，雖小成績，譬寸轄制輪，尺樞運關也。」〔註17〕典型例證才反映事物本質，才有很強的說服力。

二是真實性。例證形象不允許虛構和誇張。王充說：「凡論事者，違實不引效驗，則雖甘義繁說，眾不見信。」〔註18〕為了取信於人，韓非取例大多實有其事。葛洪稱「世人尊申、韓之實事」，便是對此的肯定。

三是淺俗性。韓非樂於援用淺俗的故事說明道理。這些故事在社會上普遍流傳，通俗易懂，運用它們便於自己理論的行世。

以上分析說明，韓非政論和一般文學既有深刻聯繫又有明顯區別。它體現了文學和非文學的辯證聯繫，從而具有特殊的文學價值。

〔註16〕陳奇猷：《韓非子集釋》，上海人民出版社 1974 年版，第 112 頁。
〔註17〕向長清：《文心雕龍淺釋》，吉林人民出版社 1984 年版，第 322 頁。
〔註18〕（漢）王充：《論衡注釋》，中華書局 1979 年版，第 1505 頁。

十、韓非政論的文學風格

　　韓非政論是先秦散文的精品。蘇伯衡說：「是故三代以來，為文者至多，倘論臻其妙者，春秋則左丘明，戰國則荀況、莊周、韓非。」〔註1〕茅坤更指出：「顧先秦之文，韓子其的觳焉。」〔註2〕韓非政論能夠臻其妙境，成為範本，主要在於它具有鮮明獨特的文學風格。

（一）韓非政論的思想特徵

　　作品的思想內容對於風格具有決定作用。司馬遷說：「韓子引繩墨、切事情、明是非。」〔註3〕這是對韓非政論思想內容特徵的最早概括。韓非對社會政治的議論不是就事論事的淺表看法，而是使之上升到深刻的哲理高度，構成系統的政治理論。這些理論是他分析現實，判別是非的繩墨，顯示著韓非政論思想的深刻性。他的理論不是抽象的玄思，而是要解決社會中迫切的現實問題，這又顯示著韓非政論思想的切實性。而理論的建立，問題的解決，是在和各種對立的思想的鬥爭中實現的。這樣，韓非政論便帶有強烈的批判性。

　　這些特徵具體表現在以下方面：

　　第一，格高氣盛，意旨軒昂。

〔註1〕（明）茅坤：《染說》，《古漢語修辭學資料彙編》，鄭奠等編，商務印書館1980年版，第351頁。

〔註2〕陳奇猷：《韓子迁評後語》，《韓非子新校注》，上海古籍出版社2000年版，第1235頁。

〔註3〕（漢）司馬遷：《老子韓非列傳》，《史記》，中華書局1982年版，第2156頁。

　　韓非是當時新思想的代表。他觀察事物，認識問題具有別人難以達到的理論高度。表現在政論中，就有一種格高氣盛，意旨軒昂的特點。

　　韓非站在歷史高度立論，高屋建瓴，顯示出不可撼動的思想力量。韓非之前，商鞅已認識到歷史是發展的。韓非繼承這種進步的歷史觀，用來論證法治的合理，用來抨擊反對法治的復古論調。他說：「世異則事異」，「事異則備變」。隨著社會發展變化，解決社會問題的措施便不可不相應地發展變化。處在多事大爭的歷史條件下，要想做到主尊國安，只有實行法治。法治是「論世之事，因為之備」的產物，是現實的需要和歷史的要求。他說：「處多事之時，用寡事之器，非智者之備也；當大爭之世，而循揖讓之軌，非聖人之治也。」〔註4〕復古論調完全違背歷史發展規律，脫離了具體社會條件，不能解決實際問題，只能是一種有害的空談。

　　從人性論角度探剖人情，挖掘根源，為法治尋找根據，顯示了韓非政論的思想深度。韓非受荀子性惡論啟發，認為人的本性是自私自利的。他說：「凡治天下，必因人情。人情者，有好惡，故賞罰可用，賞罰可用，則禁令可立而治道具矣。」〔註5〕利用這種客觀的人情，君主才可以憑藉自己能利人，能害人的權勢法術，通過賞罰來治理國家。用人性論證法治的合理，其思想便深了一層。

　　韓非立論之高，挖掘之深，眼界之遠，是當時人們所無法企及的。這使他能夠集法家大成，建立了系統的法治理論。陳澧說：「韓非兼申、商之法術而更進焉者也。」〔註6〕他吸收前期法家的理論而又加以豐富提高，構成法、術、勢結合的全面系統的理論。法以治民，術以制臣，勢是推行法術的基礎。三者形成了一個有機的體系。

　　第二，燭察時弊，痛下針砭。

　　韓非堅決反對不切實際的空談。他說：「今聽言觀行，不以功用為之的彀，言雖至察，行雖至堅，則妄發之說也。」〔註7〕所以，他的政論都是「審於是非之實，寄於治亂之情」的切實之論。燭察時弊，痛下針砭，是韓非政論的突出特點。

〔註4〕陳奇猷：《韓非子集釋》，上海人民出版社1974年版，第794頁。
〔註5〕陳奇猷：《韓非子集釋》，上海人民出版社1974年版，第996頁。
〔註6〕陳奇猷：《韓非子新校注》，上海古籍出版社2000年版，第1258頁。
〔註7〕陳奇猷：《韓非子集釋》，上海人民出版社1974年版，第899頁。

韓非大膽揭露政治現實中的矛盾現象。他以智術之士的遠見明察，揭示政治弊端，給以無情抨擊。他認為，當時的主要問題是重人害法：「重人也者，無令而擅為，虧法以利私，耗國以便家，力能得其君，此所為重人也。」〔註8〕這幫人虧法自利是國家最大的隱患。他們憑藉權勢極力阻撓法治，是智法之士不可調和的敵人。

第三，蕩滌陳說，立論奇峭。

韓非對陳舊的傳統觀點進行了毫不留情的批判，提出了許多驚世駭俗的觀點，顯示出「文刺於俗，不合於眾」的奇峭特點。

韓非認為，人與人只能是一種利害關係，君臣關係亦然。「人主挾大利以聽治」，「人臣挾大利以從事」〔註9〕。只要君臣利害關係配合好，便能收到很好的政治效果。在這種認識下，他提出「君不仁，臣不忠，則可以霸王矣」的奇論特識，這不啻給儒墨鼓吹的仁愛思想當頭一棒。

「信」是儒家主張的重要道德觀念，但韓非給以徹底否定。《備內》云：「人主之患在於信人，信人則制於人」；「夫以妻之近與子之親而猶不可信，則其餘無可信者矣。」〔註10〕他主張「恃勢而不恃信」。尚賢是戰國時代的普遍風氣，而韓非說：「任賢，則臣將乘於賢以劫其君。」〔註11〕對於假託賢名的奸人決不可用，即使對於最忠順的臣子也不能放鬆警惕。韓非的觀點是「廢常上賢則亂，捨法任智則危。故曰：上法而不尚賢」〔註12〕。在尚賢成風的時代提出如此不同凡俗的見解，確實是奇聲奪人。

從思想內容言，韓非政論思想深刻，持論切實，立言奇峭，形成一種深峭切實的特徵。這一特徵是構成其獨特風格的根本要素。它決定和要求著與之相適應的表達方式和語言特徵，從深層決定著韓非政論獨特的文學風格。

（二）韓非政論的表達方式

韓非政論的體裁和表達方式都和它的內容諧調統一，以鮮明的特徵給予其文學風格以積極影響。下面從三個方面來認識韓非政論表達方式的特徵：

第一，論題顯豁，分析精細。

〔註8〕陳奇猷：《韓非子集釋》，上海人民出版社1974年版，第206頁。
〔註9〕陳奇猷：《韓非子集釋》，上海人民出版社1974年版，第949頁。
〔註10〕陳奇猷：《韓非子集釋》，上海人民出版社1974年版，第289頁。
〔註11〕陳奇猷：《韓非子集釋》，上海人民出版社1974年版，第112頁。
〔註12〕陳奇猷：《韓非子集釋》，上海人民出版社1974年版，第1108頁。

　　韓非政論論題顯豁，綱舉目張。常常是開篇明義，單刀直入。《二柄》云：「明主之所導制其臣者，二柄而已矣。二柄者，刑德也。何謂刑德？曰：殺戮之謂刑，慶賞之謂德。」〔註13〕一開始就闡明題旨，繼而展開論證。這樣寫來，提綱挈領，中心突出。有時在論述中片言居要，揭其意蘊。《安危》云：「安危在是非，不在於強弱，存亡在虛實，不在於眾寡。」〔註14〕然後圍繞此論取例證明，顯得綱目分明，論旨突出。

　　韓非擅長切究情狀，條分縷析，因而他的文章頭緒雖多，有條不紊。《孤憤》寫智法之士與當塗之人的力量對比，從五種角度從容寫來：「夫以疏遠與近愛信爭，其數不勝也；以新旅與習故爭，其數不勝也；以一口與一國爭，其數不勝也；……」〔註15〕突出說明法術之士「處勢卑賤，無黨孤特」的危險處境。《說難》把游說身危的情況羅列七種之多，「不啻隔垣而洞五臟。」〔註16〕這樣細密的議論，別處實難多見，表現出韓非特殊的表達才能。

　　第二，例譬有力，壁壘森嚴。

　　梁啟超說：韓非「其文最長處在壁壘森嚴，能自立於不敗之地」〔註17〕。這個特點和引例用譬不能分開，有力的例譬常是韓非論點不可撼動的基礎。

　　事實勝於雄辯。用事實說話，是韓非最常用的論證方法。他往往喜用大量事實論證一個道理。《難言》云：「度量雖正，未必聽也；義理雖全，未必用也。」竟用了二十七條歷史材料作為論據，真是鐵證如山，無法撼動，具有極強的說服力。

　　運用正反事例論證道理，事到理明，滴水不漏。韓非認為，「民固驕於愛，聽於威矣」。為此，他列舉了這樣的事例：「今有不才之子，父母怒之弗為改，鄉人譙之弗為動，師長教之弗為變。夫以父母之愛，鄉人之行，師長之智，三美加焉而終不動，其脛毛不改。州部之吏，操官兵，推公法，而求索奸人，然後恐懼，變其節，易其行矣。」〔註18〕愛、刑的不同做法導致兩種截然不同的結果，形成尖銳的對比，孰是孰非，便在不言中了。

〔註13〕陳奇猷：《韓非子集釋》，上海人民出版社 1974 年版，第 111 頁。
〔註14〕陳奇猷：《韓非子集釋》，上海人民出版社 1974 年版，第 484 頁。
〔註15〕陳奇猷：《韓非子集釋》，上海人民出版社 1974 年版，第 207 頁。
〔註16〕陳奇猷：《韓子迂評序》，《韓非子新校注》，上海古籍出版社 2000 年版，第 1231 頁。
〔註17〕陳引馳編：《梁啟超國學講錄二種》，中國社會科學出版社 1997 年版，第 52 頁。
〔註18〕陳奇猷：《韓非子集釋》，上海人民出版社 1974 年版，第 1051 頁。

第三，辯難多方，無堅不摧。

在戰國論辯風氣中，形成各種論辯技巧。韓非加以繼承吸收，並且頗多創造。他提出矛盾之說，運用二難推理，使他的政論鋒芒畢露，犀利無比。揭露敵論矛盾，給以迎頭痛擊，最為韓非擅長。他善於尋繹論敵理論的自相矛盾之處，然後以子之矛攻子之盾，使之陷入進退維谷、左右為難的窘境。最典型的是對儒家賢舜聖堯的駁難。他從儒家津津樂道的堯、舜事蹟中找到破綻，發出凌厲的攻勢。他說：「賢舜，則去堯之明察；聖堯，則去舜之德化：不可兩得也。」兩美堯、舜，自相矛盾。在韓非鋒利的駁難面前，儒家是無法自圓其說的。

韓非批判敵論，「如法吏議獄，務盡其意」，常常是辯而又辯，駁而又駁，層層剝皮，窮追不捨，直到敵論體無完膚、骨骼委地方才罷休。吳闓生說：「論難之文，以韓非為極則。用筆深刻廉悍，冰解的破，無堅不摧，使對敵者無置喙餘地。」〔註19〕這正道出韓非駁論鋒穎銳利的特點。

總之，議論在韓非手裏擺脫了一般化程序而具有鮮明的個性特徵，使其深刻的思想更加明確精審，切實的理論更加雄辯有力，奇峭的觀點更加鋒穎銳利，強化了他思想內容的表達。

（三）韓非政論的語言特色

語言是文學風格的外在標誌。思想內容和表達方式的獨特性通過與之相適應的獨特語言才能表現出來，從而構成作品諧調統一的整體風貌。姚鼐說：「文章之精妙，不出字句聲色之間，捨此便無可窺尋矣。」〔註20〕韓非政論用詞奇峭剛勁，語句警策犀利，語勢咄咄逼人，顯示出一種剛勁峻急的語言特色。這是構成韓非政論獨特風格的重要因素。

第一，危辭必語，奇峭剛勁。

韓非政論展示了那個處於危急存亡之秋的政治現實，提出了燭私矯奸的法治理論。這種獨特內容表現在語言上，便是大量運用危辭必語，造成奇峭剛勁的特點。

韓非措辭求奇，用顯豁直露的危言險語懼人以患害，令之驚心動魄。《亡

〔註19〕徐漢昌：《韓非的法學與文學》，文史哲出版社 1984 年版，第 192 頁。
〔註20〕姚鼐：《與石甫任孫》，《古漢語修辭學資料彙編》，鄭奠等編，商務印書館 1980 年版，第 538 頁。

徵》羅列四十七條亡國之徵，一口氣竟說了那麼多「可亡也」，句重語危，不能不讓人神經緊張，全神貫注。《愛臣》講君主必須防備周圍的人，其中危言險語，令人目不暇接。真是無處不危，無時不險，人主稍有不慎，便會身死國亡。這些語言奇峭卓異，給人激烈透徹之感。

劉大櫆說：「虛字皆備，作者神態畢出。」〔註21〕韓非大量使用表示肯定、否定的副詞和句式，造成剛勁有力的語言特點。《孤憤》云：「智術之士，必遠見而明察，不明察不能燭私；能法之士，必強毅而勁直，不勁直不能矯奸。」副詞「必」的使用，顯得不容置疑。「不……不能」雙重否定，具有斬釘截鐵的力量。

第二，詰句警句，練淨有鋒。

戰國文章大多有一種論辯爭執的氣味，韓非吸收這個特徵，並且加以發揮，使效果更臻理想。這個特徵尤其表現在問句的運用中。韓非特別善於發問，他能瞅中敵論薄弱環節，一問致命。如「博習辯智如孔、墨，孔、墨不耕耨，則國何得焉？修孝寡欲如曾、史，曾、史不戰攻，則國何利也？」〔註22〕這些問句，使人卒不及防，弗能應也。《詭使》在列舉「上之所貴與其所以為治相反」的各種現象後，禁不住發出強烈的詰問：「上以此為教，名安得無卑，位安得無危？」表達了深沉的憂患和強烈的怨憤。《人主》更是反問如珠而出，論辯氣味十足，使法術之士心中的憤懣得到盡情宣洩。

第三，排語復說，氣勢充盈。

諸子都喜歡運用排比，早已是一種風氣。韓非運用排比尤多，這使他的文章更具有不可遏止的氣勢。《難言》把游說失敗的情形用排比句式一氣說出，凡十二句。真是曲折詳盡，氣勢浩蕩，讓人不能不感到說難重重。《詭使》說：「夫立名號，所以為尊也。今有賤名輕實者，世謂之高。設爵位，所以為賤貴基也；而簡上不求見者，世謂之賢。……」〔註23〕連迭六句，詳盡闡說世俗之見和立法之意的矛盾。這樣的議論，在《六反》、《八說》、《五蠹》、《顯學》中所在多有，形成磅礴浩蕩的文章氣勢，生動體現出韓非變革救弊的峻急心情。

〔註21〕（清）劉大櫆：《論文偶記》，《古漢語修辭學資料彙編》，鄭奠等編，商務印書館 1980 年版，第 526 頁。

〔註22〕陳奇猷：《韓非子集釋》，上海人民出版社 1974 年版，第 974 頁。

〔註23〕陳奇猷：《韓非子集釋》，上海人民出版社 1974 年版，第 935 頁。

　　富有特色的語言，造成韓非政論一種迫急的氣勢，剛勁的鋒芒，最鮮明地體現出它獨特的文學風格。

　　總之，韓非政論具有鮮明的特徵：深刻、切實、奇峭的思想內容，通過明確、雄辯、犀利的表達方式和警練、剛勁、迫急的語言運用，得到最完滿的表現。從思想深層到語言表層，各種特徵相互聯繫、相互作用、相互融合，有機地表現了韓非創作個性的獨特性，構成韓非政論鮮明的文學風格——深峭勁急！

十一、韓非政論的文學價值

韓非政論的文學價值有多方面體現：其思想傾向的歷史真實性和進步性對構成作品的文學價值有重要意義；適應內容的形式和技巧是構成作品文學價值的重要方面；文學影響也是文學價值實現的重要標誌。在這裡，我們以文學發展歷史作為觀察角度，從內容、形式、影響三方面來討論韓非政論的文學價值。

（一）時代精神的深刻體現

戰國是「古今一大變革之會」，整個社會發生著深刻而劇烈的變革。社會存在和社會意識都處在新舊碰撞的紛亂之中，歷史正是在這種紛亂之中開闢著前進的道路。韓非作為新興地主階級的思想家，代表了新的社會力量，領導著時代的潮流，積極推進著社會的發展。在他的政論中，揭示了社會現實的真相，表現了地主階級的思想，抒發了法術之士的真情，因而深刻地體現了變革現實，剛毅激烈，昂揚進取的時代精神，具有深刻的認識價值和審美價值。

第一，揭示社會現實的真相

社會現實是韓非最為關注的領域，也是最能激起他心靈敏感的領域。韓非立足紛亂的現實，大膽揭露那個時代的現實真相，發出變革社會的強烈呼聲。在韓非政論中，臣亂、主惑、世急，這些政治問題得到最突出的反映。

重臣作亂是政治鬥爭中的尖銳問題，它是鞏固封建統治的嚴重障礙。韓非認為，君臣異利，君臣關係是敵對關係。他說：「故為人臣者，窺覘其君心

也無須臾之休」〔註1〕；「臣之所不弒其君者，黨與不具也。」〔註2〕他淋漓盡致地揭露出姦臣作亂的種種情形：《姦劫弒臣》說明姦臣怎樣「順人主之心以取親幸之勢」。他們「主有所善，臣從而譽之；主有所憎，臣因而毀之。」親幸之勢成，則「主孤於上而臣成黨於下，此田成之所以弒簡公者也」〔註3〕。《八姦》則敘述了人臣之所道成奸的八種情況。重臣或用金玉玩好內結黨羽以惑其主；或暗事敵國為外援以制其君。他們內外培植力量，一旦羽毛豐滿便會劫弒篡權。《說疑》更綜合各種姦臣的本質特徵，選擇典型細節，塑造了一個鮮明生動的姦臣形象。韓非以犀利的筆鋒暴露出統治階級內部爭權奪利的殘酷現實，有著深刻的認識價值；而他為鞏固封建統治反對重臣作亂，在一定程度上是符合時代要求的。

世主昏惑也是思想鬥爭中的嚴重問題，它成為法治難以推行的主要原因。在新舊交替的時代，各種思想激烈交鋒。在變法不徹底的東方六國，不少君主昏惑不堪，不能貫徹法制，從而導致國家亂弱。韓非對此痛心疾首，他把批評的矛頭指向最高統治者，明確指出國家亂弱的原因是最高統治者的昏惑失道。他不厭其煩地列舉「上之所貴與其所以為治相反」的各種現象。《六反》云：「布衣循私利而譽之，世主聽虛聲而禮之，禮之所在，利必加焉。百姓循私害而訾之，世主壅於俗而賤之，賤之所在，害必加焉。」君主昏惑，欲為相悖，法治便無由實現。這種欲為相悖的現象不消除，則「雖十黃帝不能治也」〔註4〕。韓非在指責昏君惑主的同時，再現社會和思想的混亂狀況，表現了法術之士在推行法治過程中的艱難境況。

形勢急迫是戰國時代的重要特徵。韓國處在強秦與山東六國軍事鬥爭前沿，韓非對此更有別人難及的強烈感受。他清楚地看到從紛爭走向統一是不可阻擋的歷史趨勢，誰能徹底實行法治，治內而裁外，富國而強兵，就能完成從紛亂走向統一的時代任務。他說：「忠勸邪止而地廣主尊者，秦是也；群臣朋黨比周以隱正道，行私曲而地削主卑者，山東是也。」〔註5〕強秦與山東六國政治狀況的對比，說明韓非完全清醒地認識到只有秦國才能完成統一全國的時代任務。而在這迫近統一的時刻，山東六國正處在生死存亡的歷史關

〔註1〕陳奇猷：《韓非子集釋》，上海人民出版社1974年版，第289頁。

〔註2〕陳奇猷：《韓非子集釋》，上海人民出版社1974年版，第124頁。

〔註3〕陳奇猷：《韓非子集釋》，上海人民出版社1974年版，第246頁。

〔註4〕陳奇猷：《韓非子集釋》，上海人民出版社1974年版，第949頁。

〔註5〕陳奇猷：《韓非子集釋》，上海人民出版社1974年版，第307頁。

頭。《亡徵》云：「亡、王之機，必其治亂、其強弱相觭者也。」〔註6〕在這樣的情勢下，臣亂、主惑又從內部加速了山東六國的滅亡。韓非是一位熱烈的愛國主義者，他雖然看到統一的大勢，但又不能將瀕臨滅亡的宗國棄之不顧。《存韓》一篇，便見其挽救宗國的懇切用心。處在「亡、王之機」，韓非立足宗國，想通過解決政治問題使韓國富強起來，免於滅亡命運。這種愛國精神是極為可貴的，即便在客觀上它與統一大勢存在矛盾，也不能減弱其精神的崇高價值。

第二，表現地主階級的思想

面對劇烈變革的社會現實，各個階級都紛紛發表政治見解。但是，當時只有地主階級才代表著時代進步的趨向。韓非處在社會變革最為激烈的時期，因而他更充分、更成熟地表現了地主階級的思想，體現了地主階級促進歷史進步的精神。

變革的歷史觀是韓非政論的思想基礎。人們對歷史變化早有認識：孔子已經看到三代禮制因革的現象；老莊批判現實，崇尚遠古，自然也認識到歷史變化。可是，在儒家、道家那裡，歷史變化成為他們提倡復古的理由。作為法家的韓非則不同，他把歷史變化看作是不以人的意志為轉移的客觀過程。他從物質生活條件中去尋找社會變化的原因。他說：「古者丈夫不耕，草木之實足食也；婦女不織，禽獸之皮足衣也。不事力而養足，人民少而財有餘，故民不爭」；「今人有五子不為多，子又有五子，大父未死而有二十五孫。是以人民眾而貨財寡，事力勞而供養薄，故民爭。」〔註7〕這種用人口、財貨的多寡來說明歷史變化的解釋，把歷史變化看作是一種客觀的社會過程。從這種歷史觀出發，自然引出了政治變革的思想。韓非說：「法與時轉則治，治與世宜則有功。」〔註8〕這樣就使其歷史觀具有了變革現實政治的內容。由於歷史變化，上古曾經實行過的「禪讓」，中古曾經實行過的「仁義」，便都不適合運用於當今。當今只有實行法治，才能主尊、國安、兵強。韓非對歷史變化的認識是政治變革的理論根據，他強調歷史變化完全是為其政治變革服務的。這種變革的歷史觀適應地主階級政治變革的要求，符合鞏固封建統治的歷史趨勢。

〔註6〕陳奇猷：《韓非子集釋》，上海人民出版社1974年版，第270頁。
〔註7〕陳奇猷：《韓非子集釋》，上海人民出版社1974年版，第1040頁。
〔註8〕陳奇猷：《韓非子集釋》，上海人民出版社1974年版，第1135頁。

　　專制的政治觀是韓非政論的思想核心。韓非主張君主本位，所謂「當今之世，為人主忠計」，便道出了他理論的出發點。其法、術、勢結合的政治理論便是為君主專制服務的。他站在「為人主忠計」的立場上，提出解決政治現實問題的各種措施。在封建統治趨向鞏固，紛爭社會趨向統一的時代潮流中，專制的政治觀具有不可否認的歷史進步性。首先，它對解決臣亂、主惑、世急的政治危機有著現實的作用，有利於加強和鞏固封建統治。正如薩孟武所說：「其言論不免偏激，而在當時還不失為救世的藥石」；「然其明法嚴刑，在當時實足以救群生之亂，去天下之禍，吾人又不可厚非。」〔註9〕從解除世弊這點看去，專制的政治觀的積極意義自不待言。其次，專制的政治觀適應戰國後期地主階級加強集權，鞏固統治以兼併天下的歷史要求。韓非文章傳到秦國，引起秦王強烈共鳴。《史記》云：「人或傳其書至秦，秦王見《孤憤》、《五蠹》之書，曰：『嗟乎！寡人得見此人與之遊，死不恨矣。』」〔註10〕這絕不是偶然感興，而只能說明韓非的思想正中秦王下懷，這也從側面顯示出專制的政治觀對於結束紛爭，推進統一所具有的積極意義。

　　當然，專制的政治觀在歷史上的進步性並不能掩蓋地主階級的思想侷限。專制統治總是同黑暗殘暴聯繫在一起，君主本位就意味著對人民自由的剝奪。韓非的法制思想雖有「刑過不避大臣，賞善不遺匹夫」的內容，似乎否定了統治階級的特權，其實質仍然是在維護統治階級的殘酷統治。至於術治的內容無非是欺弄百姓，殘民以逞，打擊一切，陰謀陷害。那些令人「涊然而汗下」的權謀之術，充分暴露了地主階級的陰險殘忍。韓非思想的消極方面，在一定程度上損害了韓非政論的文學價值。

　　第三，抒寫法術之士的真情

　　法術之士是地主階級進行社會變革的最積極的力量。他們對紛亂的社會現實有著深刻的認識，他們對變革社會現實有著高度的政治責任感。他們明察燭私，勁直矯奸，用生命去推行法治主張，這在他們內心激發出強烈的政治激情。這種情感與時代命脈相聯，成為推動他們行動的巨大的內在力量。韓非是法術之士的典型代表，其政論抒發了法術之士的真實感情，在更深層面上體現了時代精神。

〔註9〕薩孟武：《中國政治思想史》，三民書局股份有限公司 1970 年版，第 121、145 頁。

〔註10〕（漢）司馬遷：《韓非列傳》，《史記》，中華書局 1982 年版，第 2155 頁。

　　首先，韓非政論表現了對政治現實的憂患。

　　法術之士面對現實的危機狀況，必然陷入深深的憂患之中。韓非作為「諸公子」，與韓國命運休戚相關，而他所聞、所見、所歷都是宗國危亂的現狀，這無疑更使他感覺有切膚之痛，因而在韓非政論中處處流露著濃厚的憂患情感。如《五蠹》言國家弱亂的各種原因，反覆申說，憂心忡忡：「儒以文亂法，俠以武犯禁，而人主皆禮之，此所以亂也」；「然則無功而受事，無爵而顯榮，為有政如此，則國必亂，主必危矣。」〔註 11〕韓非明察亂亡現象，認識到這些現象必然導致的結果，更加重著內心的憂患。這種憂患不僅僅是個人的情感，而且具有著深刻的社會歷史內容。司馬遷稱「韓非疾治國不務修明其法制」，正說明其憂患的特徵。憂患之情展示了法術之士關注政治現實，以變革社會為己任的內心世界，成為法術之士變革社會的情感基礎。

　　其次，韓非政論表現了法術之士對艱難境遇的怨憤。

　　法術之士在變革政治的道路上，並不是一帆風順的。昏君惑主的不明，當途重人的阻撓，常常使他們「不戮於吏誅，必死於私劍矣」。這樣的境遇怎麼能不激起他們的強烈怨憤？難怪王道焜《重刻韓非子序》說：「韓非之書十萬餘言，皆成於發憤感怨。」〔註 12〕如《難言》、《說難》力陳進言不易，充滿憤懣之情。《孤憤》一篇更是怨憤的呼喊！「當塗之人乘五勝之資，而旦暮獨說於前。故法術之士奚道得進，而人主奚時得悟乎？故資必不勝而勢不兩存，法術之士焉得不危？」〔註 13〕這真是披肝瀝膽，怨憤衝天！法術之士的悲慘遭遇並不是偶然現象，韓非列舉了那麼多「賢聖不能逃死亡避戮辱」的事實，就說明了法術之士必然的悲劇命運。這是社會時代的悲劇，由此而激發出的怨憤便更加深沉。這種怨憤幾乎成為韓非的內心情結，一遇機會就要發洩出來。他講「和氏獻璞」，便禁不住感慨：「則法術之士雖至死亡，道必不論矣！」他講「妾余泣君」，便抑制不住情感：「群臣之毀言非特一妾之口也，何怪夫賢聖之戮死哉！」這種怨憤的感情來自於法術之士推行法術的艱難過程中，它是時代憤激的呼聲。

　　再次，韓非政論表現了對理想的嚮往。

　　別林斯基指出：激情來源於藝術家的世界觀，來自他崇高的社會理想，

〔註 11〕陳奇猷：《韓非子集釋》，上海人民出版社 1974 年版，第 1057 頁。
〔註 12〕陳奇猷：《韓非子新校注》，上海古籍出版社 2000 年版，第 1238 頁。
〔註 13〕陳奇猷：《韓非子集釋》，上海人民出版社 1974 年版，第 207 頁。

來自他對解決當代社會問題和道德問題的渴望〔註14〕。韓非充滿激情地表達了地主階級上升階段的政治理想:「故其治國也,正明法,陳嚴刑,將以救群生之亂,去天下之禍,使強不陵弱,眾不暴寡,耆老得遂,幼孤得長,邊境不侵,君臣相親,父子相保,而無死亡繫虜之患,此亦功之至厚者也。」〔註15〕這個理想是法術之士的堅定信念。為了理想,法術之士即使犧牲生命也在所不惜!《問田》中堂谿公教韓非全遂之道以避危殆之行,而韓非說:「然所以廢先王之教,而行賤臣之所取者,竊以為立法術,設度數,所以利民萌便眾庶之道也。故不憚亂主暗上之患禍,而必思以齊民萌之資利者,貪鄙之為也。臣不忍向貪鄙之為,不敢傷仁智之行。」〔註16〕這些話體現了法術之士心知危殆而持論不屈的可貴精神!

韓非政論表現了封建政治由稚嫩走向成熟,封建國家由紛亂走向統一的歷史進步的革命精神。透過韓非政論的內容,我們能夠認識那個時代的現實,能夠領略那個時代的風貌,能夠感受那個時代的脈搏,而這些正是韓非政論文學價值的思想基礎。

(二)政論散文的成熟形式

戰國時代是古代散文初步成熟的時代。章學誠稱:「諸子爭鳴,蓋至戰國而文章之變盡,至戰國而著述之事專,至戰國而後世之文體備。」〔註17〕這比較全面地概括了戰國散文的成熟程度。單就議論散文而言,體類由簡單到複雜,結構由散漫到嚴整,語言由質樸到富贍,都是在戰國時代完成的。韓非政論是先秦諸子散文的殿軍,它集其大成,富於創造,具有獨特的文學風格。作為政論散文的成熟形式,首先在於它那種深峭勁急的文學風格。除此之外,我們不能忽視韓非政論在文章形式方面的成就。

第一,承創結合,體類多樣

議論文是從最初的諸子講學語錄逐漸發展形成的。如《論語》多是片斷語錄;《孟子》、《墨子》主要也還是語錄體,但已有議題集中的文章。隨著寫作經驗的積累和現實的需要,語錄體形式便向專題論文形式發展,出現了像

〔註14〕 (蘇)格·波斯彼洛夫:《文藝學引論》,湖南文藝出版社1987年版,第116頁。

〔註15〕 陳奇猷:《韓非子集釋》,上海人民出版社1974年版,第248頁。

〔註16〕 陳奇猷:《韓非子集釋》,上海人民出版社1974年版,第904頁。

〔註17〕 (清)章學誠:《文史通義校注》,中華書局1985年版,第60頁。

《莊子》、《荀子》那樣的文章。韓非時居其後，承前體制，又多創新，在議論體制方面取得了新的成就。陳柱說：「韓非子雖為反對文學之人，而其文章實幾已無體不備矣。」〔註18〕高度肯定了韓非政論體類多樣的特點。

專題政論在韓非手中得到高度成熟。同《荀子》相比，便可見出韓非繼承前績而達到高峰。就篇幅言，韓非政論體制宏大，波瀾壯闊。如《五蠹》、《顯學》可謂洋海大觀，顯然在荀文基礎上邁進一步。就結構言，韓非政論發揚了荀文的長處，且更為縝密。如《孤憤》一篇，元人何犿評論為：「繩墨法度之文，有架柱，有眼目，有起結，有收拾，有照應，部勒整齊，句適章妥。」〔註19〕而語言方面，韓非克服了荀文坐而論道，平板少文的缺點，創作出情感噴湧，波瀾壯闊的文章。韓非專題政論既有理論說服力，又有感情感染力，是具有很強文學素質的政論傑作。

韓非為適應多方面需要，在議論體類上又多有創新。有駁難體，如《難篇》諸文。這類文章專用駁難、反證的方法來表現思想。它運用矛盾之說分析社會政治現象，洞察事物內在矛盾，從而能夠看到別人看不到的幽微之處，能夠得出別人得不出的驚人結論。這類文章嚴峻快勁，壁立千仞，是韓非政論中最富創造，最有個性的部分。有經說體，如《儲說》諸文。這類文章分經、說兩部分。經，提出立論主旨，略加申論。說，羅列大量證據，鐵證如山，不可撼動。經說配合，渾然一體，很好證明了政論主旨。

此外，韓非不拘一格，靈活運用多種形式。在韓非政論中尚有書信體、問答體、提綱體、協韻體等。

第二，注重章法，結構整嚴

在語錄體中，記錄言辭固然要講究「言有序」，但這還不是從文章角度的考慮。專題論文是獨立的文章形式，所以要考慮它作為一個整體的布局。韓非的專題論文，在謀篇布局方面頗具匠心，無論長文，還是短章，大都是嚴整的有機整體，表現出嫻熟的章法。周勳初指出：「寫作議論文而講究篇章結構，是從韓非才開始的。」〔註20〕韓非政論多能圍繞中心，首尾圓合，顯示出結構的嚴整之美。

《說難》是韓非的代表作，它在結構上是很講究的。文章先從反面破題，

〔註18〕陳柱：《中國散文史》，上海書店 1984 年版，第 72 頁。
〔註19〕（明）焦竑輯：《二十九子品匯釋評》，明萬曆四十四年刻本。
〔註20〕周勳初：《韓非子簡記》，江蘇人民出版社 1980 年版，第 176 頁。

說明難不在吾；再從正面立論，揭示主旨：「凡說之難，在知所說之心可以吾說當之。」進而從兩方面展開論述：先從反面列舉不知所說之心而游說，導致遇危遭患的各種情況；再從正面說明「凡說之務，在知飾所說之所矜而滅其所恥」，知其心而又順其心，才會「得親近不疑而得盡辭」。道理闡明後，又進而照應開頭，用具體事例強調了「非知之難，處知則難也」的道理；最後以「逆鱗」為喻，點明難易之機在於順逆，收束全文〔註21〕。這篇文章正反論證，曲折多姿，緊扣中心，首尾圓合，結構頗見藝術匠心。

韓非政論中的短篇也多能首尾圓通，一氣呵成，頗有天衣無縫之妙。如《難二》中有一章，晉平公問叔向說：「昔者，齊桓公九合諸侯，一匡天下，不識臣之力也，君之力也？」叔向認為是臣之力，師曠認為是君之力。而韓非則認為：「非專君之力，又非專臣之力也。」接著便以此為中心展開論述：先以宮之奇、僖負羈、蹇叔三人為例說明成功並非全賴大臣的力量；又以齊桓公、晉文公為例，說明成功也不全靠國君的本領。最後得出結論：「凡五霸所以能成功名於天下者，必君臣俱有力焉。」〔註22〕短小篇章，論述有序，緊扣中心，表現了完整的結構。

韓非政論精於組織，巧於安排，顯示出議論的諧調之美。

一是論述事理，正反互舉，既把道理闡述的透徹，又使行文不流於平板。如《問辯》論述「上不明則辯生」的道理。先正面論明主行法治，求功實，因而無辯；再反面論「亂世則不然」，人主不以法令為準繩，不以功用為的彀，致使「堅白、無厚之詞章，而憲令之法息」〔註23〕。這樣論證，正反有序，論點堅固。

二是並論相關，錯互見意，內容既顯豐富，論述又見條理。如《定法》論法術不可一無，皆帝王之具也。論徒術而無法不可，既闡明法的重要，也暗示了術的地位；論徒術而無法不當，強調用術的同時，也說明法不可少。並論相關，能夠發揮相互映襯，彼此互補的作用。

三是條議事理，務盡其意，層次分明，井然有序。如《三守》曰：「凡劫有三，有明劫，有事劫，有刑劫。」然後分別論述；《八奸》曰：「凡人臣之所以成奸者有八術。」然後逐一描述；《亡徵》更是整篇條列，成為一篇奇文。

〔註21〕陳奇猷：《韓非子集釋》，上海人民出版社1974年版，第221頁。
〔註22〕陳奇猷：《韓非子集釋》，上海人民出版社1974年版，第826頁。
〔註23〕陳奇猷：《韓非子集釋》，上海人民出版社1974年版，第899頁。

至如事論結合，詳略有方，更是先秦議論文的普遍特點，韓非政論也有突出表現，在這裡就不再列舉了。總之，韓非政論講求章法，精於構思，其布局嚴整而不亂，行文波瀾而有序，收到很好的藝術效果。

第三，言之有文，沉思翰藻

「言之不文，行而不遠」是儒家的觀點，卻也道出為文的普遍規律。韓非反對文飾，但他要作文用世，就不能違背這個規律。在議論文學語言從簡約到富贍的演進中，韓非政論站在當時的高峰。明代趙用賢喜歡韓文，曾說：「吾嗜其文辭，若薦三釁者，以味薦而已矣。」〔註24〕說明韓非政論言而有文的特點；李塗稱「韓非子文字絕妙」〔註25〕，也是指它富有文采的語言。

韓非政論語言的文采主要來自三個方面：

其一，語言的形象性。

政論雖是議論政治道理的，但要使這些道理易於理解和接受，作者就常常運用細緻的描繪和精彩的比喻，使抽象的道理變得具體可感。如《亡徵》云：「木之折也必通蠹，牆之壞也必通隙。然木雖蠹，無疾風不折；牆雖隙，無大雨不壞。」〔註26〕蠹隙於內，風雨於外，生動形象的比喻恰當地表現出亡、王之機的急迫形勢。《八說》云：「夫沐者有棄髮，除者傷血肉。為人見其難，因釋其業，是無術之士也。」用淺顯形象的常識說明「法有立而有難，權其難而事成，則立之；事成而有害，權其害而功多，則為之」的深刻道理〔註27〕。韓非運用例證形象時，雖多粗線勾勒，也不乏細緻描繪。如《五蠹》云：「堯之王天下也，茅茨不翦，采椽不斲；糲粢之食，藜藿之羹；冬日麑裘，夏日葛衣；雖監門之服養，不虧於此矣。禹之王天下也，身執耒臿以為民先，股無胈，脛不生毛，雖臣虜之勞，不苦於此矣。」〔註28〕筆觸伸到堯、禹衣食住行的細部，使人物栩栩如見。如此，「堯、禹讓天下不足多也」的道理便容易理解了。韓非政論大量運用例證形象和比喻形象，難怪劉勰稱「韓非著博喻之富」〔註29〕。對此，韓非自己也有朦朧的認識，他說：「古之人

〔註24〕陳奇猷：《韓非子新校注》，上海古籍出版社2000年版，第1225頁。
〔註25〕（宋）李塗：《文章精義》，人民文學出版社1960年版，第2頁。
〔註26〕陳奇猷：《韓非子集釋》，上海人民出版社1974年版，第270頁。
〔註27〕陳奇猷：《韓非子集釋》，上海人民出版社1974年版，第974頁。
〔註28〕陳奇猷：《韓非子集釋》，上海人民出版社1974年版，第1041頁。
〔註29〕陸侃如、牟世金：《文心雕龍譯注》，齊魯書社1995年版，第260頁。

難正言，故託之於魚。」〔註30〕難於正言，便要借助具體的感性形象來表達。

其二，語言的抒情性。

韓非政論的語言具有濃重的感情色彩。他用五蠹、社鼠、猛狗來指稱有害之民和當塗重人，用犀車、良馬、輕舟、便楫來比喻法術，其中浸透著強烈的褒貶感情。韓非指責儒家學說是「不能具美食而勸餓人」的勸飯之說，是「猶待粱肉而救餓之說也」。形象的比喻中蘊涵著幽默嘲諷的情感。韓非還常常運用反問、感歎的語句，直抒胸中的憤懣。如《孤憤》云：「故資必不勝而勢不兩存，法術之士焉得不危？其可以罪過誣者，以公法而誅之；其不可被以罪過者，以私劍而窮之。是明法術而逆主上者，不戮於吏誅，必死於私劍矣。」〔註31〕一腔孤憤鬱悶之情彷彿決堤的洪水奔湧傾瀉。這樣富有激情的語言，怎能不引人扼腕，催人共鳴？茅坤稱韓文：「纖者，鉅者，譎者，奇者，諧者，俳者，欷歔者，憤懣者，號呼而泣訴者，皆自其心之所欲為而筆之書。」因為筆鋒常帶感情，所以韓非政論能夠有「一開帙而爽然，奉然，爀然，勃然，英精晃蕩，聲中黃宮，耳有聞，目有見」的強烈藝術效果〔註32〕。

其三，語言的形式美。

韓非政論根據漢語特點，運用對偶、協韻的修辭方式，講究語言的形式美。如《觀行》運用對偶：「古之人目短於自見，故以鏡觀面；智短於自知，故以道正己。故鏡無見疵之罪，道無明過之怨。目失鏡，則無以正鬚眉；身失道，則無以知迷惑。西門豹之性急，故佩韋以自緩；董安于之心緩，故佩弦以自急。故以有餘補不足，以長續短之謂明主。」〔註33〕或理相對，或事相偶，儷辭錯落，搖曳多姿，沒有極高的寫作能力是不易做到的。如《揚権》通篇用韻：「腓大於股，難以趨走。主失其神，虎隨其後。主上不知，虎將為狗。……」〔註34〕語句整飭，節奏和諧，音韻悅耳，自然上口，簡直就像一首哲理詩。郭預衡先生說：「駢散相雜，韻散相兼，卻不能說不是作者崇尚文采的表現」，「既講文采，也即等於『沉思』『翰藻』了。」〔註35〕韓非政論雖「以立意為宗」，但的確是「沉思」「翰藻」之作。

〔註30〕陳奇猷：《韓非子集釋》，上海人民出版社1974年版，第577頁。

〔註31〕陳奇猷：《韓非子集釋》，上海人民出版社1974年版，第207頁。

〔註32〕陳奇猷：《韓非子新校注》，上海古籍出版社2000年版，第1235頁。

〔註33〕陳奇猷：《韓非子集釋》，上海人民出版社1974年版，第479頁。

〔註34〕陳奇猷：《韓非子集釋》，上海人民出版社1974年版，第123頁。

〔註35〕郭預衡：《中國散文史》（上），上海古籍出版社1986年版，第10頁。

　　韓非政論在文章的形式和技巧方面取得了相當的成就，使之成為政論文學的成熟作品。在此基礎上，進一步形成其深峭勁急的文學風格。

　　總之，韓非政論以其進步的思想內容和成熟的藝術形式，再現了廣闊的價值世界，表現出特殊的審美意義，成為文學世界中的重要類型和文學發展中的重要環節。

（三）影響深遠的文學範本

　　劉師培說：「中國文學至周末而臻極盛。莊列之深遠，蘇張之縱橫，韓非之排奡，荀呂之平易，皆為後世文章之祖」。〔註36〕單就政論文學而言，韓非政論集先秦論辯文之大成，在內容和形式的有機統一中，表現出深峭勁急的獨特風格，成為後世政論散文的典範。中國早期文學屬雜文學體制，用文學筆調發議論是正宗的散文傳統。這種傳統成為韓非政論發揮文學影響的最佳條件。利用這種條件，韓非政論的辯難文體、獨特風格、文學精神，都給予後世文學影響殊多。

　　第一，辯難體制的沿變

　　韓非創立辯難體，它作為一種獨特的駁論文體，在後世依然有著勃勃生機。吳闓生說：「千古名家辯論文字，無不導源於此，而莫能與之抗行者，可謂絕調矣。」〔註37〕它作為一種典範，為後世所沿用。

　　東漢王充運用辯難文體，寫下不少驚世駭俗的文章。像《問孔》、《刺孟》便可作為代表。他能不避上聖，列其言行，嚴加駁難，給俗儒虛說以有力衝擊。如：「孔子見南子，子路不悅。子曰：『予所鄙者，天厭之！天厭之！』」王充就此詰難：「今未曾有為天所壓者也，曰『天壓之』，子路肯信之乎？」再引孔子「死生有命，富貴在天」的話，讓他自打嘴巴。最後舉「俗人誓好引天也」，指出孔子之誓「與俗人解嫌引天祝詛何以異乎？」尋繹漏洞，揭示矛盾，層層駁難，摧毀敵論。這種駁難方式明顯淵源韓非。梁啟超指出：「難一、難二、難三、難四四篇，專對不合理的事實或學說而下批評，多精覈語，後此王充《論衡》正學其體。」〔註38〕

〔註36〕劉師培：《論文雜記·中國中古文學史》，人民文學出版社 1959 年版，第 110 頁。

〔註37〕徐漢昌：《韓非的法學與文學》，文史哲出版社 1984 年版，第 192 頁。

〔註38〕陳引馳編：《梁啟超國學講錄二種》，中國社會科學出版社 1997 年版，第 51 頁。

唐代柳宗元談他學文情況時說：於諸子「參之《孟》、《荀》以暢其支，參之《老》、《莊》以肆其端。」〔註39〕唯獨不提韓非，而他繼承韓非之處正多。如《非〈國語〉》六十多篇，針對《國語》中荒誕邪說進行駁斥批判，在辯難中宣傳自己非天命、反迷信的進步思想。這都明顯沿用著韓非辯難文體。難怪陳柱指出：「子厚之文，論辯體多從韓非得來。」〔註40〕其實，後世辯難明理的文章，大多沿襲韓非辯難體制，很少有不受其影響的。

辯難體除了明理之外，在發展中又被移用來抒情。於是，韓非影響也進人到議論以外的領域。東方朔《答客難》虛設問難而加以辯解，流露他身不逢時，不能得志的牢騷。這類文章在形式上導源於韓非辯難文體。此後，運用辯難形式抒發個人情感，得到更多運用。楊雄《解嘲》假設有客嘲弄自己，因而作出反駁，表現了自己懷才不遇，默守《太玄》的情懷。王充《自紀》設問作答，宣洩了自己「細族孤門」倍受嘲諷的憤慨。這種抒情形式可以看作是韓非辯難文體的變異。

此外，辯難體還被運用考證方面。如劉知幾《疑古》十篇。當然，這影響已經超出了文學範圍。總之，韓非開創之辯難文體對後世影響是很深遠的。

第二，獨特風格的薰染

鮑列夫指出：「風格是藝術發揮其影響的因素，它決定著藝術作品對欣賞者審美影響的性質，使藝術家面向一定的欣賞者類型，又使後者面向一定的藝術價值類型。」〔註41〕韓非政論深峭勁急的獨特風格對於喜歡法家的讀者影響尤其強烈。在這種影響下，近於韓非風格的作家代有人在，形成了中國文學中峭刻一派。

漢初，賈誼、晁錯的政論便有韓非風格。史稱「賈生晁錯明申商」，他們吸收法家思想，對現實政治諸多棘手問題發出激切的議論。賈誼之《陳政事疏》揭露現實矛盾，直指朝廷過失。魯迅稱之「疏直激切，盡所欲言。」其中云：「曰安且治者，非愚則諛，皆非事實知治亂之體者也。夫抱火厝之積薪之下而寢其上，火未及燃，因謂之安，方今之勢，何以異此！」〔註42〕

〔註39〕（唐）柳宗元：《答韋中立論師道書》，《中國歷代文論選》（一卷本），郭紹虞編，上海古籍出版社 1979 年版，第 157 頁。

〔註40〕陳柱：《中國散文史》，上海書店 1984 年版，第 205 頁。

〔註41〕（俄）鮑列夫：《美學》，中國文聯出版公司 1986 年版，第 285 頁。

〔註42〕（漢）賈誼：《陳政事疏》，《賈誼集》，上海人民出版社 1976 年版，第 185 頁。

危言驚心，斷語逼人，酷似韓非口吻。劉師培說：「賈誼之文，剛健篤實，出於韓非。」〔註43〕再如晁錯之文，觸及政治急務，識深論嚴，其風格亦受韓非影響。惲敬稱「晁錯自法家、兵家入，故其言峭實」〔註44〕，可算說中了他的風格淵源。

唐宋是古代散文的盛期，韓非影響依然不衰。包世臣指出：「八家功力至厚，莫不沉酣於周秦兩漢子史百家，而得體勢於《韓非子》、《呂覽》者為尤深。徒以薄其為人，不欲形諸論說，然後世有識，飲水思源，其可掩乎？」〔註45〕就連尊奉儒家的韓愈也時有快利峻急的文章。其《諱辯》一文，多方設問，辯駁有力，很近韓非風格。柳宗元更是學韓能手，他的許多文章「俊傑廉悍」，與韓非有異曲同工之妙。如《封建論》語勢凌厲，見識深刻，一篇強悍氣。又如《桐葉封弟辯》被後世稱為「筆筆鋒刃，無堅不破，是辯體中第一篇文字。」〔註46〕王安石文章更受韓非風格薰染，劉大櫆把他與韓非相提並論，稱他倆為「極高峻難識者。」〔註47〕劉麟生更說：「最早的峭刻派文學，要推韓非子，文致警峭精深，古人已有定評。後來古文方面，有柳宗元的雋潔，王安石的峭拔，都是與此為近。」〔註48〕王安石的《答司馬諫議書》言詞剛勁堅決，拗折凌厲，非韓非不可攀比。這些作家受韓非影響，語急論堅、核實深刻，顯出一派峭刻風格。

明代而後，《韓非子》更為世人所重。陳深說：「近世之學者，乃始豔其文詞，家習而戶尊之。以為希世之珍。〔註49〕世人喜嗜韓非文章，其風格影響也就更加廣泛。李贄、王夫之的文章中能看到韓非影響。包世臣、吳汝倫被稱為學韓名手。就連魯迅亦不例外，他自稱：「就是思想上，也未嘗不中些

〔註43〕陳引馳編：《劉師培中古文學論集》，中國社會科學出版社1997年版，第263頁。

〔註44〕（清）惲敬：《大雲山房文稿二集自序》，《古漢語修辭學資料彙編》，鄭奠等編，商務印書館1980年版，第558頁。

〔註45〕（清）包世臣：《再與楊季子書》，《古漢語修辭學資料彙編》，鄭奠等編，商務印書館1980年版，第572頁。

〔註46〕吳文治：《柳宗元卷》（古典文學研究資料彙編），中華書局1964年版，第329頁。

〔註47〕（清）劉大櫆：《論文偶記》，《古漢語修辭學資料彙編》，鄭奠等編，商務印書館1980年版，第526頁。

〔註48〕劉麟生等：《中國文學八論》，中國書店1985年版，第53～54頁。

〔註49〕陳奇猷：《韓子迂評序》，《韓非子新校注》，上海古籍出版社2000年版，第1231頁。

莊周、韓非的毒，時而隨便，時而峻急。」〔註 50〕豈但思想，魯迅雜文那種冷峻風格不也有韓非的影子嗎？

韓非政論深峭勁急的文學風格影響深遠。李翱稱之「足以自成一家之文」；「乃能獨立於一時，而不泯於後代」〔註 51〕。這預言無疑是實現了。

第三，文學精神的浸潤

文學在韓非思想中並無地位。他不但反對文飾，而且主張禁絕文學。但是，韓非政論作品具有相當的文學價值，並且體現出一種文學精神。這種精神突破作者的狹隘文學觀念，浸潤著後世文學思想和文學創作，實現著更深層的價值。

首先，韓非政論體現了文學的政治實用傾向。

韓非說：「夫言行者，以功用為之的彀者也」〔註 52〕。這功用主要是指政治功用。韓非政論不是雍容閒適，坐而論道所致，而是為了變革社會，鞏固地主階級統治服務的。王充說：「韓國不弱小，法度不壞廢，則韓非之書不為。」〔註 53〕就指出了它的政治實用傾向。韓非在理論上把文和用對立起來，所謂「恐人懷其文忘其直，以文害用也」。在實踐上，他畢竟不能逃脫「言之無文，行而不遠」規律的制約。所以，他的政論文而致用，頗有文采。文學成為他實現政治功用的有力手段。

文學的政治實用傾向，也表現在儒家的思想中。儒家和法家在這個問題上的契合，共同影響形成中國文學政治化的傳統。王充說：「為世用者，百篇無害，不為用者，一章無補。」〔註 54〕白居易說：文章合為時而著，歌詩合為事而作。」〔註 55〕這些言論都是文學政治實用傾向的理論概括。這種傳統傾向，一方面忽視文學的審美性，有消極作用；另一方面強調文學和社會政治的聯繫，又有積極作用。無論功過如何，它已經滲透到中國文學的深層，產生了巨大的影響。

其次，韓非政論體現了揭露現實的批判精神。

〔註 50〕 魯迅：《寫在《墳》後面》，《魯迅選集》（二），人民文學出版社 1983 年版，第 107 頁。
〔註 51〕 （清）董誥等：《全唐文》（七），中華書局 1983 年版，第 6412 頁。
〔註 52〕 陳奇猷：《韓非子集釋》，上海人民出版社 1974 年版，第 898 頁。
〔註 53〕 （漢）王充：《論衡》，上海人民出版社 1974 年版，第 441 頁。
〔註 54〕 （漢）王充：《論衡》，上海人民出版社 1974 年版，第 453 頁。
〔註 55〕 （唐）白居易：《與元九書》，《中國歷代文論選》（一卷本），郭紹虞編，海古籍出版社 1979 年版，第 141 頁。

韓非繼承古代諫諍傳統，「數諫韓王而不能用」，於是發憤著書，揭露社會真相，抨擊政治弊端。他直面現實，放言無肆，道人所不敢道，表現出對現實無所畏懼的批判精神。雖然他精通游說之術，一再告誡別人知所說之心，順所說之心。而事實上他的文章絕少阿諛稱頌，都是明刻利害，直指是非的言辭。

這種批判現實的精神和官方「溫柔敦厚」的文學標堆是格格不入的。它作為「溫柔敦厚」的對立面，對傳統文學產生著有益的影響。這種精神首先得到司馬遷的賞識和繼承。他稱讚韓非「切事實，明是非」，而鄙薄宋玉「終莫敢直諫」。他的《史記》被人稱為「是非頗謬於聖人」的「謗書」。在傳統文學中，實際存在著一股與溫柔敦厚相悖違的巨大潛流。如嵇康「剛腸疾惡，輕肆直言」，李白不肯「摧眉折腰」，杜甫「疾惡懷剛腸」，李贄以「異端」自居，王夫之稱讚「直言無諱」，正是這種對「溫柔敦厚」的突破，才產生出許多偉大作家和偉大作品。可見，這種批判現實的精神對文學的積極影響。

再次，韓非政論還體現了表達主體情感的傾向。

韓非政論是情感的爆發，是心靈的泣訴。主體情感在韓非政論中佔有極其重要的地位。司馬遷最早認識到這點，他說：「韓非疾治國不務修明其法制」，「悲廉直不容於邪枉之臣，觀往者得失之變，故作《孤憤》、《五蠹》、《內外儲》、《說林》、《說難》十餘萬言」〔註56〕一疾一悲，正是韓非主體情感的鮮明特徵，它既有對社會現實的深廣憂患，亦有對個人遭遇的強烈悲憤。這種主體的憂憤情感，對後世文學創作和文學理論均有影響。

創作上，以抒情文學占主導地位的古代文學中，一直貫穿著憂患意識和悲怨主題，韓非政論表現主體憂憤的特徵不能不影響到它們。理論上，司馬遷提出「發憤著書」說，強調主體感情對創作的作用，受到韓非影響。「韓非囚秦，《說難》、《孤憤》」是這個觀點的有力論據。這個思想，後世多有發揮。韓愈提出「凡物不得其平則鳴」，而韓非亦被視作善鳴者之一。歐陽修有「窮而後工」之論，李贄更言「不憤而作，譬如不寒而顫，不病呻吟。雖作何觀乎？」〔註57〕這幾乎構成一個思想傳統。韓非自己並未作過這種理論歸納，但他的作品所體現的精神確實浸潤了這種文學思想。

〔註56〕（漢）司馬遷：《老子韓非列傳》，《史記》，中華書局 1982 年版，第 2147 頁。
〔註57〕（明）李贄：《焚書》，嶽麓書社 1990 年版，第 108 頁。

　　馬克思指出：「產品在消費中才得到最後完成。」〔註58〕文學作品也是如此，它在接受中才能實現自己的價值。韓非政論對文學的深刻影響，是它文學價值實現的重要標誌。

〔註58〕（德）馬克思、恩格斯：《馬克思恩格斯選集》（二），人民出版社 1972 年版，第 94 頁。

十二、「二雅」政治抒情詩

西周晚期處於封建領主制向封建地主制過渡階段，從經濟基礎到上層建築都經歷著深刻的變化。在這樣的現實土壤中，產生出《詩經》之《大雅》、《小雅》中的政治抒情詩。這些詩作的作者，大都是在社會劇變中處於沒落境遇的貴族士大夫。他們或感於宗族王朝的衰微，或傷於個人地位的沒落，於是作詩，「唯以告哀」，抒發社會政治在他們內心深處激起的情感。「二雅」政治抒情詩是一面鏡子，照見了西周王朝的衰亡命運；「二雅」政治抒情詩是一曲輓歌，唱出了沒落貴族的無盡悲哀！

（一）宗族王朝的衰亡命運

「二雅」政治抒情詩是西周晚期社會的產物。處於沒落境遇中的貴族士大夫，曾是這個社會的寵兒，社會劇變把他們從政治權力的中心排擠到了社會的邊緣。社會政治的變化和他們自身的利益息息相關，培養了他們對政治的特殊敏感。宗族王朝的政治狀況，牽動著他們的每一根神經。透過他們的眼睛，可以清楚地看到西周王朝深刻的政治危機和不可挽回的衰亡命運。

「二雅」政治抒情詩，真實地反映了西周晚期嚴重的政治危機。在這些作品中，詩人們痛心疾首地訴說著各種腐敗的政治現象。統治階級完全拋棄了他們的祖先標榜過的德政和威儀，「只迷亂於政，顛覆其德」（《抑》）〔註1〕，「上帝板板」，「威儀卒迷」（《板》）〔註2〕。為了滿足窮奢極欲的享樂生活，

〔註1〕程俊英：《詩經譯注》，上海古籍出版社 1985 年版，第 564 頁。
〔註2〕程俊英：《詩經譯注》，上海古籍出版社 1985 年版，第 554 頁。

他們拼命地斂刮財富,「人有土田,女反有之;人有民人,女復奪之」(《瞻卬》)〔註3〕。他們在政治上親小人,遠君子,「四國無政,不用其良」(《十月之交》)〔註4〕,「讒人罔極,交亂四國」(《青蠅》)〔註5〕,造成黑暗的政治狀況。於是,統治集團內部矛盾重重,分崩離析,過去尊尊親親的和諧情形不再見到。

西周晚期,自然災害頻頻發生,對西周王朝來說更是雪上加霜,促成了社會的急劇動盪。「二雅」政治抒情詩真實地反映了這些情況。如「旱既大甚,滌滌山川。旱魃為虐,如惔如焚」(《雲漢》)〔註6〕。「天降喪亂,滅我立王。降此蟊賊,稼穡卒痒」(《桑柔》)〔註7〕。「百川沸騰,山冢崒崩。高岸為谷,深谷為陵」(《十月之交》)〔註8〕。旱災、蝗災、震災,接踵而至,真是日月告凶,禍不單行。在天災、人禍、內憂、外患的重重打擊下,西周王朝終於走到它的盡頭。

在社會現實的劇烈動盪面前,詩人們的頭腦是清醒的,他們明白政治黑暗的癥結,認識到西周王朝必然滅亡的命運。王夫之說:「故觀乎《民勞》,而國無不亡之勢。」〔註9〕因為在王朝的權力中心,只剩下了昏君和佞臣。「於乎小子,未知臧否」(《抑》),「君子信盜,亂是用暴」(《巧言》)〔註10〕,周天子在詩人的眼中完全是個不知好歹的傢伙。而包圍著他的又是些什麼人呢?「赫赫師尹」,「方茂爾惡」(《節南山》)〔註11〕。「皇父孔聖,作都于向。擇有三事,亶侯多藏」,「豔妻煽方處」(《十月之交》)〔註12〕。「謀父孔多,是用不集」(《小旻》)〔註13〕。「彼譖人者,亦已大甚」(《巷伯》)〔註14〕。作惡的太師、貪婪的皇父、邪僻的內寵、無用的謀士、險惡的譖人,靠這些人治理國家,能有什麼希望?詩人們在絕望中預言「天之方蹶」,「天之方虐」,「我

〔註3〕 程俊英:《詩經譯注》,上海古籍出版社1985年版,第610頁。
〔註4〕 程俊英:《詩經譯注》,上海古籍出版社1985年版,第372頁。
〔註5〕 程俊英:《詩經譯注》,上海古籍出版社1985年版,第452頁。
〔註6〕 程俊英:《詩經譯注》,上海古籍出版社1985年版,第583頁。
〔註7〕 程俊英:《詩經譯注》,上海古籍出版社1985年版,第574頁。
〔註8〕 程俊英:《詩經譯注》,上海古籍出版社1985年版,第581頁。
〔註9〕 (清)王夫之:《詩廣傳》,《船山全書》(三),嶽麓書社1996年版,第458頁。
〔註10〕 程俊英:《詩經譯注》,上海古籍出版社1985年版,第564、393頁。
〔註11〕 程俊英:《詩經譯注》,上海古籍出版社1985年版,第359頁。
〔註12〕 程俊英:《詩經譯注》,上海古籍出版社1985年版,第372頁。
〔註13〕 程俊英:《詩經譯注》,上海古籍出版社1985年版,第381頁。
〔註14〕 程俊英:《詩經譯注》,上海古籍出版社1985年版,第400頁。

相此邦，無不潰止」。這些預言揭示出宗族王朝已經不配有更好的命運，等待它的只有前面的墓地了。

（二）沒落貴族的不盡輓歌

伴隨著宗族王朝的衰微進程，沒落貴族士大夫們的內心積聚著思想上、政治上和經濟上的強烈不滿情緒。這些情緒發而為詩，組成一場亡國之音大合奏。概而言之，有以下三種情形：

一是憂政而勸諫。

如《民勞》、《板》、《抑》等作品。詩人們在腐敗的政治中受到排擠，面對宗族王朝日趨衰亡，他們痛心疾首，憂心如焚，給最高統治者耐心地作著思想工作，企圖以此挽救王朝的命運。在這些作品中，總是活躍著一個勸諫者形象。「老夫灌灌，小子驕驕」，「我即爾謀，聽我囂囂」（《板》）〔註15〕。「匪手攜之，言示之事；匪面命之，言提其耳」（《抑》）〔註16〕。他們的勸諫無非是些老生常談，告誡統治者要內修美德，外慎威儀。他們用理想中的明主來要求現實中的昏君，提出了一系列改善政治的措施。諸如，「無縱詭隨，以謹無良」（《民勞》）〔註17〕，這是遠小人；「大邦維屏」，「宗子維城」（《板》）〔註18〕，這是親宗族；「夙興夜寐，灑掃廷內」，「修爾車馬，弓矢戎兵」（《抑》）〔註19〕，這是修國政。詩人們的勸諫用心良苦，而統治者卻「誨爾諄諄，聽我藐藐」（《抑》）〔註20〕，並不接受詩人的忠告。

從這類詩作中，我們能強烈感受到詩人們心力交瘁的精神狀態。他們似乎也明白這種勸諫將無補於事，但還是強打精神來盡一番「無忝爾祖」的責任。詩人的勸諫阻止不了王朝崩潰的進程，這些詩作也便成了沒落貴族的臨終哀鳴。

二是憂己而怨憤。

如《祈父》、《瞻卬》、《十月之交》、《巷伯》等作品。有的詩人失了原來的地位，個人的利益受到多方面的損害，他們胸中滿是怨憤的情緒。於是，

〔註15〕程俊英：《詩經譯注》，上海古籍出版社1985年版，第372頁。
〔註16〕程俊英：《詩經譯注》，上海古籍出版社1985年版，第564頁。
〔註17〕程俊英：《詩經譯注》，上海古籍出版社1985年版，第550頁。
〔註18〕程俊英：《詩經譯注》，上海古籍出版社1985年版，第372頁。
〔註19〕程俊英：《詩經譯注》，上海古籍出版社1985年版，第564頁。
〔註20〕程俊英：《詩經譯注》，上海古籍出版社1985年版，第564頁。

把矛頭指向昏君佞臣，發而為怨憤的呼聲。這些詩作，指責最高統治者「人有土田，女反有之。人有民人，女復奪之。此宜無罪，女反收之。彼宜有罪，女復說之」(《瞻卬》)〔註21〕，揭露其貪婪昏聵，充滿了強烈怨憤。《十月之交》更將三司、公卿一個個押上審判臺，控訴他們的罪行。正如王夫之所言：「幽王之詩，不諱甚矣；天子之嬖御，斥其姓字。而懸指宗周之滅，號舉六卿，目言其豔煽。」〔註22〕詩人們對姦臣佞人的痛恨，達到了無以復加的程度。

之所以如此，是因為這些人損害了他們的利益。班固云：「《小雅》譏小己之得失，其流及上。」〔註23〕確實，這類詩作並非侷限於小己得失，小己得失只是他們認識這個社會的起點，使他們對政治黑暗有了更具體切實的感受，由此產生了他們對整個社會的清醒認識。這類作品充滿對現實的否定激情，充滿政治批判性，無情地揭露了宗族王朝的腐朽本質。比之於憂政而勸諫的作品，它們具有更深刻的認識價值和更積極的思想意義。

三是憂時而悲哀。

勸諫無效，怨憤無用，剩下的便只能是憂時而悲哀了，如《桑柔》、《正月》、《小宛》、《小弁》、《苕之華》等詩作。這類作品在「二雅」政治抒情詩中數量最多，典型地表現了沒落貴族士大夫的精神狀態。這類作品充滿生不逢時的感慨：「父母生我，胡俾我瘉？不自我先，不自我後」(《正月》)〔註24〕，「心之憂矣，寧自今矣。不自我先，不自我後」(《瞻卬》)〔註25〕，這些感慨凝結著深深的憂傷。每當詩人撫今思昔，更感到悲哀之深，昔「日闢國百里，今也日蹙國百里。於乎哀哉」(《召旻》)〔註26〕「踧踧周道，鞠為茂草。我心憂傷，惄焉如擣」(《小弁》)〔註27〕。今昔對比，強烈的悲哀由衷而生，不能自已。這深深的悲哀已沒有任何積極的辦法能夠排遣，真是無可逃遁。只能是「苕之華，其葉青青。知我如此，不如無生」(《苕之華》)〔註28〕。

〔註21〕程俊英：《詩經譯注》，上海古籍出版社1985年版，第610頁。

〔註22〕（清）王夫之：《詩廣傳》，《船山全書》（三），嶽麓書社1996年版，第411頁。

〔註23〕（漢）班固：《司馬相如傳贊》，《漢書》，中華書局1962年版，第2609頁。

〔註24〕程俊英：《詩經譯注》，上海古籍出版社1985年版，第364頁。

〔註25〕程俊英：《詩經譯注》，上海古籍出版社1985年版，第610頁。

〔註26〕程俊英：《詩經譯注》，上海古籍出版社1985年版，第615頁。

〔註27〕程俊英：《詩經譯注》，上海古籍出版社1985年版，第388頁。

〔註28〕程俊英：《詩經譯注》，上海古籍出版社1985年版，第483頁。

這種絕望的悲哀，正是「亡國之音哀以思。」是西周晚期沒落貴族士大夫們精神狀態最本質的反映。他們終於沒有力量來勸諫，也沒有力量來怨憤，只有在自傷自悼中伴隨著宗族王朝走向死亡！

從憂政而勸諫，到憂己而怨憤，再到憂時而悲哀，這是詩人們為宗族王朝的崩潰，沉痛地唱著的一曲不盡的輓歌。真實地表現出他們的內心世界，鮮明地勾勒出他們的情感軌跡。

（三）「二雅」政治抒情詩的情感特徵

「二雅」政治抒情詩是沒落貴族士大夫的精神狀態的真實流露，反映了那個時代的時代精神。司馬遷說：「《詩》三百篇，大抵賢聖發憤之所為作也。」〔註29〕詩人們按照自己的政治理想，通過個人偶然的生活，把自己富有感情的思想深入到了社會生活的本質中去，從而使作品所體現出來的思想激情具有廣泛而深刻的社會意義。

「二雅」政治抒情詩以獨特的情感特徵，構成獨特的美學風貌，產生強烈的藝術感染力。對這個問題，前人多有論述。孔穎達說：「憂愁之志，則哀傷起而怨刺生。」〔註30〕這接觸到「二雅」政治抒情詩的兩個特點：一是哀傷，二是怨刺。論「二雅」者，有的偏於怨刺。鄭玄云：「自是而下，厲也，幽也，政教大衰，周室大壞。《十月之交》、《民勞》、《板》、《蕩》，勃爾俱作，眾國紛然，刺怨相尋。」〔註31〕班固也說：「周道始缺，怨刺之詩起。」〔註32〕程廷祚說：「漢儒論詩，不過美刺二端，《國風》、《小雅》為刺者多。」〔註33〕但是，怨刺真能概括「二雅」政治抒情詩的本質特徵嗎？

我們再來看另一種意見。《毛詩序》云：「亡國之音哀以思。」〔註34〕強調其哀傷特點。季札觀樂，對《小雅》的評價是：「美哉！思而不二，怨而不

〔註29〕（漢）班固：《司馬遷傳》，《漢書》，中華書局1962年版，第2735頁。

〔註30〕李學勤主編：《毛詩正義》（上）（十三經注疏），北京大學出版社1999年版，第6頁。

〔註31〕（漢）鄭玄：《詩譜序》，《中國歷代文論選》（第一冊）郭紹虞編，中華書局1979年版，第70頁。

〔註32〕（漢）班固：《禮樂志》，《漢書》，中華書局1962年版，第1042頁。

〔註33〕（清）程廷祚：《詩論十三》，《中國歷代文論選》（第一冊），郭紹虞編，中華書局1979年版，第14頁。

〔註34〕（漢）衛宏：《毛詩序》，《中國歷代文論選》（第一冊），郭紹虞編，中華書局1979年版，第63頁。

言，其周德之衰乎！」〔註35〕司馬遷也說：「《小雅》怨悱而不亂。」〔註36〕
「不二」、「不亂」正是詩人們怨刺的界線。他們是那個行將滅亡階級中的一
員，他們要拯救即將崩潰的王朝，而不是要背離或推翻它。因此，他們即便
怨刺，也充滿了悲哀的情感傾向。我們並不否認詩作中的怨刺成分，但無疑
悲哀是詩人們感情的主導方面。面對宗族王朝不可挽回的衰亡命運，無力的
悲哀就成為「二雅」政治抒情詩的情感主旋律。

　　「二雅」政治抒情詩中的怨刺和《國風》中的諷刺是截然不同的。從它
們的對比中，也可以明顯看出「二雅」政治抒情詩的情感特徵。

　　在西周晚期，宗族王朝、宗法貴族以及他們的道德形式，已經完全失去
了自己的內容。它們臆造的重要性和荒謬的社會現實之間構成了突出的矛盾。
在這種矛盾的基礎上，產生了「二雅」政治抒情詩的怨刺和《國風》民歌中的
諷刺。然而，面對共同的社會現實，由於作者的政治理想不同，便產生不同
的認識激情和政治激情。《國風》的作者是平民百姓，他們嚮往的是理想中的
「樂土」。當他們面對貴族失禮敗德的現象時，便是無情的嘻笑怒罵。如《相
鼠》：「相鼠有體，人而無禮。人而無禮，胡不遄死！」〔註37〕活畫出貴族人
不如鼠的醜惡嘴臉，發出了淋漓痛快的咒罵。而沒落貴族士大夫們卻抱著傳
統「德政」理想，面對貴族失禮敗德的現象，則是哀其不爭，諄諄規勸。如
《賓之初筵》中描繪了貴族酒後失態，接著便是「無俾大怠」的規勸〔註38〕。
同一種社會現象，在百姓看來是可恨可笑，在貴族看來卻是可悲可歎。前者
的諷刺常具有喜劇性的藝術效果，而後者的怨刺卻充滿了哀傷的情調，其感
情特徵的分野是極其明顯的。

　　由此證明，「二雅」政治抒情詩的根本特徵是無力的悲哀。它深深地滲
透到怨刺之中，顯示出獨特的美學風貌。黑格爾說：「激情是藝術真正中心
和適當領域，對於作品和對於觀眾來說，激情的表現卻是傚果的主要來源。」
〔註39〕無疑，「二雅」政治抒情詩的強烈藝術感染力就來自於它那悲哀的政
治激情。

〔註35〕楊伯峻：《春秋左傳注》，中華書局1981年版，第1161頁。
〔註36〕（漢）司馬遷：《屈原列傳》，《史記》，中華書局1982年版，第2482頁。
〔註37〕程俊英：《詩經譯注》，上海古籍出版社1985年版，第91頁。
〔註38〕程俊英：《詩經譯注》，上海古籍出版社1985年版，第453頁。
〔註39〕（德）黑格爾：《美學》（第一卷），商務印書館1997年版，第288頁。

（四）「二雅」政治抒情詩的藝術成就

「二雅」政治抒情詩，作為文人創作的第一批作品，在詩歌藝術方面也取得了不可忽視的成就。詩人們的沒落境遇，使他們對現實政治有了更深切的體驗，而良好的文化素養，又使他們具備了表達體驗的能力。於是，他們在詩歌藝術上具有多方面的獨特創造。

其一，體制宏大，結構縝密。

「二雅」政治抒情詩既不同於《周頌》之體制短小，套語連篇；也不同於《國風》之篇章複沓，內容單純。而是篇章繁多而不重複，體制宏大而不紊亂，真正體現出個人創作的精心構思。如《節南山》全詩十章〔註40〕，結構嚴密，條理清晰，中心明確。通過責師尹而究王訩，表達了詩人憂政而勸諫的哀傷情緒。

其二，刻畫細膩，形象生動。

「二雅」政治抒情詩刻畫了眾多人物形象，有「泄泄」、「囂囂」的昏君，有「巧言如簧」的譖人，有「耳提面命」的諫者，有「戰戰兢兢」的恭人，都形象生動逼真。而且，詩人善於在環境背景中顯示人物，如《賓之初筵》先描寫宴會的整齊嚴肅，再刻畫醉漢歪戴鹿皮帽，打亂杯盤碗，東倒西歪，鬼哭狼嚎的形象，突出其失儀缺德的性格。

其三，巧妙比喻，強烈對比。

運用比喻形象地表達出詩人的思想感情。言民怨沸騰，是「如蜩如螗，如沸如羹」（《蕩》）〔註41〕；《大東》則用「有饛簋飧，有捄棘匕」來比喻周統治者對東方的掠奪；用「大東小東，杼柚其空」來比喻東方財富被掠奪一空〔註42〕。這些比喻都想像新奇，形象貼切。運用對比揭示社會現實中的矛盾現象，如惠君與不順，勞人與驕人，顯示了政治昏暗和階級對立的現象。總之，詩人們嫻熟地運用修辭手法，使作品收到窮形盡意的藝術效果。

其四，聯想奇妙，象徵深刻。

魏源稱：「詞不可以徑也，則有曲而達焉。」〔註43〕詩人們運用聯想和象徵，把「不可以徑」的意思表達出來，造成一種寓意深遠的藝術效果。如《大

〔註40〕程俊英：《詩經譯注》，上海古籍出版社 1985 年版，第 359 頁。
〔註41〕程俊英：《詩經譯注》，上海古籍出版社 1985 年版，第 559 頁。
〔註42〕程俊英：《詩經譯注》，上海古籍出版社 1985 年版，第 408 頁。
〔註43〕（清）魏源：《詩比興箋序》，《中國歷代文論選》（第一冊），郭紹虞編，中華書局 1979 年版，第 76 頁。

東》把想像升到天上，暗示統治者的無用，這是藝術想像的一次自覺嘗試。又如《鶴鳴》以九皋之鶴象徵隱居賢人〔註44〕，表現了隱士求售的信息。這些都不難看出詩人想像的活躍和構思的苦心。

其五，語言自由，形式創新。

「二雅」政治抒情詩表現的內容是全新的，它不可能用《周頌》那種典雅凝重的形式，佶屈聱牙的語言來表現。於是，詩人們創造出了表達新內容的新形式。「家父作誦」，「君子作歌」，其中「誦」、「歌」，大約是指一種新詩體。它們或可朗誦，或可放歌，恐怕是無需被之管絃的。這種詩體擺脫了典禮歌合樂的束縛，創造了接近口語，又注意修辭的自由語言，推動了詩歌的進一步發展。

「二雅」政治抒情詩，很好地發揮了個人創作的特點，在藝術形式的創造上作出了重要貢獻。它將詩歌藝術向前推進了一步，其藝術成就遠遠超過了《周頌》，站在了那個時代的藝術高峰。

（五）「二雅」政治抒情詩的文學影響

「二雅」政治抒情詩對後世文學創作和文學理論都有著深刻的影響。

首先，它們影響了後世的文人政治詩。屈原的創作就是明顯的例證。劉安說：「《國風》好色而不淫，《小雅》怨誹而不亂，若《離騷》者，可謂兼之！」〔註45〕《離騷》繼承了「二雅」政治抒情詩的傳統。就思想方面而言，屈原繼承了詩人們關注政治，批判現實的精神。就藝術方法而言，詩人們的藝術嘗試為屈原的藝術創作開闢了道路，使之取得更高的藝術成就。在屈原作品中，個別的比喻發展為象徵體系，新奇的聯想進而為神奇的想像，自由的語言披上了華美的罩衣。從而，寫實的政治抒情詩嬗變為浪漫的政治抒情詩，使詩人的政治激情得到更自由、更充分的表現。

「二雅」政治抒情詩對後世文人政治詩的影響，有著多方面的原因。一是作者地位接近。古代文人大多依附於政治，他們的命運和政治的治亂密切相關。這種相近的生活處境，使他們有著相近的生活體驗，也就有了更多的情感共鳴。二是創作目的相同。儘管他們的政治理想不盡一致，但他們都是通過創作，表達政治理想、政治激情，意在對現實政治有所補益。三是個人

〔註44〕程俊英：《詩經譯注》，上海古籍出版社1985年版，第344頁。

〔註45〕（漢）司馬遷：《屈原列傳》，《史記》，中華書局1982年版，第2482頁。

創作的共同性，使他們在藝術創作中更多可以借鑒的地方。正是在這樣的文化基礎上，「二雅」政治抒情詩對後世文學產生了深遠的影響。

「二雅」政治抒情詩是傳統文學觀念產生的發祥地，它對後世文學理論有著決定性的影響。如文學反映社會。《毛詩序》說：「至於王道衰，禮義廢，政教失，國異政，家殊俗，而變風、變雅作矣。」〔註 46〕這是對「二雅」政治抒情詩的理論概括。在此基礎上，便有劉勰「文變染乎世情，興廢寄乎時序」的文學觀點〔註 47〕。如文學服務政治。班固稱「周道始缺，怨刺之詩起」，這無疑符合「二雅」政治抒情詩的實際。如溫柔敦厚的詩教。季札論《小雅》云：「思而不二，怨而不言」，於是，後世便有了「主文而譎諫」，「發乎情止乎禮義」的說教〔註 48〕。如發憤著書說。司馬遷說：「《詩》三百篇，大抵皆賢聖發憤之所為作也」〔註 49〕，實際主要是指「二雅」政治抒情詩。此後便有「不平則鳴」，「窮而後工」的觀點。由此可見，傳統的文學觀念，溯其淵源，大都和「二雅」政治抒情詩有著密切關係。

「二雅」政治抒情詩在文學理論上的影響給中國文學的發展起了重要的定向作用。文學反映現實、干預政治、抒發憤懣，成為中國古代文學理論的重點，也成為古代文學發展的主流。自然，隨著社會生活的變化，隨著文學的進一步發展，文學觀念還在不斷修正，不斷深化，但「二雅」政治抒情詩最初的定向作用是不可低估的。

綜上所述，「二雅」政治抒情詩在文學史上具有不容忽視的重要地位。它完成了文學表現群體意識向表現個體意識的轉變，開闢了文學的嶄新時代。它在思想內容和藝術形式上，都達到了那個時代能夠達到的最高藝術水平，給予後世文學以巨大而深遠的影響。

〔註 46〕（漢）衛宏：《毛詩序》，《中國歷代文論選》（一卷本），郭紹虞編，中華書局 1979 年版，第 30 頁。
〔註 47〕陸侃如、牟世金：《文心雕龍譯注》，齊魯書社 1995 年版，第 542 頁。
〔註 48〕（漢）衛宏：《毛詩序》，《中國歷代文論選》（一卷本），郭紹虞編，中華書局 1979 年版，第 30 頁。
〔註 49〕（漢）班固：《司馬遷傳》，《漢書》，中華書局 1962 年版，第 2735 頁。

十三、《采薇》末章的審美因素

讀罷《小雅・采薇》〔註1〕，讓人淒然生悲。曲終奏哀，如絲如縷，縈繞腦際，揮之不去。隨著那美妙的韻律，傳神的詞語，我們在不知不覺中被帶到感傷的情境裏，帶入對人生的沉思中。晉人謝玄目《采薇》末章為「詩三百」中最佳的詩章〔註2〕，想來實在不算過譽。《采薇》末章何以具有如此的藝術魅力？本文試圖運用層面分析的方法〔註3〕，對其審美因素作一些粗淺的分析。

（一）美妙和諧的韻律

語音層面處在詩歌的表層，是詩歌藝術的華美外衣，是構成詩歌審美效果的重要因素。《采薇》末章斟詞造句、選音押韻充滿音樂的旋律，這是感發讀者共鳴的重要動力。據王力先生《詩經韻讀》〔註4〕：「昔我往矣」（iəi），楊柳依依（iəi）。今我來思，雨雪霏霏（phiuəi）。行道遲遲（diei），載渴載飢（kiei）。我心傷悲（pəi），莫知我哀（əi）。」其中，（iə）屬微部，（ei）屬脂部。脂、微合韻，在《詩經》中是司空見慣的。可見，《采薇》末章除「今我來思」外，句句押韻。「矣」字起韻，「依依」富韻，韻音得到了加強。其後各句，韻音不斷重複，形成了一篇以韻音為中心的樂章。詩章斟詞酌句，

〔註1〕程俊英：《詩經譯注》，上海古籍出版社 1985 年版，第 302 頁。
〔註2〕徐震堮：《世說新語校箋》，中華書局 1984 年版，第 128 頁。
〔註3〕層面分析法：一種分析文學作品的方法。由波蘭現象學家茵加登在《作為藝術品的文學》中提出。本文運用時根據實際有所變通。
〔註4〕王力：《詩經韻讀》，上海古籍出版社 1980 年版，第 259 頁。

也講究音樂之美。四言為句，蕭然整齊；雙音成步，節奏鮮明。「昔我往矣」、「今我來思」，句式相同；「楊柳依依」、「雨雪霏霏」句式不異。相同句式迴環往復，朗朗上口，自然成律。選詞用語也講究輕重虛實的搭配。「往矣」、「來思」、「載渴載飢」，虛實搭配，錯落有致。「往」、「來」嗟歎，自屬重音；「依依」、「霏霏」輕音永歌。輕重搭配，長短相須。這些方面都在加強著詩章的節奏和韻律。

《采薇》末章和諧的韻律把一組聲音組成一個整體，從而合成優美的音響效果。「論其詩，不如聽其聲」〔註5〕，聲之於詩，豈可小視哉！在《詩經·出車》中，有一章非常接近《采薇》末章，其云：「昔我往矣，黍稷方華。今我來思，雨雪載途。王事多難，不遑啟居。豈不懷歸，畏此簡書。」〔註6〕然而，它的藝術魅力和《采薇》末章相比，不啻天上地下。暫且不論別的原因，僅僅從語音層面看，它就缺乏《采薇》末章那樣美妙和諧的韻律。這個例證從反面說明詩歌語音韻律的重要性。

可見，美妙和諧的韻律是構成《采薇》末章藝術魅力的重要因素。正是這個因素，使它彷彿是藝術大師奏出的名曲，一經吟詠，就使人沉浸於濃濃的音樂氛圍之中。

（二）生動傳神的語言

詩歌是語言藝術，美妙和諧的音響效果還需要依賴藝術語言，才能啟發讀者的聯想和想像，進入具體可感的形象世界。《采薇》末章的語言運用生動傳神，窮形盡意，這也是感染讀者的重要因素。

詩章語言運用自然樸素、生動形象。以「依依」狀弱柳隨風輕拂之態，以「霏霏」擬白雪紛紛飄灑之形，以「遲遲」言道路漫長而內心愁苦之情。這些富有表現力的詞語創造出一幅具體可感的圖畫。這些畫面相接相映，就像電影蒙太奇，展示出春去冬來的動態場景，給讀者以具體真切的感受。

詩章運用鋪陳對比的表現方法，因情造景，把不同時空的景象統攝到一幅畫面中來，高度地概括了人生的悲哀。朱熹言：「賦者，敷陳其事而直言之者也。」〔註7〕詩章鋪陳情事，便是矢口直言。寫景為「楊柳依依」、「雨雪霏

〔註5〕費振剛等：《全漢賦》，北京大學出版社1993年版，第280頁。

〔註6〕程俊英：《詩經譯注》，上海古籍出版社1985年版，第306頁。

〔註7〕（宋）朱熹：《詩集傳》，嶽麓書社1989年版，第3頁。

霏」；敘事為「行道遲遲」、「載渴載飢」；言情為「我心傷悲，莫知我哀」。都是直接鋪陳，自然得體。那自然的景，人生的事，生命的情，完全地袒露在我們面前。它們就像一條小溪輕輕流淌，發出生命的真音，引起讀者心靈的共鳴。

詩章運用對比，將時序之「今──昔」、物候之「柳──雪」、人生之「往──來」剪接融匯，創造出一幅超越現實的典型畫面。「今昔──柳雪」，一縱一橫，拓展出無限的時空。而在這樣的時空中容納著人生往來的深沉慨歎，從而把我們帶進更高的審美境界，去體驗人生的奧義。

可見，自然生動、形象傳神的藝術語言是構成《采薇》末章藝術魅力的又一重要因素。這個因素使它像美術大師勾勒出的傑作，吸引人們身臨其境去感受美的氣息。

（三）情景交融的意境

意境是詩歌藝術最基本的審美範疇，王國維稱之為境界。他說：「能寫真景物，真感情者，謂之有境界。」〔註8〕《采薇》末章寫出了真景真情，創造出完美的意境，這是詩章感染讀者的根本原因。

詩章寫景物，昔柳今雪，依依霏霏，具體形象，可謂不隔，創造了一個真切的環境。詩章寫人物，往來之行，饑渴之苦，塑造了一個立體的主體形象。主體的人物置身於客體的環境之中，情景融匯，交相輝映，表現出深刻的審美意蘊。

「昔我往矣，楊柳依依」，就要開始一種「不遑啟居」的生活，主人公心情的淒涼自然是不言而喻。那「依依」的「楊柳」也彷彿在為他哭泣，柔條下垂拖曳著主人公不盡的悲哀。客體之景與主體之情互相滲透，呈現出一幅離家遠戍的悲苦畫面。接著，又轉換成「今我來思，雨雪霏霏」的畫面。戰後歸來，並不能帶給主人公愉快的情緒。「我心傷悲，莫知我哀」，便是他內心悲哀的表露。動盪的征戰生活使他嘗遍了「憂心烈烈」的滋味，形成了他對人生感傷的看法。來歸也罷，又怎麼能調動他喜悅的神經呢？楊柳的悲絲，已經凝結為冰冷的雪花，「霏霏」的白雪彷彿在深化著主人公的悲哀〔註9〕。「行

〔註8〕滕成惠：《人間詞話新注》，齊魯書社1986年版，第36頁。
〔註9〕王夫之《薑齋詩話》認為：「昔我往矣，楊柳依依」是「以樂景寫哀」；「今我來思，雨雪霏霏」是「以哀景寫樂」。這個看法為本文所不取。

道遲遲，載渴載飢。我心傷悲，莫知我哀」，漫長的道路，痛苦的煎熬，心中充滿不盡的哀傷。道路向前方延伸，哀傷也將繼續，又有誰能理解這不盡的哀傷呢？整個詩章充滿人生感傷的情調，這是戍邊士兵的痛苦生活醸造出來的滿腔真情。它皴染到依依的楊柳上，它凝結在霏霏的雪花裏，也滲透到漫漫的長途中。

《采薇》末章融情於景，景中含情，情景兩渾，天衣無縫，創造了一個完美的審美意境。從中，我們觀照著人生的畫面，領略著人生的哀傷，汲取著藝術的審美養分。

（四）悲哀人生的象徵

與其說文學與歷史接近，倒不如說文學與哲學更接近。文學的崇高聲譽就在於它通過能夠理解或相信是真實的東西，幫助人類去認識外部世界和自身。《采薇》末章的意境完全可以說凝聚了一種對人生的哲學沉思，其意義已經遠遠超出作品本身，成為悲哀人生的象徵。正是這種象徵，使它獲得了更高的審美價值。

在從昔而今的無限時間裏，在綠柳白雪的廣闊空間裏，上演著一幕幕往來奔波的人生悲劇。往來奔波又能得到什麼？只有「載渴載飢」的痛苦煎熬而已。人生的需要何曾得到過滿足？這一切怎麼能不使人悲從中來，陷入對人生的感傷中？春之柳，冬之雪，那都是悲哀人生的見證。「行道遲遲」，那人生的劇目還要無限的上演下去，而人生的悲哀又有誰能領略窮盡？這種人生的悲哀是人們認識生活的激情，是人們用感情和理智對人生進行內省而理解了人生之後產生的一種認識激情。正是這種激情強烈地震撼著人們的心靈，從而使詩章獲得了巨大的藝術魅力。

《詩經》的不少篇章不同程度地都滲透著這種人生悲哀感。例如：「我姑酌彼兕觥，維以不永傷」（《卷耳》）；「苕之華，其葉青青，知我如此，不如無生」（《苕之華》）；「知我者，謂我心憂；不知我者，謂我何求」（《黍離》）！而在《采薇》末章中，這種人生悲哀感得到更典型的體現。

這種人生悲哀感是我們民族文化心理的集中體現。中華民族發祥於黃河中游，他們在黃土谷地發展原始農業。這裡雨量不足，天時順遂，只能勉強維持作物生長；一遇天旱，就會「焦禾稼，殺草木」，生靈塗炭。我們的祖先從一開始就處在一種任天擺佈的處境。而進入階級社會之後，小人和君子的

嚴格分野，又使小人處在君子的壓迫之下。當人們把目光投向自己思索人生的時候，便感到人生並不能由自己主宰，就必然產生出人生的悲哀感。所以，《采薇》末章表現的人生悲哀感也是我們民族對自身反思的產物，它深深地積澱到我們民族文化心理之中，至今能引起我們強烈的共鳴。

　　《采薇》末章是一個相對完整的藝術整體，它的韻律、它的語言、它的意境、它的象徵，共同發揮審美作用，感染著我們，啟發著我們，讓我們在美的感受中理解人生。

十四、楚辭演進的軌跡

　　《離騷》是屈原的代表作，是楚辭藝術的最高峰，也是楚辭演進的中心環節。《離騷》前承後啟的作品，在與《離騷》這個環節的聯繫中獲得了重要意義。以《離騷》作為視角，更能清晰認識楚辭孕育、產生、創造、模擬、嬗變的演進軌跡。

（一）楚文化中的楚辭孕育

　　楚文化是在特定的地域、社會、觀念和語言中發展著的獨立的文化體系。楚辭在楚文化的母體中孕育產生出來。因此，我們只能在這個文化體系內對楚辭溯源尋根。郭沫若指出：「由殷人所創造出來的文化，在殷朝滅亡後分為兩支，一支在周人手下在北方發展，一支在徐楚人手下在南方發展。」〔註1〕其結果便是南北文化的差異。周人處於開化較早的發達地區，建立了宗法制度，革新了殷人之觀念。於是，理性精神灌注在整個文化之中，巫術意識支配下產生的各種文化遺產都得到比較徹底的清理。神話被改造成歷史，原始宗教被改造成禮儀。中原文化從巫術意識的迷霧中走了出來，進入一個嶄新的天地。而楚人則進入落後的荊蠻地區，他們保存了氏族社會的遺習，延續了殷人的傳統觀念，巫術意識並沒有因時代的進步而消失。因此，在整個楚文化中保存著強有力的巫術宗教，充滿著奇異想像的神話傳說，保留著絢爛鮮麗的遠古傳統。

　　當然，南北文化的交流從來就沒有停止過。雖然北方人看不起南方文化，

〔註1〕郭沫若：《屈原研究》，新文藝出版社1952年版，第55頁。

目之為荊蠻；而南方人對北方文化卻是心嚮往之。熊鬻事奉周文王，楚接受周之文教；熊繹接受周成王之封，而尊崇周制；周遣太史於列國，楚國也在其中；楚人愛慕北學，更是由來已久。但是，應該看到，中原文化的影響還不足以改變楚文化本身的特點。楚文化扎根於傳統，滲透到生活的各個方面，並不是一股北風就可以吹掉的。楚辭在楚文化中孕育產生，它的各種特徵只能在這個文化體系內得到說明。那種力圖在《詩經》和楚辭之間架設一座橋樑的嘗試，實際上並沒有多少事實根據。

楚辭的孕育是楚文化中民歌民樂、神話傳說、宗教習俗這些因素相互作用的結果。

首先，南楚方言口語中生長起來的民歌民樂是形成楚辭語言韻律特徵的關鍵因素。《呂氏春秋》云：「禹……巡省南土。塗山氏之女乃令其妾待禹於塗山之陽。女乃作歌，歌曰：『候人兮猗』，實始為南音。」〔註2〕這就是運用方言口語歌唱，發展而來便是民歌。楚地民歌當時非常風行，如《孺子歌》便由南方流傳到北方，由於孟子的喜愛而保存下來。這種即興抒情的民間短歌，應該是楚語較早的藝術運用，它的語句結構和歌唱節拍無疑構成日後楚辭語言特徵的基礎。楚國的地方音樂也很發達。《左傳》云：「晉侯觀於軍府，見鍾儀，……使與之琴，操『南音』。」〔註3〕這種民歌和民樂的緊密結合，民歌的藝術語言，又添上民樂之羽翼，自然成為人們抒情娛樂的主要方式。楚辭中提到許多歌曲名，諸如《涉江》、《朱菱》、《薤露》、《陽春》、《白雪》等等，便是這種情況的最好說明。楚辭字裏行間常可以看到這種痕跡，如不少詩篇之「亂」辭、「倡」辭，分明是樂曲留下的痕跡，而《漁父》中正有《孺子歌》之全篇。所以，土生土長的民歌民樂是楚辭孕育的絕好土壤，而楚辭的語言韻律完全是繼承楚地民歌民樂發展而來的。

其次，五彩繽紛的神話傳說是楚辭浪漫主義的深厚源泉。楚辭從神話傳說中汲取豐富材料，神怪雜至，構成一幅幅神奇特異的畫面。如劉勰所言：「至於託雲龍，說迂怪，豐隆求宓妃，鳩鳥媒娥女，詭異之辭也；康回傾地，夷羿彈日，木夫九首，土伯三目，譎怪之談也。」〔註4〕這種詭異之辭、譎怪之談是構成楚辭獨特藝術魅力的不可缺少的因素。楚辭從神話傳說中汲取了

〔註2〕陳奇猷：《呂氏春秋校釋》，學林出版社1984年版，第335頁。

〔註3〕楊伯峻：《春秋左傳注》（二），中華書局1981年版，第844頁。

〔註4〕陸侃如、牟世金：《文心雕龍譯注》，齊魯書社1995年版，第129～130頁。

奇特的想像，成為構造楚辭瑰麗篇什的巨大動力。神話超現實的思維方式給予楚辭作家極大的啟發，使他們得到了通向藝術的便捷門徑。楚辭中出現了駕飛龍、扣天門、求美女、遊崑崙的壯麗畫面，使現實中激發出來的深厚激情在超現實的廣闊天地裏得到盡情的抒發。可以說，是神話傳說的豐厚土壤培育了楚辭這株浪漫主義的藝術之苗。

其三，宗教習俗是孕育楚辭的直接母體。宗教習俗容納了楚辭足以產生的基本條件，它把民歌民樂和神話傳說聯結起來，它把即興的民間短歌發展為娛神的歌舞長制。楚辭正是在宗教習俗的母胎中孕育成熟起來。我們考察一下楚地古老的宗教祭歌就可以理解這一點。王逸說：「昔楚國南郢之邑，沅湘之間，其俗信鬼而好祠，其祠必作歌樂鼓舞以樂諸神。……因為作《九歌》之曲。」〔註5〕可見，《九歌》之曲是楚人信鬼好祠習俗的產物。從屈原《九歌》的內容和體制中，我們可以推想到古《九歌》的情形。因為宗教習俗的內容和體制往往具有很大的穩定性，不會被一下子改造得面目全非。屈原《九歌》那種首迎神曲，尾送神曲，中間諸神配對的格局，不會與古《九歌》相去太遠。在這種格局中，民間短歌當已發展為長篇，神話傳說無疑是它們的主要內容。林雲銘說：「考《九歌》諸神，悉天地雲日山川正神，國家之常祀。」〔註6〕由此可見，古《九歌》是適應宗教習俗的祭歌。古《招魂》大約也是這種情形。林庚認為，招魂「近於一種典禮和儀式。……招魂是要在春天舉行的。」〔註7〕現存《招魂》和《大招》的內容和體制非常相近，它們是首有序曲，極力描寫上下四方的險惡以招回靈魂；中間正文，盡情鋪排故鄉、居室、飲食、音樂、娛樂之美，召喚靈魂返回故鄉；尾有亂辭，總結招魂之始末。可以推想，古《招魂》祭歌當也是採取如此格局。這種格局同樣說明民間短歌在宗教習俗中容納了奇奇怪怪的神話傳說而發展成為一種體制宏大的祭歌。楚地的宗教祭歌吸收了民歌民樂，神話傳說，適應宗教習俗，已經形成了具有楚歌色彩，浪漫情調，長篇體制的藝術形式，成為楚辭的前身。

〔註5〕（宋）洪興祖：《楚辭章句補注》，中華書局1983年版，第65頁。

〔註6〕（清）林雲銘：《楚辭燈》，臺北廣文書局1963年版，第52頁。

〔註7〕林庚：《招魂解》，《詩人屈原及其作品研究》，古典文學出版社1957年版，第84頁。

（二）《九歌》類作品：祭歌的偉大改造

宗教祭歌已經具備了楚辭的雛形。但是，只有時代理性精神的灌注才使楚辭成為一個獨立的藝術生命。最初的楚辭作品是從對宗教祭歌的改造開始的。屈原之《九歌》、《招魂》、《大招》便屬於這一類。這類作品尚未完全脫出宗教祭歌的框架，無論內容，還是形式都還因襲著宗教祭歌。然而，它們畢竟和傳統的宗教祭歌有了差別，從中能夠體味到一種清新的時代氣息。這就是那些天神、地祇身上已經表現出濃重的人間感情，祭鬼娛神的形式中已經包含了對人間生活的肯定。這種時代氣息使莊嚴肅穆的祭歌變得清新活潑，而且它必將把這種形式帶出祭歌的框架，使之走向更廣闊的人間世界。

《九歌》類作品的本質特徵，便是它要從巫術宗教的迷霧中走出來的那種傾向。戰國時代，中原文化的理性精神沿著楚人愛慕北學的途徑，已經深刻地影響著楚文化。屈原就是敏感地接受時代精神的代表。在《天問》中，他一口氣提了一百七十多個問題，便是理性向蒙昧的挑戰。屈原一方面接受楚文化的薰陶，一方面又緊跟了時代的潮流，這使他能夠給宗教祭歌注入新的生命。在《九歌》類作品中，我們可以清楚地感受到這個新生命的躁動。

《九歌》的迎神曲熱烈而肅穆，「九疑繽兮並迎，靈之來兮如雲」。這些讓人膜拜祈禱的神靈是什麼樣子呢？雲中君「爛昭昭兮未央」，「猋遠舉兮雲中」，一道熾烈的閃電劃過長空，「靈連蜷兮既留」，「與日月兮齊光」。多麼神奇，多麼威壯！然而，他卻戀著東君，「思夫君兮太息，極勞心兮忡忡」。這深深的愁思似乎洗刷了那神奇威壯的外表，展示出一個活生生的人的內心世界。它如，東君「長太息兮將上，心低徊兮顧懷」；湘君「橫流涕兮潺湲，隱思君兮悱惻「；湘夫人「沅有茝兮醴有蘭，思公子兮未敢言」；大司命「結桂枝兮延佇，羌愈思兮愁人」；少司命「悲莫悲兮生別離，樂莫樂兮新相知」；河伯「日將暮兮悵忘歸，惟極浦兮寤懷」；山鬼「風颯颯兮木蕭蕭，思公子兮徒離憂」。這些都不是宗教的狂熱，而是熾熱的感情；不是對神祇的頂禮膜拜，而是對人間愛情的歌頌。這是一股沖決宗教束縛，重視人類自身的理性洪流，是時代精神的深刻反映。

時代精神從根本上改變了宗教祭歌的性質，使它具有了獨立的藝術生

命。何焯說：「則屈子蓋因事以納忠，故寓諷諫之辭，異乎尋常史巫所陳也。」
〔註8〕他看到《九歌》「異乎尋常史巫所陳」，那真是獨具慧眼。姜亮夫說：
「從《九歌》的神能配成一對一對來看，這只是民間風俗才有可能，在國家
的典禮中是不敢這樣做的。」〔註9〕他看到《九歌》與傳統祭歌不同，也是
頗具卓識。其實，《九歌》的獨特之處，正是時代精神的流露，也是屈原對
傳統祭歌的偉大改造。

《招魂》、《大招》也是如此。它們在祭歌的框架內注入了實實在在的時
代氣息。他們要把靈魂招回到現實中來，東西南北都不足恃，天堂幽都不能
呆，只有「魂兮歸來！反故居些」。故居之美就在於它豐富多彩的世俗生活：
「高堂邃宇，檻層軒些」；「二八侍宿，射遞代些」；「室家遂宗，食多方些」；
「陳鍾按鼓，造新歌些」；「二八齊容，起鄭舞些」。這簡直就是一幅人慾橫
流的畫面。它不是天堂虛無飄渺的幸福，而是人間實實在在的享受。《大招》
中包含了更多的政治思想。如「魂兮歸來！正始昆只」；「魂兮歸來！賞罰當
只」；「魂兮歸來！尚賢士只」；「魂兮歸來！國家為只」；「魂兮歸來！尚三王
只」。行仁政，明賞罰，尊三王，舉賢能，使國家大有作為，這分明是戰國
時代進步的政治思想，屈原的美政理想也不就是這些內涵嗎？時代精神的
注入，使宗教祭歌擺脫了娛神祭鬼的傳統職能，而成為表現時代精神的藝
術形式。

當然，這類作品各方面還不夠成熟。在體制上，它們因襲著舊的形式，
在傳統的格局中構思，這就極大地限制了作者的創造力。在內容上，它們沒
有選擇歌詠對象的更大自由，人情在遷就著神格，這也妨礙了容納更多的時
代內容。顯然，這類作品內容和形式存在著深刻的矛盾，這種矛盾顯示著它
們在楚辭演進歷程中的過渡性質。在楚辭的內在矛盾的推動下，楚辭的內容
和形式必將得到進一步改造，使之成為時代精神的最佳表達方式。《離騷》類
作品的出現，便完成了這種改造，攀登上了楚辭發展的最高峰。站在《離騷》
的高度，來回顧《九歌》類作品，它們在楚辭演進過程中的價值是不容忽視
的。它們從歌頌神祇的威靈到抒發人間的感情，推動楚辭的蛻變和發展，是
楚辭演進過程中不可缺少的環節。

〔註8〕（清）何焯：《義門讀書記》（下），中華書局 1987 年版，第 944 頁。
〔註9〕姜亮夫：《楚辭今繹講錄》，北京出版社 1981 年版，第 82 頁。

（三）《離騷》類作品：時代的慷慨悲歌

楚辭中最重要的作品是《離騷》，以及與《離騷》性質相近之《九章》、《遠遊》。這類作品使楚辭獲得了崇高地位，使楚辭時代放射出燦爛光芒。這類作品的出現需要具備時代和文學的深厚基礎。楚辭內在矛盾具有發展的可能，而戰國時代提供了積極的時代精神，偉大詩人屈原則是時代和文學的聯接點，是他的努力使楚辭發展的可能成為了現實。

戰國時代是奴隸制轉向封建制的大變動時代，是群雄割據走向天下混一的大戰亂時代。這個偉大的時代聚集了巨大的時代激情，表現在文學上便是北有諸子，南有楚辭。在北方，時代激情找到散文這個突破口，百家縱橫，噴湧而出，以清醒的理智充分表達著對社會政治的看法。在南方，時代激情找到楚辭這個突破口，屈原卓立，慷慨悲歌，以熾烈的熱情抒發內心深處的感受。屈原之所以能夠勝任這一時代的使命是與他的個人條件不可分割的。他是楚之同姓，具有扶匡社稷的天然使命感；他站在時代的前沿，受到時代精神的鼓舞。這些在他的內心聚集了豐厚的情感能量。政治失意，屢遭放逐，而宗族觀念又使他不能朝秦暮楚。真是「情沉鬱而不達兮，又蔽而莫之白也」。強烈的激情，滿腔的怨鬱，何由發洩？而他所嫻熟的楚辭自然成為表達激情怨鬱的最好形式。於是，在時代和文學的基礎上，通過詩人創造性的努力，《離騷》類作品便脫穎而出了。

《離騷》類作品是時代的慷慨悲歌。它的特點就在於把偉大時代所激發起來的政治激情通過作者個人的獨特的怨鬱情懷歌唱了出來。司馬遷說：「屈平正道直行，竭忠盡智以事其君，讒人間之，可謂窮矣。信而見疑，忠而被謗，能無怨乎？屈平之作《離騷》，蓋自怨生也。」〔註10〕魯迅先生說：「屈原是楚辭的開山老祖，而他的《離騷》卻只是不得幫忙的不平。」〔註11〕兩位偉人的認識是這樣的相似，竭忠盡智的幫忙本是受了時代激情的推動，而讒人間之，君王疑之，幫忙而不得，便產生不平的怨聲。這不平的怨聲，不是個人的淺吟低唱，而是時代的慷慨悲歌，抒發了時代的政治激情，具有深刻的時代意義。

《離騷》類作品貫穿著一種時代的使命感和現實的哀怨感，通過現實的

〔註10〕（漢）司馬遷：《屈原列傳》，《史記》，中華書局 1959 年版，第 2482 頁。
〔註11〕魯迅：《從幫忙到扯淡》，《且介亭雜文二集》，人民文學出版社 1972 年版，第 105 頁。

敘述和超現實的想像，淋漓盡致地抒發了時代現實在詩人心中激起的強烈感情，從而塑造了一位堅貞不屈、百折不撓地追求真理的詩人形象。社會現實和時代精神的矛盾，構成了一幕不可克服的悲劇，這個悲劇在人物的內心世界集中展開，因而具有震撼人心的強烈藝術魅力。

時代精神集中表現為詩人革新政治的強烈使命感。「帝高陽之苗裔兮，朕皇考曰伯庸。攝提貞於孟陬兮，惟庚寅吾以降。」時代使命上面塗上了宗子接受天命的神秘色彩，更顯得神聖而莊嚴。為了完成使命，需要「紛吾既有此內美兮，又重之以修能」，「余既滋蘭之九畹兮，又樹蕙之百畝」，主動自修，積極修人。詩人「恐皇輿之敗績」，「恐修名之不立」，時代使命的完成也就是人生價值的實現。詩人有一種完成使命的緊迫感，「汩余若將不及兮，恐年歲之不吾與」，難怪他要迫不及待地「來吾道夫先路」！

然而，楚國的社會現實並不能容納這種積極的時代精神。詩人的滿腔熱忱和黑暗現實發生了尖銳的衝突。「心純厖而不泄兮，遭讒人而嫉之」，「弗參驗以考實兮，遠遷臣而弗思」（《九章·惜往日》）。群小讒害，君王昏聵，完成時代使命的道路完全斷絕。「這就構成了歷史的必然要求和這個要求的實際上不可能實現之間的悲劇性衝突」〔註12〕。

悲劇性的衝突在詩人的內心激起了深深的哀怨。《離騷》類作品最充分地表達了這種感情。怨君王，恨群小：「惜壅君之不識」（《九章·惜往日》）；「傷靈修之數化」；「世溷濁而不分兮，好蔽美而嫉妒」（《離騷》）。哀人生，歎時運：「哀民生之多艱」；「哀朕時之不當」（《離騷》）。憐孤獨，悲無媒：「既惸獨而不群兮，又無良媒在其側」（《九章·抽思》）；「退靜默而莫余知兮，進號呼又莫吾聞」（《九章·惜誦》）。悲秋風，憶往昔：「悲回風之搖蕙兮，心冤結而內傷」（《九章·悲回風》）；「惜往日之曾信兮，受命詔以昭時」（《九章·惜往日》）。慚先賢，悵前途：「惜吾不及古人兮，吾誰與玩此芳草」（《九章·思美人》）；「慚光景之誠信兮，身幽隱而備之」（《九章·惜往日》）。使命的挫折在詩人的內心激起層層波瀾，無由可釋的哀怨充滿了字裏行間。

然而，「悲時俗之迫厄兮，願輕舉而遠遊」（《遠遊》），憑藉想像的翅膀，哀怨的感情在超現實的天地中加深和發展。陳詞重華，扣門帝閽，遍訪神女，占卜靈氛，以之開釋內心的矛盾。然而，現實的矛盾怎麼能在想像中獲得解

〔註12〕（德）恩格斯：《致斐·拉薩爾》，《馬克思恩格斯選集》（四），人民出版社 1972
年版，第 346 頁。

決？女嬃的勸告不能接受，因為詩人不能放棄理想，「欲變節以從俗兮，愧易初而屈志」（《九章‧思美人》）。靈氛占卜不能聽從，因為詩人不能放棄宗國，「思舊故以想像兮，長太息而掩涕」（《遠遊》）。這樣，只剩下了一條路可走，「既莫足與為美政兮，吾將從彭咸之所居」（《離騷》）！悲壯的結局，使命未成而更光輝，哀怨已泄而倍感人。在使命與哀怨的交織中，詩人強烈的時代激情通過詩人獨特的方式得到盡情抒發。一個追求真理，不棄宗邦的偉大詩人形象得到突出表現。所以，《離騷》類作品最大的創造就是抒發了時代最偉大的感情，塑造了時代最感人的形象。

《離騷》類作品內容和形式達到了最完美的統一，時代激情找到了它最佳的表現形式。創造性的想像衝破了祭歌的格局，按照感情的發展邏輯，由現實進入超現實，由超現實返回現實，使時代感情以多種方式得以盡情抒泄。按照感情的表達需要，有機地糅合了神話浪漫主義因素，不是人情遷就神格，而是神話因素成為表現感情的最好依託，使感情在超現實的浪漫情境中得到延續和昇華。總之，屈原創造了一種全新的抒情方式，歌唱了那個偉大的時代。論其意義，真是「與日月爭光可也」！

（四）楚漢擬《騷》之風

《離騷》類作品以其偉大的創造，登上了楚辭藝術的最高峰。其後的楚辭作品只能望洋興歎，它們多是對《離騷》類作品的模擬和複製。

司馬遷說：「屈原既死之後，楚有宋玉、唐勒、景差之徒者，皆好辭而以賦見稱；然皆祖屈原之從容辭令，終莫敢直諫。」〔註13〕這種擬騷之風由楚及漢，形成一股強大的文學潮流。人們利用屈原創造的抒情方式，寫出了大量的楚辭作品。然而，這些作品和屈原的偉大創造相比，如同小草之於喬木。它們失去了《離騷》類作品的那種強烈的時代精神，大多是見古思今，因原憐己的淺吟低唱。在藝術方面，它們一方面擴大和加深了《離騷》類作品已經開拓的境界，一方面更多是對《離騷》類作品格局的不高明的仿製。

當然，模擬也是文學史的重要現象。一種偉大的文學形式出現之後，文學自身的動力不足以推動新的創造。這樣，模仿和複製就變得不可避免。如果說《離騷》類作品是楚辭演進在質的方面的飛躍的話，那麼，擬騷之作是這一創造在量的方面的擴展。

〔註13〕（漢）司馬遷：《屈原列傳》，《史記》，中華書局 1959 年版，第 2491 頁。

擬騷現象的出現有著深厚的社會現實基礎。

首先，秦滅六國所造成的普遍的悲痛失國的社會心理，是《離騷》類作品流傳擴散的重要條件。班固說：「原死之後，秦果滅楚，其辭為眾賢所悼悲，故傳於後。」〔註14〕王逸說：「楚人高其行義，瑋其文采，以相教傳。」〔註15〕亡國之痛，使楚人認識到屈原愛國行義之高，而他的愛國詩篇更為眾賢所悼悲。這些引起楚人強烈共鳴的作品，同樣也能夠引起所有做了亡國奴的山東六國人民的共鳴。在這種社會心理條件下，屈原的作品不脛而走，通過非官方的渠道流傳到了漢代。

其次，漢得天下，楚漢同風，創造了楚辭普及的政治條件。漢高祖一幫人本是楚人，他們自然非常喜愛楚歌。「上好之，下必有甚也」，漢初，楚風遍及全國。這就使「書楚語，作楚聲，記楚地，名楚物」的楚辭影響的擴大，成為勢所必至的事情了。

再次，封建時代文人的附庸地位和屈原的處境何其相似。他們的政治抱負，他們的個人前途，都完全掌握在君王手中。所以，他們只能在君王的鼻息之下討生活。在他們的人生道路上，充滿了失意和坎坷，得不到君王的賞識，遭受小人的讒害。這些委屈和憤懣與屈原的內心情感是很類似的。因此，他們為屈原的遭遇一灑同情之淚，他們利用騷體通過代屈原抒情的方式來表達他們自己的感情。這是擬騷之作產生的最直接原因。

擬騷之作的湧現，是楚辭演進的新階段。這些作品在局部上發展和深化了屈原作品的某些方面。如「悲秋」意緒，屈作有「悲秋風之動容兮，何回報之浮浮」等句，而在宋玉的《九辨》中得到更充分的描繪，把淒涼的秋景和悲苦的感情融為一體，進一步開拓了詩歌的意境。如「哀時」意緒，屈作有「哀朕時之不當」等句，而在莊忌《哀時命》中成為了立意的主旨，把具體的不幸歸咎為時運不濟，使哀愁具有了更普遍的意義。如「占卜」之舉，在《離騷》中只是一個構思因素，而在《卜居》中成為詩篇的結構方式。這些方面都說明了擬騷之作對楚辭的發展。

但是，這些發展並不足以改變它們在《離騷》類作品面前黯然失色的處境。在思想內容上，擬騷之作缺乏強烈的時代激情，《九辨》的最強音也不過

〔註14〕（宋）洪興祖：《楚辭章句補注》，中華書局 1983 年版，第 63 頁。
〔註15〕（漢）王逸：《楚辭章句序》，《中國歷代文論選》（一），郭紹虞編，中華書局 1979 年版，第 149 頁。

是「坎廩兮，貧士失職而志不平」罷了。宋玉歎息事業無成，哀傷時運不濟，感慨懷才不遇，無非是圍繞著個人得失的悲泣。在表達方式上，擬騷之作缺乏屈原那種雄奇浪漫的想像力。《惜誓》雖然寫了「登蒼天而高舉兮，歷眾山而日遠」的遠遊，但那只是對屈原《遠遊》的拙劣抄襲。這裡沒有由現實進入超現實的巨大情感力量，在超現實境界中也沒有內在激情的抒泄。彷彿只是為遠遊而遠遊，而完全不是抒情的需要。在文體形式上，擬騷之作缺乏屈原作品的活氣，呈現出一種僵化呆板的平庸格局。《九懷》、《九歎》、《九思》，陳陳相因，連篇累牘，與屈原之精神相通，風姿各異的作品相比，簡直有天壤之別。擬騷之作在內容上的減色和形式上的退化，說明楚辭在它量的擴展的同時，也同時走向了質的衰減。

（五）楚辭的文學影響

隨著漢王朝的鞏固和強盛，擬騷之作日益失去了生命力。與漢王朝強盛的國勢相比，文士的呻吟似乎變得毫無意義。楚辭已經不能適應漢王朝歌舞升平的需要，這注定了楚辭的衰落。當然，楚辭的衰落，並不是楚辭影響的結束。楚辭通過各種方式，對後世文學依然有著深刻的影響。

就文學形式而言，楚辭的蛻變為漢賦的成熟創造了條件。漢王朝潤色鴻業的需要提供了創造文學新形式的契機，而新形式的產生不能離開具體的文學條件。南之騷人楚辭，北之縱橫說辭，在漢代大一統的國度內逐漸融合，便成為新文學形式產生的基礎。漢賦從縱橫說辭和騷人楚辭中繼承了結構方式和想像能力，吸收了它們豔麗誇飾的語言。於是，漢賦這種堂皇的頌歌便應運而生了。

就文學內容而言，楚辭的影響更是綿延不絕。封建社會文人的附庸地位是產生屈原那樣牢騷的溫床。政治黑暗的年代，屈原的作品往往受到分外的青睞。詩人文士喜愛屈原，引之為同調，以各種方式抒發內心的憤懣。每當外族入侵，國破家亡的時候，屈原的作品成為激發愛國情思的源泉。愛國志士喜愛屈原，以各種方式從屈原作品中汲取精神的力量。更重要的是，屈原作品中的那種追求真理的精神，為有志之士所效法，「路曼曼其修遠兮，吾將上下而求索」，屈原成為追求真理的理想化身。可見，楚辭對後世文學的影響是深刻而廣泛的。

十五、漢樂府歌詩向敘事的演進

漢樂府敘事詩走向成熟進而達到頂峰，乃是不爭的事實，因為有《陌上桑》、《焦仲卿妻》擺在那裡。問題是：漢樂府歌詩向敘事演進之內在機制與邏輯軌跡究竟是怎樣的？這只有在歌詩生產的具體條件下才能得到正確理解。漢樂府歌詩有內在敘事因子，以音樂演唱方式，在大眾娛樂趣味作用下向敘事演進，經歷了不同的發展階段，形成了相繼遞進的歌詩類型，既反映著漢樂府歌詩演進的內在機制，也顯示了漢樂府歌詩發展的邏輯軌跡。本文借鑒往賢時俊的認識，對這個問題作一些粗略探討。

（一）緣事而發

班固稱漢樂府為「感於哀樂，緣事而發」〔註1〕，的確是精闢之論。「緣事」固然不就是「敘事」，卻實在又是敘事的起點。正是漢樂府歌詩之「緣事」，才使它獲得了敘事基因，從而開啟了漢樂府向敘事演進之歷程。

漢樂府歌詩多出於民間下層，誠如《宋書‧樂志》所云：「凡樂章古辭今之存者，並漢世街陌謳謠。」〔註2〕唯其出於民間下層，創作者便多植根於社會現實，其發聲抒懷便多起於具體事由，所謂「饑者歌其食，勞者歌其事」，從而使之具有了「緣事」的特徵。

即便「緣事」，也未必「敘事」。袁行霈先生指出：「『緣事而發』是指有感於現實生活中某些事情發為吟詠，是為情造文，而不是為文造情。事是觸發

〔註1〕 （漢）班固：《藝文志》，《漢書》，中華書局 1962 年版，第 756 頁。
〔註2〕 （梁）沈約：《樂志》，《宋書》，中華書局 1974 年版，第 549 頁。

詩情的契機，詩裏可以把這事敘述出來，也可以不把這事敘述出來。『緣事』與『敘事』並不是一回事。」〔註3〕仔細考察漢樂府歌詩，確實存在「緣事」而非「敘事」之作，諸如《君無渡河》、《薤露》、《蒿里》、《白頭吟》、《有所思》、《上邪》、《傷歌行》、《古歌》、《悲歌行》之類。這類歌詩「緣事而發」，卻多以抒情為主，我們稱之為「緣事」類歌詩。有學者指出：「『緣事而發』乃漢樂府之抒情模式。」〔註4〕著眼於「緣事」與「敘事」之區別，這自然鑿鑿有理。然而，從「緣事」與「敘事」之聯繫而言，緣事類歌詩與漢樂府歌詩向敘事之演進又脫不開干係。

其一，緣事而發，情不離事。

緣事類歌詩之「緣事」存在著兩種方式，一是詩外有本事，二是詩內有事由，而它們都以抒發內心情感為主。《君無渡河》、《薤露》、《蒿里》表達著生命的感喟；《白頭吟》、《有所思》、《上邪》激蕩著愛情的心聲；《古歌》、《悲歌行》傾訴著故鄉的思念。只要正視這個基本事實，就必須承認這類歌詩的抒情性質。然而，也存在另外的基本事實，即它們抒發情感總不離開具體事由。

就「詩外有本事」而言，有學者統計漢樂府歌詩記載本事者占到總數的44%以上，構成歌詩與本事相互依存的獨特現象〔註5〕。這類歌詩演唱抒情，有的完全離不開本事，如《君無渡河》（箜篌引）。晉崔豹《古今注》記其本事云：「《箜篌引》者，朝鮮津卒霍里子高妻麗玉所作也。子高晨起刺船，有一白首狂夫，被發提壺，亂流而渡，其妻隨而止之，不及，遂墮河而死。於是援箜篌而歌曰：『公無渡河，公竟渡河，墮河而死，將奈公何！』聲甚悽愴，曲終亦投河而死。子高還，以語麗玉。麗玉傷之，乃引箜篌而寫其聲，聞者莫不墮淚飲泣。」〔註6〕試想聽眾如果只聞歌詩而不知本事，又豈能被感動得「墮淚飲泣」？也有以他事移代本事的，如《薤露》、《蒿里》。《古今注》記其本事云：「本出田橫門人，橫自殺，門人傷之，為作悲歌。言人命奄忽，如薤上之露易晞滅也。亦謂人死魂魄歸於蒿里。至漢武帝時，李延年分為二曲，《薤露》

〔註3〕袁行霈：《中國文學概論》，高等教育出版社 1990 年版，第 116 頁。

〔註4〕談藝超：《「緣事而發」乃漢樂府之抒情模式》，《名作欣賞》2009 年第十期，第 4 頁。

〔註5〕曾曉峰、彭衛鴻：《試析漢樂府文事相依的傳播特點》，《中南民族大學學報》2004 年第三期，第 137 頁。

〔註6〕（宋）郭茂倩：《樂府詩集》，中華書局 1998 年版，第 377 頁。

送王公貴人，《蒿里》送士大夫庶人。使挽柩者歌之，亦謂之輓歌。」〔註7〕
這個本事倒不是理解歌詩的必要前提，處在挽柩歌唱的特定場合，原都有一
椿生命熄滅魂歸蒿里的悲哀事體。這哀事移代了本事，成為抒情的根由，其
實也同樣是情不離事。

就「詩內有事由」而言，即便本事不彰，甚或全無本事，而歌詩內也多
述有事由。如《白頭吟》之本事，《西京雜記》稱：「相如將聘茂陵人女為妾，
卓文君作《白頭吟》以自絕，相如乃止。」〔註8〕人多謂此乃小說家言而不可
徵信，可歌詩有「聞君有兩意，故來相決絕」之句，已經表明了抒情事由。
《有所思》不見本事，而歌詩有云：「有所思，乃在大海南。何用問遺君？雙
珠玳瑁簪，用玉紹繚之。聞君有他心，拉雜摧燒之。」〔註9〕其中相思以至情
變，已經明白敘出，而所有情感便以此為基礎。當然，詩內之事由未必具體，
往往只是略顯事影，而在歌者聽眾那裡，結合了自身閱歷，必然會填補了空
白。如《有所思》、《上邪》表達男女情感，其情變決絕，海誓山盟，現實生活
本不乏深厚素材，聞歌而聯想，自然多有共鳴。《古歌》、《悲歌行》傾訴思鄉
之情，一句「座中何人誰不懷憂」？則勾起多少人背井離鄉之感慨！在那個
動盪時代，「或邦國喪亂，流寓他鄉；或負罪離憂，竄身絕域」〔註10〕；或負
戈外戍，落腳邊陲；或行賈謀生，四方蒙塵。「思念故鄉，鬱鬱累累」，正是多
少人的內心寫照。因此，緣事類歌詩儘管以抒情為主，而抒情又何曾離事？
情感只是海上冰山之一角，而下面支撐著的原有椿椿件件的生活事實。

其二，說唱代言，娛樂其求。

漢樂府歌詩乃是說唱藝術的歌詩文本，它必然受到說唱方式的制約和影
響，從而形成不同於文人徒詩的藝術特徵。誠如趙敏俐先生所說：「漢樂府的
文本是為了適應演唱的需要才成為我們目前所見到的這個樣子的。所以，凡
是有關它的語言藝術成就，包括章法、句式、修辭技巧等等，我們都只有站
在演唱的角度才能做出解釋，漢樂府的發展規律，也只有從演唱的角度才能
弄清。」〔註11〕不僅語言、結構、修辭，而且歌詩內容也受到說唱方式制約
和影響。

〔註7〕（宋）郭茂倩：《樂府詩集》，中華書局 1998 年版，第 396 頁。
〔註8〕成林、程章燦：《西京雜記全譯》，貴州人民出版社 1993 年版，第 115 頁。
〔註9〕王運熙、王國安：《漢魏六朝樂府詩評注》，齊魯書社 2000 年版，第 8 頁。
〔註10〕王運熙、王國安：《漢魏六朝樂府詩評注》，齊魯書社 2000 年版，第 191 頁。
〔註11〕趙敏俐：《中國古代歌詩研究》，北京大學出版社 2005 年版，第 48 頁。

　　緣事類歌詩之抒情，借助說唱藝人的表演才能實現。就語言表達而言，因為直面聽眾，便需要與之交流。如《古歌》云：「秋風蕭蕭愁殺人。出亦愁，入亦愁。座中何人誰不懷憂？令我白頭。」一通鄉愁之中，突兀插入一句「座中何人誰不懷憂？」便將歌者與聽眾的情感打成了一片。在歌者與聽眾的直接情感交流中，歌詩必然更注重語言的聲調語氣。如歌詩有呼告，「上邪！我欲與君相知！」有設問，「東西安所之？徘徊以彷徨。」有感歎，「露晞明朝更復落，人死一去何時歸！」有獨白，「願得一心人，白頭不相離！」充分體現了口語藝術的鮮明特色。

　　緣事歌詩的說唱方式，使說唱藝人成為感情的代言人，他們演唱歌詩往往由旁白自然地轉為獨白，語氣口吻便要模擬抒情主人公，行為動作也要模擬抒情主人公，最後竟可以進入抒情主人公的角色。如《有所思》，開頭「有所思，乃在大海南。何用問遺君？雙珠玳瑁簪，用玉紹繚之」，這還彷彿是平心靜氣的介紹；而「聞君有他心，拉雜摧燒之」，便似乎配合歌者「拉雜摧燒」的激烈動作。聞一多先生懷疑「妃呼豨」一語「係樂工所記表情動作之旁注」。他說：「『妃』讀為『悲』，『呼豨』讀為『歔欷』。……『悲歔欷』者，歌者至此當作悲泣之狀也。」〔註12〕這與我們的推測相一致。至於「從今以往，勿復相思！相思與君絕！雞鳴狗吠，兄嫂當知之」，那完全是抒情主人公的獨白了。說唱藝人在歌唱者與當事者之間轉換，當他只是歌唱者時，抒情主人公彷彿是躲在後臺的影子；當他融入當事者時，抒情主人公似乎走進前臺。漢樂府歌詩演唱方式所顯示的藝術趨向，便促使了後臺的抒情主人公走進前臺，也促使了緣事類歌詩由抒情向敘事的演進。

　　漢樂府歌詩的說唱方式，必然使之關注聽眾的娛樂趣味。漢樂府歌詩中多有歌場套語，如「四座且莫喧，願聽歌一言」、「坐中數千人，皆言夫婿殊」、「多謝後世人，戒之慎勿忘」、「今日樂相樂，延年萬歲期」等等；這些套語多顧及到聽眾的審美感受。因此，聽眾的娛樂趣味也是促進漢樂府歌詩由抒情向敘事演進的重要動力。對於漢代世俗的審美趣味，王充當時即有評論。他說：「世俗所患，患言事增其實；著文垂辭，辭出溢其真，稱美過其善，進惡沒其罪。何則？俗人好奇。不奇，言不用也。……蜚流之言，百傳之語，

〔註12〕聞一多：《樂府詩箋》，《聞一多全集》（四），生活‧讀書‧新知三聯書店 1982 年版，第 109 頁。

出小人之口，馳閭巷之間，其猶是也。」〔註13〕他從求真角度出發，反對世俗「言事增其實」的傾向，而客觀上卻反映了人們喜好言事，喜好奇事的審美風尚。

其實，漢代人喜好言事，可謂上下同調，蔚然成風。如上層有班馬紀傳，下層有民間故事，這種敘事趣味自然也滲透到漢樂府歌詩演唱之中。胡士瑩先生指出：「漢代說故事雖無直接材料，然靈帝時待制鴻門下的許多諸生，卻『喜陳方俗閭里小事』，似乎是社會新聞一類東西，它必然是採用民間口頭語言來演述的，所以蔡邕攻擊諸生所寫辭賦說：『下則連偶俗語，有類俳優。』至於民間樂府中涉及故事的就更多。」〔註14〕在緣事類歌詩演唱中，聽眾不只引發情感共鳴，而且引發對情感下面之事由的渴求。而歌詩演唱的現場性，不僅促使抒情主人公從後臺走向前臺，而且也促使情感下面的事情浮出水面。處在這樣的娛樂趣味之中，簡單的緣事抒情顯然不能完全滿足聽眾的審美需求，而緣事類歌詩向敘事的演進便是一種合乎邏輯的藝術選擇。

（二）即事而進

樂府歌詩由抒情向敘事之演進，首先在於歌詩內在敘事因子的存在。漢樂府歌詩多來自民間，它們多關心外在現實生活，更關注各種社會問題，比之於直接抒情，自然更傾向於敘事，所謂「樂府往往敘事，故與詩殊」〔註15〕。樂府說唱方式的制約和聽眾娛樂趣味的促進，為歌詩敘事因子發酵提供了適宜條件，從而促成樂府歌詩由抒情向敘事的演進。在這個演進過程中，最初形成即事類歌詩。所謂「即事」類歌詩，是指漢樂府中那些即事記言抒情，場面單一集中，人物線條簡括的歌詩，諸如《戰城南》、《十五從軍征》、《飲馬長城窟行》、《東門行》、《相逢行》、《上山採蘼蕪》、《平陵東》、《豔歌行》之類。這類歌詩「在形式上雖是敘事的，而基本語調仍是抒情的」，乃是「內容客觀，語調抒情的敘事體」。〔註16〕這種特殊狀況，使之形成獨特的藝術特徵。

其一，即事截取，場面集中。

〔註13〕霍松林：《古代文論名篇詳注》，上海古籍出版社 2002 年版，第 57 頁。

〔註14〕胡士瑩：《話本小說概論》，中華書局 1982 年版，第 7 頁。

〔註15〕（明）徐禎卿：《談藝錄》，《歷代詩話》，（清）何文煥輯，中華書局 1981 年版，第 763 頁。

〔註16〕葛曉音：《論漢樂府敘事詩的發展原因和表現藝術》，《社會科學》1984 年第十二期，第 65 頁。

即事類歌詩敘事大多只是截取生活片段，而不注重時間的延續和空間的拓展。如《十五從軍征》，只有「十五從軍征，八十始得歸」兩句，便將老兵六十五載軍旅生涯一筆帶過。然後截取戰後歸家一節，集中表現他孤苦無依的處境。道逢鄉人的問答，破敗荒涼的家園，失卻家人的孤單，層層皴染，突出老兵悲涼沉痛的感情。又如《東門行》，人物身份，故事脈絡，全然沒有交代，只是截取主人公在無食無衣絕境中的悲憤爆發：拔劍東門去！將生活的巨大悲憤納入到單一場面中引爆，彷彿飆風驟起，給人震撼衝擊。至如《戰城南》截取戰死之慘景，表達對戰爭的詛咒；《上山採蘼蕪》截取故人之路遇，傾訴對婚姻的無奈；《豔歌行》截取衣著之一端，抒發對漂泊的辛酸。它們「對所要表現的事件並不作全面的有頭有尾的敘述，而能夠恰當地挑選足以充分顯示出生活的矛盾和鬥爭的一個側面，來集中地加以描繪。」〔註 17〕從而形成即事截取，場面集中的敘事特點。

即事類歌詩之敘事，雖不見來龍去脈，卻突出了現場情景，場面單一，集中描繪，彷彿一幅特寫畫面，頗有衝擊的力度。然而，唯其場面單一，敘事便不能向廣度深度展開，很難形成曲折的故事情節與複雜的人物性格，只能爆發出瞬間的情緒而已。所以，就敘事水平而言，即事類歌詩的敘事並不充分，它們只是讓情感的事由浮出水面，而表達的重心仍舊是情感。葛曉音先生指出：「這些詩歌實質上是敘事體的抒情詩，其藝術表現本身就蘊含著轉化為抒情體的內在因素，尤其是敘事之截取某一情景或場面集中描繪的方式，直接提供了轉化的有利條件。」〔註 18〕當然，葛先生是講敘事向抒情的轉化，這裡是講抒情向敘事的轉化，其實這是一個事情的兩個方面；文學發展存在多種可能性，它不一定是單向度的，而往往是多向度的。正是即事類歌詩敘事的特殊性，使之既具有向敘事演進的空間，也具有向抒情演進的空間，這些演進現象事實上都存在著。

其二，對話演事，事體簡略。

即事類歌詩之敘事並不注重對故事因果關係作細緻交代，而只是對故事即時狀態作集中演示，而對話則是故事演示的主要方式。在即事類歌詩中，對話成為基本的敘述方式，它對於展現故事因由，促進現場表演，表達人物

〔註 17〕王運熙：《樂府詩述論》，上海古籍出版社 2006 年版，第 272 頁。

〔註 18〕葛曉音：《論漢樂府敘事詩的發展原因和表現藝術》，《社會科學》1984 年第十二期，第 66 頁。

情感，都發揮著至關重要的作用。

首先，對話方式即時展現了故事內容。即事類歌詩雖是截取生活片段，卻並不要切斷生活脈絡，通過對話方式故事原委往往以即時形態露出蛛絲馬蹟。如《上山採蘼蕪》，開篇交代了兩句，接下來是通篇問答。先有「長跪問故夫：『新人復何如？』」，後有故夫回答：「新人雖言好，未若故人姝。顏色類相似，手爪不相如」；「新人工織縑，故人工織素。織縑日一匹，織素五丈餘，將縑來比素，新人不如故。」在故夫回答過程之中，插入前妻一句輕輕感歎：「新人從門入，故人從閣去！」前妻一問，故夫一答，一樁不幸婚姻的大略輪廓也便展現出來。問答是即時的，而話語包含著更豐富的信息。諸如故人之過往情形，她一日織素五丈餘；新人進門而故人離去；新人竟處處不如故人，面貌不如，手爪不如，勞作更不如。問答中隱約形成了故事鏈條。

其次，對話方式自然促成了角色演示。歌場的現場氣氛，人物的對話呈現，必然促使對話表現為歌者的角色演示。對話方式與非對話方式，其敘事效果是大有差異的。如《平陵東》沒有運用對話，即便有「心中惻，血出漉，歸告我家賣黃犢」這樣第一人稱的歌辭，歌者也很難轉化為主人公角色，歌者彷彿在旁白轉述，故事便隔了一層。而運用對話方式，歌者自然進入角色，故事便活動起來。如《東門行》，那妻子的哀求：「他家但願富貴，賤妾與君共餔糜。上用倉浪天故，下當用此黃口兒。今非！」那丈夫的叱斥：「咄！行！吾去為遲，白髮時下難久居！」試想，歌者如果不是設身處地，模擬人物神情口吻，又怎麼能把對話表現出來。所以，沒有對話還可以陳述，而運用對話便只能演事了。歌者以對話演事，增加了現場氣氛，突出了戲劇衝突，直接抒發了主人公之感情，也更能引發聽眾的情感共鳴，自然能收穫更多的娛樂效果。

其三，情緒濃烈，人影粗疏。

即事類歌詩之敘事抒情，畢竟以人為主體。歌者與聽眾關注的重心，其實就是人物的遭遇、人物的情緒。然而，因為事由簡略，情緒感發，即事類歌詩之人物形象如同一幅速寫，總歸有些線條粗疏。如《十五從軍征》，留下老兵「羹飯一時熟，不知貽阿誰。出門東向望，淚落沾我衣」的孤單背影；《豔歌行》閃過「夫婿從門來，斜倚西北眄」那酸酸的一瞥。即便問答對話，也只是情緒感發，缺乏細膩心理，人物自然單薄。《上山採蘼蕪》之男女問答，一則歎息感傷，一則絮絮叨叨，瑣細事體閃爍著三個人影，而畢竟都是影影綽

綽，性格並不生動鮮明。《東門行》之夫妻對話，一則性情剛烈，一則性情柔弱，二者恰成對比，突出了人物情感。從情緒宣洩而言，實在直接痛快；從性格塑造而言，則有些臉譜簡化。至於《戰城南》，更是只聽得見悲悼感歎之聲，卻看不見悲悼者的身影。

即事類歌詩之人物只是瞬間情緒的載體，而人物更豐富的內心和更多樣的經歷是沒有表現餘地的。單一的場面，簡單的對話，只容得下單純的情緒，這些情緒沒有多少波動，缺乏發展變化，處於相對靜止狀態。剛烈者只是剛烈，隱忍者只是隱忍，悲哀者只是悲哀，感傷者只是感傷，無奈者只是無奈，這些情緒像標籤一樣貼在人物臉上，人物臉譜化自然就不可避免。

其實，即事類歌詩產生於現實生活的土壤，無論故事之豐富，還是人物之複雜，都有著深厚的社會基礎。其中寫戰爭危害，如《戰城南》、《十五從軍征》、《飲馬長城窟行》，有著漢武帝以來長期戰爭的背景；其中寫生活狀況，如《東門行》、《相逢行》、《豔歌行》，那是貧富懸殊等社會現象的反映；其中寫社會問題，如《平陵東》、《上山採蘼蕪》，那與社會秩序婚姻制度密切相關。然而，即事類歌詩以敘事為體，卻又以抒情為用，其反映社會生活便有許多侷限。單一場面，不能容納豐富的故事內容；簡單對話，不能體現複雜的人物性格。從敘事角度來說，即事類歌詩還處於低級階段，只有突破這些侷限，才能真正走向成熟的敘事。

應該看到，即事類歌詩之對話演事傾向，為它向敘事的演進開闢了前進道路。對話演事使故事和人物都走向現場，既激起聽眾對故事的興趣，也激起聽眾對人物的關心，而對話演事方式也能夠滿足人們的這些娛樂需求，問題在於要突破單一場面與簡單對話的侷限，給敘事提供更大的空間。陳琳《飲馬長城窟行》便表現了這種藝術趨向。有人懷疑這首詩是古辭，梁啟超說過：「竊疑此為《飲馬長城窟行》本調，前節所錄『青青河畔草』一首，或反是繼起之作。」〔註19〕更有人為之補充了各種理由〔註20〕。其實，樂府本辭也罷，文人創作也罷，都不影響它在樂府歌詩向敘事演進的重要價值，即它對歌詩場面與人物對話的拓展。《飲馬長城窟行》有兩個場面，一是太原卒與長城吏的交涉，一是太原卒與內舍的通信。前者流露了些許英雄氣：「男兒寧當格鬥死，何能怫鬱築長城」；後者表達了更多兒女情，內心矛盾，情感糾結。人物

〔註19〕梁啟超：《中國之美文及其歷史》，東方出版社1996年版，第102頁。
〔註20〕麻守中：《漢樂府》，春風文藝出版社1999年版，第63頁。

對話也作了延伸，故事更加複雜，心理更加細膩，人物不再貼著情緒標籤，而展現著豐富的內心世界。《飲馬長城窟行》對歌詩場面與人物對話的拓展，顯示了即事類歌詩向敘事演進的趨向。

隨著樂府說唱方式的發展，伴著聽眾娛樂趣味的推動，漢樂府歌詩完成從抒情向敘事的飛躍，終於跨入了敘事詩的門檻。

（三）鋪事而成

漢樂府歌詩向敘事進一步演進，形成了鋪事類歌詩。所謂「鋪事」類歌詩，是指漢樂府中那些場面連類轉接，敘事細緻鋪飾，人物形象鮮明的歌詩，諸如《孤兒行》、《婦病行》、《隴西行》、《陌上桑》、《羽林郎》之類。在這類歌詩中，敘事時空得以拓展，敘事方法更為豐富，故事情節比較完整，人物性格更加鮮明。它們不再以抒發情感為主，而以敘述故事和刻畫人物為主，從而完成了從抒情向敘事的質變，標誌著漢樂府敘事詩走向成熟。

不同於一般語言敘述，鋪事類歌詩受到樂府演唱藝術的影響，其敘事具有樂府演唱的鮮明特色。

其一，場面轉接，聯類有方。

鋪事類歌詩之敘事突破即時性，首先表現為空間的拓展，從而給敘事詩提供了容納豐富故事情節的條件。與即事類歌詩之單一場面不同，鋪事類歌詩多展示出幾個場面，如《孤兒行》有行賈、汲水、收瓜等場面，《婦病行》有託孤、買餌、索抱等場面，這便拓展了敘事空間，容納了更多故事；而場面之轉接，突出了敘事意蘊。

由於樂府演唱的特點，歌詩場面之轉接，並不完全以情節發展為序，而更著眼於人物表現的需要。如《孤兒行》重在突出孤兒之苦：一寫行賈之苦，春去冬來，在外奔波：「南到九江，東到齊與魯。臘月來歸，不敢自言苦。頭多蟣虱，面目多塵土。」直苦得「孤兒淚下如雨」！二寫家務之苦，辦飯、視馬，朝暮行汲，「手為錯，足下無菲。愴愴履霜，中多蒺藜。」直苦得孤兒「愴欲悲。淚下渫渫，清涕累累。」三寫農事之苦，「三月蠶桑，六月收瓜」，而「瓜車反覆。助我者少，啖瓜者多」。直苦得孤兒無計可施。這些場面只是以類相屬，並不以時序相連，實在不知它們何者在前何者在後。沈德潛云：「斷續無端，起落無跡，淚痕血點，結撰而成。」〔註21〕痛苦場面相疊加，彷彿

〔註21〕（清）沈德潛：《古詩源》，中華書局1963年版，第77頁。

椿椿件件湧上心頭，不待擇時而出，突出了孤兒的深重苦難。再如《婦病行》重在突出病婦之悲：臨終託孤之悲，「當言未及得言，不知淚下一何翩翩」！而病婦逝後父子之艱難，正是病婦擔憂的現實呈現。從時序而言，病婦臨終之悲到病婦逝後之況，時間自然連延而下；從實質而言，這些場面仍是以類相屬，以預料之悲慘與現實之悲慘相疊加，彷彿電影鏡頭組接，突出病婦之悲傷，產生更豐富意蘊出來。賀怡孫指出：「樂府古詩佳境，每在轉接無端，閃爍古怪，忽斷忽續，不倫不次。如群峰相連，煙雲斷之；水勢相屬，縹緲間之。」〔註22〕其實，正由於樂府表演的特殊性，才使敘事多以場面展示，而相類場面的疊加，拓展了敘事空間，豐富了故事內容，突出了人物形象，渲染了歌場氣氛，自然也增強了表演效果！

其次表現為時間的延綿。《隴西行》寫健婦待客便以時間為序，從迎客直至送客，寫出整個待客過程。《陌上桑》更將場面轉接與時間序列結合起來，建構起完整的故事情節。《陌上桑》故事線索是羅敷陌上採桑，按此線索以時序漸次展開故事。先寫序幕，好女羅敷採桑城南之隅；接寫開端，羅敷美貌引來眾人觀望；再寫發展，使君非分要求遭到拒絕；後寫高潮，羅敷誇夫羞煞無恥之徒。最終結局，便隱藏在高潮之中了。歌詩之故事場面以時序相銜接，表現出事件的前因後果，從而構建起完整的情節。其實，敘事如果沒有時序，那便難以揭示事件因果；而事件沒有前因後果，便不能形成情節。一般認為，「情節是按照因果邏輯組織起來的一系列事件」〔註23〕；福斯特曾對「故事」與「情節」加以區別，他說：「『國王死了，不久王后也死去』便是故事；而『國王死了，不久王后也因傷心而死』則是情節。」〔註24〕如此看來，鋪事類歌詩敘事注重時間的延綿，為構建情節奠定了基礎。難怪後來文人模擬漢樂府敘事詩，多以《陌上桑》為藍本，它實在是漢樂府敘事詩成熟的範本。

其二，鋪陳誇飾，細密入微。

敘事時空的拓展，為樂府演唱提供了更多表演餘地，反映在歌詩上便有鋪陳誇飾，細密入微的敘事特點。鋪事類歌詩寫人注重細節刻畫，唯其細節

〔註22〕（清）賀怡孫：《詩筏》，《清詩話續編》（一），郭紹虞編，上海古籍出版社1983年版，第151頁。

〔註23〕童慶炳：《文學理論教程》，高等教育出版社1992年版，第212頁。

〔註24〕（英）福斯特：《小說面面觀》，馮濤譯，花城出版社1984年版，第75頁。

彰顯，方才真切感人。如《孤兒行》之「頭多蟣虱，面目多塵土」，方見行賈之苦；而「手為錯，足下無菲。愴愴履霜，中多蒺藜。拔斷蒺藜腸肉中」，方顯汲水之苦。刻畫出生活細節，再輔之以表演動作，自然更具表現力。鋪事類歌詩敘事也更為細密，如《隴西行》寫健婦待客之全程：如何迎客？如何問客？請客何方？坐客何處？怎樣敬客？怎樣陪客？直至怎樣送客？可謂環環相扣，連貫而下，娓娓道來，真真切切，彷彿親見親歷，頗有現場的感覺。細密入微的描寫，無疑使人物事件真切如見，極大地提高了歌詩表演的藝術魅力。

樂府歌詩表演本來為了娛樂，所謂「今日相對樂，延年萬歲期」便透露了如此信息。這樣的目的必然要求歌詩具有趣味性，倘如歌詩缺乏了趣味，便難以達到娛樂目的。鋪事類歌詩善用鋪陳誇飾的手法，乃是追求娛樂趣味的體現。鋪陳誇飾之敘事特點，《陌上桑》表現得尤為突出。如描寫羅敷美貌，便先有「頭上倭墮髻，耳中明月珠；緗綺為下裙，紫綺為上襦」的敷寫，以自身衣飾的盛麗來襯托羅敷之嬌美；再有「行者見羅敷，下擔捋髭鬚。少年見羅敷，脫帽著帩頭。耕者忘其犁，鋤者忘其鋤；來歸相怨怒，但坐觀羅敷」的鋪排，以外界反應之劇烈來印證羅敷之驚豔。這些描繪，濃筆重彩，鋪排誇張，以虛寫實，烘雲托月，充滿詼諧，飽含幽默，引起關注，激發興趣。至如羅敷誇夫一節，更是放言誇耀，只圖出語痛快，罔顧生活真實了。蕭滌非先生指出：「末段為羅敷答詞，當作海市蜃樓觀，不可泥定看殺。以二十尚不足之羅敷，而自云其夫已四十，知必無是事也。作者之意，只在令羅敷說得高興，則使君自然聽得掃興，更不必嚴詞拒絕。」〔註25〕一番盡興誇言，頗有喜劇意味，羅敷得意洋洋，使君失意沮喪，聽眾自然也沉溺其間，終將爆發出愉快的笑聲！

在辛延年《羽林郎》中，鋪陳誇飾亦多有表現。如寫胡姬的美貌，便有「長裾連理帶，廣袖合歡襦。頭上藍田玉，耳後大秦珠。兩鬟何窈窕，一世良所無。一鬟五百萬，兩鬟千萬餘」的鋪排，極力誇張服裝的新穎別致與首飾的珍異名貴，以虛寓實，側面烘托。如寫金吾子的糾纏，便有「就我求清酒，絲繩提玉壺。就我求珍肴，金盤膾鯉魚。貽我青銅鏡，結我紅羅裾」的排比，一而再，再而三，以凸顯金吾子的無賴本性。其實，後來文人模擬漢樂府敘事詩者，大多繼承這些特徵。由此可見，鋪陳誇飾已經成為漢樂府歌詩演唱

〔註25〕蕭滌非：《漢魏六朝樂府史》，人民文學出版社1984年版，第88頁。

的重要方式，也成為漢樂府敘事詩的基本特徵。

其三，戲劇情境，人物鮮明。

鋪事類歌詩以刻畫人物形象為中心，為了突出人物形象，往往將人物置於特定戲劇情境之中。如《病婦行》置病婦於久病臨終之情境，其悲哀與擔憂便清晰可見；又如《孤兒行》以「父母已去」始，展開其孤苦人生，在孤苦無依的戲劇情境中，一個悲苦的孤兒形象便躍然而出；再如《隴西行》以隴西人家經營客舍酒店為背景，展示出一個健婦善持門戶的才幹。於戲劇情境中突出人物，人物形象便更有文化內涵，也更能夠感染聽眾。

除了在戲劇情境中突出人物，鋪事類歌詩善於設置戲劇衝突，在戲劇衝突中塑造人物性格。如《陌上桑》設置了羅敷與使君的矛盾衝突，通過矛盾衝突過程，展現出羅敷之美好、使君之醜陋。使君與羅敷的衝突起因於使君對羅敷美貌的垂涎。在此之前，羅敷美貌也曾引來眾人觀望，而那是愛美之心的欣賞，眾人與羅敷和諧相處，並不構成矛盾衝突。即便「使君從南來，五馬立踟躕」，與眾人之愛慕原也沒有明顯不同；只是使君之連續三問，才露出了狐狸尾巴。「使君遣吏往，問是誰家姝」，派人打探羅敷家庭，便潛藏著更深用意；進而又問「羅敷年幾何」？那目的開始浮出水面；而「使君謝羅敷，『寧可共載不？』」則將其罪惡打算赤裸裸暴露出來。面對使君三問，羅敷從容三答。在使君罪惡打算沒有公開暴露之前，羅敷的回答大方得體：「秦氏有好女，自名為羅敷」、「二十尚不足，十五頗有餘」。在使君罪惡打算公開暴露之後，羅敷便毫不客氣地給以回擊：「使君一何愚！使君自有婦，羅敷自有夫。」羅敷首先拿起道德武器回擊這個道德敗類。漢代社會儘管多有權貴欺男霸女之事，而官方意識形態總不至於贊同這類缺德行為。所以，「使君自有婦」，又搶奪人妻，實在是無恥之尤！「使君一何愚」，就是對這個無恥之徒的道德判決！

當然，對於道德敗壞的使君而言，他何曾在乎過道德律令；他所遵循的只是弱肉強食的法則，而不會把道德評判當一回事。羅敷自然也明白使君這副德性，於是一篇誇夫演唱把他徹底擊敗！她誇耀丈夫的官高：「十五府小吏，二十朝大夫，三十侍中郎，四十專城居」；她誇耀丈夫的富有：「白馬從驪駒，青絲繫馬尾，黃金絡馬頭；腰中鹿盧劍，可值千萬餘」；她誇耀丈夫的帥氣：「為人潔白晳，鬑鬑頗有須；盈盈公府步，冉冉府中趨。坐中數千人，皆言夫

婿殊」。那意思便是：你不是以為有權有錢便可以為所欲為嗎？告訴你，我的丈夫比你更有權，比你更有錢，你就別癡心妄想啦！這篇演唱把矛盾衝突推向高潮，而人物形象便在衝突高潮中呈現出來：羅敷之勇敢、機智、正直，使君之無恥、猥瑣、醜惡，人物相形益彰，歷歷如畫。

鋪事類歌詩顯示了漢樂府敘事詩走向成熟，而《陌上桑》便是漢樂府敘事詩成熟的典範。關於《陌上桑》創作年代，游國恩先生以為，「《陌上桑》這首歌曲就是武帝立樂府時所採的民歌」〔註26〕；而更多人認為《陌上桑》產生於東漢時期，他們或從名物語詞考證〔註27〕，或從說唱藝術發展推理〔註28〕。綜合看來，《陌上桑》產生於東漢比較符合實際。《陌上桑》發展漢樂府歌詩藝術，從敘事方式、表現手法、故事結構，形成了穩定的敘事模式，成為漢樂府敘事詩的典範，從而對後來樂府敘事詩產生重要影響。首先，《陌上桑》之敘事模式直接為文人所承襲，如辛延年《羽林郎》、左延年《秦女休行》，便都採用《陌上桑》敘事模式，西晉文人敘事歌詩也多有《陌上桑》的影子。其次，《陌上桑》被不斷改編演唱，如西晉傅玄《豔歌行》，「便是全襲《陌上桑》者」〔註29〕；而《樂府詩集》於《陌上桑》古辭下收有自漢至唐敷衍羅敷故事或與之相類故事歌詩四十多篇〔註30〕，由此可見《陌上桑》深遠的文學影響。

（四）敘事而極

漢樂府敘事詩由成熟而躍升頂峰，有《焦仲卿妻》堪為證明。然而，這個演進過程不可能自然發生，倒是文人模擬樂府進而創造的結果。所以，從樂府民歌與文人模擬的關係中，或許能夠加深對漢樂府敘事詩躍升藝術頂峰的理解。

其一，文人擬作，俗曲生輝。

漢樂府民歌通過樂府機關演唱傳播，引起文人的廣泛興趣，也便開始了文人模仿擬作樂府民歌的活動。現存漢樂府歌詩，文人擬作數量高於民間之作。據曾曉峰對《樂府詩集》等著作的統計數據，在現存漢樂府歌詩中，文人

〔註26〕游國恩：《游國恩學術論文集》，中華書局1989年版，第386頁。
〔註27〕林祥謙：《〈陌上桑〉撰成年代新考》，《學術論壇》2009年第一期，151頁。
〔註28〕王守雪：《東漢樂府詩歌的變異》，《殷都學刊》1994年第四期，第58頁。
〔註29〕蕭滌非：《漢魏六朝樂府史》，人民文學出版社1984年版，第118頁。
〔註30〕（宋）郭茂倩：《樂府詩集》，中華書局1998年版，第410頁。

擬作占到總數的 60%〔註31〕；他並且指出其中東漢作者以一般文士為主，他們對漢樂府歌詩發展做出了重要貢獻。面對這樣的歷史現狀，忽略文人在漢樂府演進中的推動作用，顯然是很不合適的。

文人擬作在漢樂府歌詩向敘事演進中發揮了重要作用。他們不只是沿襲樂府民歌的敘事手法和敘事模式，而往往能夠在模擬中有所創新，充分顯示著創作主體的積極性。如辛延年《羽林郎》，酷似《陌上桑》故事結構與鋪陳手法，而「以舊曲詠新事」則表現了作者的主觀努力。又如宋子侯《董嬌嬈》，採用樂府民歌之對話體制，而「以花擬人」卻是作者的匠心獨運。至於東漢末年，文人模擬樂府民歌更是蔚然成風。曹操用古樂府「敘漢末時事」，有《薤露行》、《蒿里行》、《苦寒行》之作；陳琳有《飲馬長城窟行》，阮瑀有《駕出北郭門行》，左延年有《秦女休行》等。這類文人擬作，繼承了樂府民歌敘事的特徵，又呈現著創作主體的個性風貌，對漢樂府敘事詩發展具有積極推動的作用。

正是在這樣的文學背景下，《焦仲卿妻》便橫空出世了。《焦仲卿妻》最早著錄於徐陵的《玉臺新詠》，題為《古詩為焦仲卿妻作》；郭茂倩《樂府詩集》收入雜曲歌辭，題為《焦仲卿妻》；以首句「孔雀東南飛」起興，也被稱為《孔雀東南飛》。關於作品的產生時代，歌詩前有小序說得明白：「漢末建安中，廬江府小吏焦仲卿妻劉氏，為仲卿母所遣，自誓不嫁。其家逼之，乃投水而死。仲卿聞之，亦自縊於庭樹。時人傷之，為詩云爾。」〔註32〕到南宋劉克莊《後村詩話》始稱：「《焦仲卿妻》詩，六朝人所作也。」〔註33〕後來學者以篇中名物語詞有建安之後者為之論證。其實，樂府歌詩演唱之特點使之容易發生語言變易，所以即便歌詩存在建安之後的個別名物語詞，並不足以否定它產生於漢末建安時的基本事實。

關於《焦仲卿妻》的作者，徐陵《玉臺新詠》稱為「無名人」，郭茂倩《樂府詩集》稱為「不知誰氏之所作也」。於是，後人多目之為樂府民歌。其實，「無名人」只是「佚名人」而已，蕭滌非先生早已指出：「其作者雖失名，然要必出於文人之手，如辛延年、宋子侯之流。」〔註34〕作者乃是漢末建安時

〔註31〕 曾曉峰：《從〈樂府詩集〉的統計數據重新審視漢樂府》，《西南民族大學學報》
　　　　 2004 年第三期，第 282 頁。
〔註32〕 （宋）郭茂倩：《樂府詩集》，中華書局 1998 年版，第 1034 頁。
〔註33〕 （宋）劉克莊：《後村詩話》，中華書局 1983 年版，第 6 頁。
〔註34〕 蕭滌非：《漢魏六朝樂府史》，人民文學出版社 1984 年版，第 112 頁。

之文人才士，有感於焦仲卿妻悲慘遭遇作為此詩。在當時文人普遍模擬樂府
民歌的風氣之下，作者既熟練掌握樂府歌詩之敘事模式與敘事技巧，又具有
以舊曲歌詠時事的創作衝動，一旦受到了合適題材的觸發，便會進入藝術創
作的過程，充分發揮創作主體的能動性，從而創作出樂府敘事詩的巔峰之作。
可以說，缺乏創作主體的藝術創造，樂府民歌便大多相因承襲，其歌詩可以
在平均水平線上下波動，卻難以平地崛起而躍升峰頂。就《焦仲卿妻》而言，
它所達到的敘事藝術水平，顯然離不開文人的藝術創造。在文人模擬樂府民
歌的背景下，漢末建安出現文人樂府敘事詩之藝術突破，其實是順理成章的
事情。

其二，孤峰突起，風光無限。

《焦仲卿妻》一躍而居漢樂府敘事詩之頂峰。它繼承漢樂府歌詩的敘事
特徵，進而將之擴展和提高，使漢樂府敘事詩達到空前的藝術水平。對於《焦
仲卿妻》所取得的藝術成就，學術界已經有非常深入細緻的研究。概而言之，
主要有如下方面：

一是結構嚴整，匠心獨運。《焦仲卿妻》不同於其他樂府敘事詩，其故事
本身就很複雜。劉蘭芝先為焦母所遣，後為劉兄所逼，誓願不遂而後殉情；
故事包含許多事件，牽涉許多人物，處理起來並不容易。此前樂府敘事詩還
沒有處理這樣複雜故事的經驗，這便需要作者隨物賦形而又匠心獨運了。論
者多指《焦仲卿妻》情節存在幾條線索、幾個場景、幾組矛盾云云。首先這是
由故事素材本身所決定的，有什麼內容便有相應的形式；而將一個複雜故事
表現得如此清晰明瞭，又無疑是作者匠心獨運的結果。誠如沈德潛所言：「作
詩貴裁剪，入手若敘兩家家世，末段若敘兩家如何悲慟，豈不冗慢拖沓？故
竟以一二語了之，極長詩中具有剪裁也。」〔註35〕張玉穀亦言：「長詩無剪裁，
則傷繁重；無蘊藉，則傷平直；無呼應，則傷懈弛；無點綴，則傷枯淡。此詩
須看其錯綜諸法，無美不臻處。」〔註36〕作者從真實故事出發，再施以文心
筆巧，便創造了嚴整的藝術結構。

二是敘事方式，集成出新。《焦仲卿妻》繼承漢樂府歌詩之敘事方式，又
因情節擴展和篇幅增長而有相應發展。諸如對話演事、鋪陳誇飾、場景轉接、
戲劇衝突，這些敘事特徵，在篇中均多有發揮，很好地服務於敘述故事和塑

〔註35〕（清）沈德潛：《古詩源》，中華書局1963年版，第139頁。
〔註36〕（清）張玉穀：《古詩賞析》，上海古籍出版社2000年版，第310頁。

造人物，從而使敘事藝術臻於完美。如對話演事，不是摹寫一兩次、一兩個人的口吻，而是「淋淋漓漓，反反覆覆，雜述十數人口中語，而各肖其聲音面目，豈非化工之筆」〔註37〕！如場景轉接，不是兩三個場景的變換，而有戶內告白，堂上跪求，入戶哽咽，上堂辭謝，大道作誓……一系列場景的連綴，有條不紊地推進故事情節走向悲劇結局。如戲劇衝突，不是單一的矛盾衝突，而是多重的矛盾衝突，有劉氏與焦母的衝突，有仲卿與母親的衝突，有劉氏與劉兄的衝突……在人物各種複雜關係中凸顯人物性格。可以說，集漢樂府敘事方式之大成，《焦仲卿妻》才創造了樂府敘事詩的輝煌。

三是寫人入心，突出個性。《焦仲卿妻》最大成就便是塑造出一些個性化的人物形象，如剛烈的劉蘭芝，忠厚的焦仲卿，專橫的焦母，勢利的劉兄，慈善的劉母，機巧的媒人。個性化的人物形象是通過展示人物內心完成的。個性化的人物語言，揭示了人物真實的心理狀態，如劉蘭芝辭歸一節，對仲卿，她以實情相告，傾訴自己的委屈；對焦母，她以卑順譏刺，顯示自己的剛強；對焦妹，她以友情相囑，表達自己的不捨；不同口吻體現了人物的不同心理。至於人物的行為細節，也包含著豐富的心理內涵，如焦母「槌床」，表達其盛怒；劉母「拊掌」，表達其吃驚；而「蘭芝仰頭答」、「舉手拍馬鞍」，表達其堅毅與痛苦。人物之言語舉動，無非內心流露，個性又豈可隱藏！

《焦仲卿妻》以鴻篇巨製之形式，敘述了哀怨淒婉的愛情悲劇，塑造了血肉豐滿的人物形象，表達了對封建家長制的尖銳批評，飽含著對男女主人公的深切同情；無論思想內容還是藝術形式，都為其他樂府敘事詩所無法比擬，如此文學成就當歸功於創作主體的藝術創造。

其三，演唱制約，難以為繼。

《焦仲卿妻》儘管達到了頂峰，其後樂府敘事詩卻難以繼其踵跡，遂使它成為孤篇絕響，留給人無盡遺憾！為什麼樂府敘事詩沒有沿著《焦仲卿妻》開闢的道路前行？恐怕這與樂府演唱體制有關。

《焦仲卿妻》沿襲了樂府演唱軌跡，這是有據可查的。一是內證，《焦仲卿妻》多借鑒採用樂府歌詩成句。如《古豔歌》「孔雀東飛，苦寒無衣。為君作妻，中心惻悲。夜夜織作，不得下機。三日載匹，尚言吾遲」〔註38〕；《豔歌何嘗行》「飛來雙白鵠，乃從西北來」，「五里一顧返，六里一徘徊」。它們與

〔註37〕（清）沈德潛：《古詩源》，中華書局1963年版，第87頁。

〔註38〕（宋）李昉：《太平御覽》（卷八二六），中華書局1961年版。

「孔雀東南飛，五里一徘徊。十三能織布，十四學裁衣，……十七為君婦，心中常苦悲。……雞鳴入機織，夜夜不停息。三日斷布匹，大人故嫌遲。非為故作遲」必定存在影響關係。它如《陌上桑》「秦氏有好女，自名為羅敷」；《古絕句》「南山一桂樹，上有雙鴛鴦，仰頭相向鳴，千年相交頸，歡慶不相忘」；在《焦仲卿妻》中也都有類似詩句。二是外證，《焦仲卿妻》為樂曲類著作所收錄。《焦仲卿妻》最早著錄於《玉臺新詠》，而「最重要就是《玉臺新詠》和音樂相關，所以《自序》中有許多是和音樂相關的話」，「其自述『撰錄豔歌，凡為一卷，曾無忝於雅頌，亦靡濫於風人』」，〔註39〕本意在度曲的意思尤其顯豁。郭茂倩《樂府詩集》將之收入「雜曲歌辭」，儘管「干戈之後，喪亂之餘，亡失既多，聲辭不具」〔註40〕，但對歌詩之入樂大體無有疑義。

然而，這些就能斷定《焦仲卿妻》入樂演唱嗎？元稹《樂府古題序》便發出疑問：「《木蘭》、《仲卿》、《四愁》、《七哀》之輩，亦未必盡播於管絃。」〔註41〕他似乎發覺了《焦仲卿妻》與樂府演唱體制的矛盾。趙敏俐先生指出：「從現有文獻來看，除了《古詩為焦仲卿妻作》這一產生於漢末的特例之外，漢樂府中的歌詩自然要以大曲類為最長了，但是以敘事詩的標準衡量，它還是短了些」（「在漢大曲中，最長的不過八解，最短的只有三解」）〔註42〕。顯然，在正常情況下樂府演唱體制無法容納《焦仲卿妻》這樣規模的敘事詩。葉桂桐先生對漢魏六朝的樂曲形式與《焦仲卿妻》的用韻情況作了具體分析，進而得出結論：《焦仲卿妻》實在很難勻分成若干句數大致相等而又押韻的段落（解），這就很難用的漢魏六朝的樂曲形式來演唱〔註43〕。這些研究具體揭示了《焦仲卿妻》敘事模式與樂府演唱體制的矛盾。正是這個矛盾成為《焦仲卿妻》敘事模式無法延續的根本原因。

《焦仲卿妻》本從樂府演唱出發，卻在敘事道路上走得太遠，這便超越了樂府演唱體制，從而形成敘事模式與樂府演唱體制既相聯繫又相背離的複雜關係。可以說，漢魏時期之樂府演唱體制還不能為《焦仲卿妻》提供合適

〔註39〕朱謙之：《中國音樂文學史》，上海人民出版社2006年版，第159頁。

〔註40〕（宋）郭茂倩：《樂府詩集》，中華書局1998年版，第885頁。

〔註41〕（唐）元稹：《樂府古題序》，《元稹集》，中華書局2010年版，第254頁。

〔註42〕趙敏俐：《漢樂府歌詩演唱與語言形式之關係》，《文學評論》2005年第五期，第153頁。

〔註43〕葉桂桐：《論〈孔雀東南飛〉為文人賦》，中國韻文學刊2000年第二期，第12頁。

的樂曲形式，於是《焦仲卿妻》便很難入樂演唱，也許只有採用說唱或念誦的形式了〔註44〕。沒有樂府演唱體制的支持，便沒有延續《焦仲卿妻》敘事模式的基本條件，從而造成《焦仲卿妻》空前絕後的藝術奇觀。

當然，《焦仲卿妻》後繼乏力，只是說明在樂府演唱框架之內，敘事藝術沒有進一步生長的空間；而在樂府演唱框架之外，敘事藝術發展當有更廣闊的天地。其實，漢代文人模擬樂府民歌敘事，從開始便有兩種敘事傾向，一是純敘事的，如陳琳《飲馬長城窟行》，辛延年《羽林郎》；一是夾抒情的，如曹操《蒿里行》，王粲《七哀詩》。前者發展而為《焦仲卿妻》，而後者發展而為蔡琰《悲憤詩》。由於樂府演唱體制的制約，《焦仲卿妻》敘事模式成為絕響，而在樂府演唱框架之外，《悲憤詩》卻成為古代敘事詩的主流模式。這種敘事模式，敘事結合抒情，敘事比較簡括，抒情氣氛濃烈，更符合文人之創作生態，從而能夠在後世生生不息。至於《焦仲卿妻》所激發出的敘事意識，在小說等文體中得到更多發展，那已經超出我們的討論範圍了！

總之，漢樂府歌詩向敘事之演進，乃是歌詩敘事因子，以樂府演唱的方式，在大眾娛樂趣味作用下，經過民間藝人的琢磨而不斷走向成熟，再經過文人才士的創造而最終登上頂峰！在這個演進過程之中，形成相繼遞進的歌詩類型，既反映著漢樂府歌詩演進的內在機制，也顯示了漢樂府歌詩發展的邏輯軌跡。

〔註44〕葉桂桐：《論〈孔雀東南飛〉為文人賦》，中國韻文學刊 2000 年第二期，第 13 頁。

十六、中國古代歌詩的演化軌跡

藝術起源理論認為，詩歌與音樂在源頭便密切結合。卡爾·布肖指出：「人們在集體用手勞動時，須得有節奏地配合他們的動作，以便把這些動作有效地聯繫起來。有節奏的工作到了高度筋肉緊張時，他們就發出了哼哈哎喲的聲音。原始人在這些聲音上附加一些字，隨後又在聲音與聲音的空隙中填些別的字，結果就有了詩歌。」〔註1〕這個看法完全符合中國詩歌的起源。《淮南子》云：「今夫舉大木者，前呼『邪許』，後亦應之，此舉重勸力之歌也。」〔註2〕相傳葛天氏之樂便是詩、樂、舞三位一體的形態。對於詩歌發生之歌與詩的結合，聞一多先生曾從語言微觀結構來說明：「想像原始人最初因情感的激蕩而發出有如『啊』、『哦』、『唉』，或『嗚呼』、『噫嘻』一類的聲音，那便是音樂的萌芽，也是孕而未化的語言。聲音可以拉的很長，在音調上也有相當大的變化，所以是音樂的萌芽。那不是一個詞句，甚至不是一個字，然而代表一種頗複雜的含義。這樣界乎音樂與語言之間的一聲『啊——』便是歌的起源。」〔註3〕可見，詩歌與音樂的聯繫是一種與生俱來的內在聯繫。

詩歌與音樂的聯繫，不只體現於詩歌的原始形態，而且貫穿整個詩歌發展過程。王世貞說：「三百篇亡，而後有騷賦；騷賦難入樂，而後有古樂府；

〔註1〕（猶太）哈拉普：《藝術的社會根源》，朱光潛譯，新文藝出版社1951年版，第4頁。

〔註2〕（漢）劉安：《淮南子譯注》，陳廣忠譯注，吉林文史出版社1990年版，第543頁。

〔註3〕聞一多：《神話與詩》，華東師範大學出版社1997年版，第197頁。

古樂府不入俗，而後以唐絕句為樂府；絕句少婉轉，而後有詞；詞不快北耳，而後有北曲。」〔註4〕中國古代詩歌經歷《詩經》、楚辭、樂府詩、曲子詞、散曲等不同體式的變遷，以及同一體式的盛衰演化，它們背後都有著音樂因素的作用與制約。施議對先生論詞說：「從歷史發展觀點看，詞因合樂之需而興盛，又因為於音樂脫離、失去音樂的憑藉而蛻變，而逐漸喪失其獨佔樂壇的地位；詞的整個發展演變過程，始終受到音樂的制約和影響。」〔註5〕這個認識當具有普遍的意義，豈但詞，其他詩歌體式也無不符合這個規律。在中國詩歌演化過程中，始終存在著音樂因素與文學因素的相互作用，二者或合或離，相當程度影響到了詩歌體式的具體狀態。因此，忽視詩歌與音樂的關係，便難以認識古代詩歌的演化。有鑑於此，本文從詩歌與音樂關係的視角，對中國古代詩歌演化的具體問題作一些粗略探討，或許能夠深化對中國詩歌發展規律的認識。

（一）四言之衰蛻

《詩經》以四言詩為主，這個形式特徵被認為與《詩經》的入樂有關。關於《詩經》集結有采詩、獻詩之說。班固《漢書·食貨志》云：「孟春之月，群居者將散，行人振木鐸徇於路，以采詩，獻之太師，比其音律，以聞於天子。」〔註6〕孔穎達《毛詩正義》云：「明王使公卿獻詩以陳其志，遂為工師之歌焉。」〔註7〕採來、獻來的詩，都要經過太師、工師這些音樂專業人士加工，「比其音律」使之諧調可歌。《詩經》之四言為主，乃是音樂加工的結果。

《詩經》所合之樂為雅樂，它以金石鍾鼓為主。《商頌·那》云：「猗與那與，置我鞉鼓。奏鼓簡簡，衎我烈祖。湯孫奏假，綏我思成。鞉鼓淵淵，嘒嘒管聲。既和且平，依我磬聲。」〔註8〕在祭祀典禮中，音樂伴奏由兩部分組成，擊磬奏鼓為主導旋律，「嘒嘒管聲」與之相隨，所謂「依我磬聲」便是這個意思。雅樂之樂曲組成，節奏鮮明，聲調平緩，這正是四言詩之音樂基礎。

《詩經》本為歌詩，此乃於史有徵。《左傳》記載吳公子季札於魯國觀賞周樂，便有「使工為之歌《周南》、《召南》」，為之歌《邶》、《鄘》、《衛》、《王》、

〔註4〕（明）王世貞：《曲藻》，中國戲劇出版社1959年版，第23頁。
〔註5〕施議對：《詞與音樂關係研究》，中華書局2008年版，第11頁。
〔註6〕（漢）班固：《漢書》，中華書局1962年版，第1123頁。
〔註7〕（唐）孔穎達：《毛詩正義》（下），北京大學出版社1999年版，第1137頁。
〔註8〕程俊英：《詩經譯注》，上海古籍出版社1985年版，第674頁。

《鄭》、《齊》、《豳》、《秦》、《魏》、《唐》、《陳》、自《檜》以下，以及為之歌
《小雅》、《大雅》、《頌》。〔註9〕這種情況孔子時尚有遺存，《史記》云：「三
百五篇，孔子皆絃歌之，以求合《韶》、《武》、《雅》、《頌》之音。」〔註10〕
也是在這個時代，《詩經》與音樂的關係開始疏離，《左傳》記載春秋時代「賦
詩言志」有六十九次之多。所謂「賦詩」，雖不完全排斥歌詩，而主要當為誦
詩。孔子講《詩經》便主要要求弟子「誦《詩三百》」。儘管孔子晚年「自衛反
魯，然後樂正，《雅》、《頌》各得其所」〔註11〕，而這並不能挽回《詩經》與
雅樂分離的文化宿命。

　　《詩經》與雅樂的分離有許多原因，而根本原因在於音樂的變遷。春秋
時代興起鄭衛之聲，促使正統雅樂走向衰落。孔子站在正統立場曾嚴厲批評
新興音樂，他說：「惡紫之奪朱也，惡鄭聲之亂雅樂也」；「放鄭聲，遠佞人。
鄭聲淫，佞人殆」〔註12〕。可這些努力終究無濟於事，新起俗樂不以人的意
志而迅速傳播開來。《禮記·樂記》云：「魏文侯問於子夏曰：『吾端冕而聽古
樂則惟恐臥。聽鄭衛之音則不知倦。敢問古樂之如彼，何也？新樂之如此，
何也？』子夏對曰：『今夫古樂，進旅退旅，和正以廣，弦匏笙簧，會守拊鼓；
始奏以文，復亂以武；治亂以相，訊疾以雅；君子於是語，於是道古，修身及
家，平均天下。此古樂之發也。今夫新樂，進俯退俯，奸聲以濫，溺而不止；
及優侏儒，糅雜子女，不知父子。樂終不可以語，不可以道古。此新樂之發
也。」〔註13〕子夏對新起俗樂仍然抱定偏見，而到戰國中期，孟子便不得已
承認新起俗樂興盛的現實。齊宣王說：「寡人非能好先王之樂也，直好世俗之
樂耳。」孟子回答說：「王之好樂甚，則齊其庶幾乎！今之樂由古之樂也。」
〔註14〕於此可見，新起俗樂已經取代雅樂而盛行於社會了。

　　失去了雅樂的音樂基礎，《詩經》由歌詩演化為徒詩，由此帶來四言詩的
衰蛻。呂正惠說：「《詩經》之後沒有四言詩。」〔註15〕雖然說的有些絕對，
但確實道出四言詩生命力枯竭的實相。孔子之後，儒生視《詩經》為經典，它

〔註9〕楊伯峻：《春秋左傳注》，中華書局1981年版，第1161～1165頁。
〔註10〕（漢）司馬遷：《史記》，中華書局1959年版，第1936頁。
〔註11〕楊伯峻：《論語譯注》，中華書局1980年版，第92頁。
〔註12〕楊伯峻：《論語譯注》，中華書局1980年版，第187、164頁。
〔註13〕陳澔注：《樂記》，《禮記》，上海古籍出版社1987年版，第215～216頁。
〔註14〕楊伯峻：《孟子譯注》，中華書局1962年版，第26頁。
〔註15〕劉岱：《形式與意義》，《抒情的境界》，生活·讀書·新知三聯書店1992年版，
　　　第26頁。

不再是演唱的歌詩，而成為思想的文本。漢代獨尊儒術，儒家傳授《詩經》有齊、魯、韓、毛四派，他們皓首窮經闡發經義，卻不見作有四言詩。即便有人偶而作四言詩，也多是對《詩經》文辭的模仿，與音樂歌唱毫不相關了。如西漢韋孟之《諷諫詩》：「肅肅我祖，國自豕韋。黼衣朱黻，四牡龍旂。……」《在鄒詩》：「微微小子，既耇且陋，豈不牽位，穢我王朝。……」〔註16〕劉勰稱「漢初四言，韋孟首唱，匡諫之義，繼軌周人」。〔註17〕其實，韋孟詩作當時並沒有流傳，因而班固懷疑「其子孫好事，述先人之志而作是詩也」〔註18〕。至於西漢焦延壽之《焦氏易林》，那只是四言韻語，便於記誦卦爻易理，等同於後世中醫藥性、湯頭之歌訣而已。

　　當然，借鑒《詩經》語言形式而變本加厲，有一篇四言詩不可忽視，那就是戰國時屈原的《天問》。《天問》是一首奇特詩篇。它列舉自然與歷史不可理解的現象對天發問，先問天地之形成，次問人事之興衰，後問楚國之政治。全詩以四言為主，間以少量雜言；四句一組，每組一韻，參差錯落，奇崛生動。但是，《天問》只是運用四言形式，從文化精神到藝術風格，與《詩經》全然不同，似不可以視為《詩經》的繼承發展。還有建安時曹操的四言詩，其中《短歌行》儘管引用「青青子衿，悠悠我心」、「呦呦鹿鳴，食野之苹。我有嘉賓，鼓瑟吹笙」等《詩經》成句，但它並不是《詩經》之餘響。因為它的音樂基礎不是周朝的雅樂，而是漢代的清樂，只能屬於漢樂府歌詩的範疇。

　　春秋末年俗樂興起，隨之雅樂走向衰微，《詩經》四言詩成了強弩之末，不得不步入衰蛻進程。《詩經》四言是配合雅樂的歌詩形式，而後起的民間俗樂，並不兼容整齊的四言形式。雖然儒家竭力推崇《詩經》，但並不能挽救四言詩的衰落命運。秦秋戰國時期，俗樂相當發達，出現不少傑出歌唱家。《孟子‧告子下》云：「昔者王豹處於淇，而河西善謳；綿駒處於高唐，而齊右善歌。」〔註19〕《列子‧湯問》云：「薛譚學謳於秦青，未窮青之技，自謂盡之，遂辭歸。秦青弗止，餞於郊衢，撫節悲歌，聲振林木，響遏行雲。」〔註20〕他們的歌詞沒有記錄下來，但肯定不同於整齊的四言，這也有其他資料可資

〔註16〕（漢）班固：《漢書》，中華書局 1962 年版，第 3101、3105 頁。

〔註17〕（梁）劉勰：《文心雕龍注譯》，陸侃如、牟世金譯注，齊魯書社 1995 年版，第 140 頁。

〔註18〕（漢）班固：《漢書》，中華書局 1962 年版，第 3107 頁。

〔註19〕楊伯峻：《孟子譯注》，中華書局 1962 年版，第 284 頁。

〔註20〕楊伯峻：《列子集釋》，中華書局 1979 年版，第 177 頁。

證明。如《晏子春秋》載：「樂人奏歌曰：『已哉，已哉！寡人不能說也，爾何來為？』」〔註21〕《左傳》載：「鄉人或歌之曰：『我有圃，生之杞乎！從我者子乎，去我者鄙乎，倍其鄰者恥乎！已乎已乎！非吾黨之士乎。』」〔註22〕《戰國策》載：馮諼歌曰：「長鋏歸來乎，食無魚」；田單為士卒倡曰：「可往矣，宗廟亡矣，魂魄喪矣，歸於何黨矣！」〔註23〕這些歌詩雜言錯落，自由活潑，完全不同於《詩經》四言形式。

對於《詩經》之後四言詩衰蛻的問題，文學史研究一直沒有給出認真回答。從《詩經》與雅樂的合離來看，始可以窺見其中奧妙。四言詩之衰蛻，與雅樂衰落密切相關，《詩經》失卻雅樂基礎，由歌詩演化為徒詩，退出廣闊的文化應用平臺，又沒有詩律可以借助，便完全失去了重生能力。即便《詩經》在經學方面的隆盛，也不能挽救四言詩必然衰蛻的命運。

（二）楚歌之賦化

楚之先人由中原南遷，篳路藍縷以啟山林，吸收土著文化，「信巫鬼，重淫祀」，形成以「巫音」為特色的楚聲。楚聲之發達，於《楚辭》所載曲名亦見一斑，如《九歌》、《九辯》、《涉江》、《採菱》、《陽阿》、《駕辯》、《勞商》、《薤露》等。楚聲盛行造成了「郢人善歌」的風俗。宋玉《對楚王問》云：「客有歌於郢中者，其始曰《下里》、《巴人》，國中屬而和者數千人；其為《陽阿》、《薤露》，國中屬而和者數百人。」〔註24〕隨著楚聲的發達，楚歌自然興盛起來。

宋玉《諷賦》載：宋玉援琴鼓之，為《幽蘭》、《白雪》之曲，主人之女歌曰：「歲將暮兮日已寒，中心亂兮勿多言」；宋玉為《秋竹》、《積雪》之曲，主人之女又歌曰：「內怵惕兮徂玉床，橫自陳兮君之傍。君不禦兮妾誰怨，日將至兮下黃泉。」〔註25〕這種伴樂歌詩當是楚歌的典型形態，它們在民間與宮廷廣泛流行。如楚國之《孺子歌》便為《孟子》所載錄；衛人荊軻善楚歌，易水之別歌曰：「風蕭蕭兮易水寒，壯士一去兮不復還！」〔註26〕至於劉邦立漢，

〔註21〕（春秋）晏嬰：《晏子春秋》，上海古籍出版社，1986年版，第571頁。
〔註22〕楊伯峻：《春秋左傳注》，中華書局1981年版，第1338頁。
〔註23〕何建章：《戰國策注釋》，中華書局1990年版，第381、470頁。
〔註24〕吳廣平編：《宋玉集》，嶽麓書社2001年版，第88頁。
〔註25〕吳廣平編：《宋玉集》，嶽麓書社2001年版，第117頁。
〔註26〕（漢）司馬遷：《史記》，中華書局1959年版，第2534頁。

樂尚楚風，楚歌更為流行。高祖有《大風歌》，武帝有《秋風辭》，其他臣民歌唱不一而足，充分說明楚歌廣泛流傳擴散，誠如朱謙之先生言：「秦漢之間，完全是楚聲時代。」〔註27〕

　　然而，楚歌的藝術高峰不在秦漢時期，而表現為屈原對巫歌的改造，屈原《九歌》才是楚歌的藝術高峰。關於《九歌》性質，或以為俗人祭祀之禮，或以為國家祭祀之禮，其實二者具有深刻的文化聯繫。王逸《九歌序》云：「昔楚國南郢之邑，沅、湘之間，其俗信鬼而好祠，其祠，必作歌樂鼓舞以樂諸神。」〔註28〕楚人信鬼好祠，哀悼死者往往有招魂、安魂之舉，《招魂》、《九歌》乃民間固有之祭歌。誠如晉國師曠所言：「南風不競，多死聲。」〔註29〕《九歌》實為《鬼歌》，古語有「九」、「鬼」相通之例，如《戰國策》有「昔者九侯、鄂侯、文王，紂之三公也」〔註30〕，而《史記》為「（紂）以西伯昌、鬼侯、鄂侯為三公」〔註31〕；苗語亦言「九」為「鬼」。揆之今傳《九歌》，當不無道理。民間習俗如此，國家祭祀亦然。為了哀悼為國捐軀的將士，自然要舉行國家祭祀之禮，屈原作《九歌》正出於此目的。《九歌》禮悅男女諸神，最終歸結於國殤，這種強烈反差正說明《九歌》娛神只是手段，目的當在於祭鬼，禮悅神靈乃是為了引導和安頓鬼魂。這個認識與楚地出土的喪葬資料和帛畫是符合的。以國家名義祭祀國殤，實為楚聲、楚歌之盛會，《東皇太一》云：「吉日兮辰良，穆將愉兮上皇。……揚枹兮拊鼓，疏緩節兮安歌，陳竽瑟兮浩倡。靈偃蹇兮姣服，芳菲菲兮滿堂。五音紛兮繁會，君欣欣兮樂康。」〔註32〕正是在齊備的楚樂配合之下，屈原改造民間「鄙陋」之詞，將楚歌藝術推至極致，這自然不是散在的楚歌可以比擬的。

　　《九歌》、《招魂》之外，屈原尚有《離騷》、《九章》等作品。趙敏俐先生認為，這是兩種不同類型的作品〔註33〕。它們之所以不同，關鍵在於同音樂的關係。《九歌》一類是合樂歌唱的，《離騷》一類是離樂誦讀的，前者是歌詩，後者是徒詩，儘管後者依然有著音樂影響的痕跡。《九歌》之名為「歌」，

〔註27〕朱謙之：《中國音樂文學史》，北京大學出版社1989年版，第134頁。

〔註28〕（漢）王逸：《楚辭章句》，嶽麓書社1989年版，第83頁。

〔註29〕楊伯峻：《春秋左傳注》，中華書局1981年版，第1043頁。

〔註30〕何建章：《戰國策注釋》，中華書局1990年版，第736頁。

〔註31〕（漢）司馬遷：《史記》，中華書局1959年版，第106頁。

〔註32〕（漢）王逸：《楚辭章句》，嶽麓書社1989年版，第54～55頁。

〔註33〕趙敏俐等：《中國古代歌詩研究》，北京大學出版社2005年版，第142頁。

《惜誦》之名為「誦」，也當與此有關。為什麼屈原要擺脫音樂，創造以誦讀為主的詩歌？這是需要深入探討的問題。趙敏俐先生從屈原身份作了說明，稱他「從一個近似於專職宮廷藝術家的身份向個體詩人轉化」〔註34〕，這是非常深刻的認識。作為個體詩人抒發情志，不具備國家祭祀的音樂條件，而一般楚聲框架又不能容納他的豐富情志。在文學內容與音樂形式的矛盾中，屈原選擇了疏離音樂制約，發揮楚歌的文學因素，這便導致楚歌的賦化，造成抒情詩《離騷》奇文鬱起。

楚歌之賦化，核心在於離樂誦讀，所謂「不歌而誦謂之賦」，《離騷》、《九章》儘管有著音樂影響的痕跡，但確乎不需要配樂演唱。由於擺脫了傳統楚歌之體制，它們便具有了新的詩歌特點：

一是延宕變化的句式。楚歌合樂受制於音樂節奏，它的典型句式為：□□□兮□□□，「兮」字居一句之中。如《山鬼》：「若有人兮山之阿，被薜荔兮帶女蘿。既含睇兮又宜笑，子慕予兮善窈窕。」《離騷》疏離音樂之後，便不必受音樂束縛，於是導致語句延宕，其句式多為：□□□□□□兮，□□□□□□。「兮」字居於上句之末，語句延長了一倍。如「朝搴阰之木蘭兮，夕攬洲之宿莽。日月忽其不淹兮，春與秋其代序。惟草木之零落兮，恐美人之遲暮。」漢人擬騷之作亦多採用這種句式，如賈誼《惜誓》：「惜余年老而日衰兮，歲忽忽而不反。登蒼天而高舉兮，歷眾山而日遠。」〔註35〕一旦疏離音樂制約，詩歌語句便獲得更多自由，句式多樣化成為可能。《九章》之《桔頌》、《天問》借鑒四言詩形式，而擬騷之作也呈現出句式多樣化現象。

二是個體情志的抒發。楚歌用於祭祀之禮，屬於儀式類歌詩，其題材、主題、情感多是類化的，不可能突出作者的個體情感。至於王逸以為《九歌》「上陳事神之敬，下見己之冤結，託之以風諫」〔註36〕；朱熹也以為「因彼事神之心，以寄吾忠君愛國眷戀不忘之意」〔註37〕，顯然都是妄加穿鑿。《離騷》、《九章》則不同，作者擺脫了儀式歌詩的要求，只是一味「發憤抒情」，便充分抒發了詩人的個體情志，從而創造了政治抒情詩的輝煌。在屈原之前，政治抒情詩已經濫觴，《詩經》「二雅」的怨刺詩，表達了西周貴族士大夫憂

〔註34〕趙敏俐等：《中國古代歌詩研究》，北京大學出版社 2005 年版，第 157 頁。
〔註35〕（漢）王逸：《楚辭章句》，嶽麓書社 1989 年版，第 222 頁。
〔註36〕（漢）王逸：《楚辭章句》，嶽麓書社 1989 年版，第 54 頁。
〔註37〕朱熹：《楚辭集注》，上海古籍出版社 2010 年版，第 21 頁。

政勸諫，憂己怨憤，憂時悲哀的政治激情〔註38〕。屈原又將楚歌之悲情浪漫注入其中，從而創造出表達士人不遇的哀怨詩章。在隨後的專制社會中，騷人詩風尤其適合士人心態，從賈誼到蔡邕，牢騷之賦延綿不絕，說明《離騷》之深遠影響。

三是藝術表現的深化。楚歌用於祭祀之禮，敷寫神靈鬼魂，光怪陸離，五彩繽紛，充滿神秘氣氛。這種藝術表現移用於抒發個體情志，結合了現實因素而又有所深化。《離騷》寫詩人在現實中的鬥爭與失敗，以美人香草來象徵；寫詩人在想像中的追求與幻滅，以幻想遠遊來表達。作者將楚歌的文學意象藉以描述現實，將楚地的宗教神話藉以抒發激情，從而超越現實展示詩人的內在精神。郭傑說：「在詩歌創作中，屈原繼承了遠古神話傳說的超現實想像」，並將「神話的非理性的，不自覺的超現實想像，轉化為藝術的理性的、自覺的超現實想像。」〔註39〕從非理性到理性，從不自覺到自覺，這就是楚歌賦化帶來的藝術進步。當然，這主要表現在《離騷》中，而《九章》則總體是寫實的。然而，從《九歌》描摹神靈之情愫，到《九章》告白詩人之情愫，藝術表現的深化乃是有跡可循的。

作為中國第一位偉大詩人，屈原的藝術成就不僅在於對楚歌的提升，更在於對楚歌的賦化，由此翻開了中國政治抒情詩的嶄新篇章。

（三）樂府之新題

「新題樂府」相對「古題樂府」而言，從「古題樂府」到「新題樂府」，題目改變只是表象，而題目包蘊含義才能見出樂府歌詩的演化軌跡。

就樂府古題而言，其義無非包含樂曲與辭意兩端。郭茂倩將漢相和歌分為十類，即相和引、相和曲、吟歎曲、四絃曲、平調曲、清調曲、瑟調曲、楚調曲、側調曲、大曲。每類各含古曲，題目多出自古辭，如《薤露行》、《蒿里行》、《豫章行》、《董逃行》、《病婦行》、《孤兒行》、《豔歌行》、《隴西行》之類。這些古題，從辭意言，規定了樂府歌詩的題旨；從樂曲言，規定了樂府歌詩的曲調。

然而，隨著社會生活的發展變化，樂府歌詩之音樂因素與文學因素也在

〔註38〕劉鳳泉：《論「二雅」政治抒情詩》，《濟南大學學報》1999 年第一期，第 59 ～63 頁。

〔註39〕郭傑：《屈原新論》，吉林大學出版社 1994 年版，第 72 頁。

發展變化。文人擬作樂府，即便因襲古題，那音樂因素與文學因素豈有一成
不變之理？從文學因素言，擬作與古辭必然會產生差距。如曹操《薤露行》、
《蒿里行》雖用古題，卻也突破了古辭輓歌舊制，用以表現漢末征戰現實。
當然，其中「賊臣持國柄，殺主滅宇京。蕩覆帝基業，宗廟以燔喪」、「白骨
露於野，千里無雞鳴。生民百遺一，念之斷人腸」，所抒發的悲涼感情與輓
歌情調還是基本一致的。清人方東樹說：「此用樂府題，敘漢末時事，所以
然者，以所詠喪亡之哀，足當輓歌也。」〔註40〕但是，如果擬作題旨與古辭
相去甚遠，而仍然沿用古題者，那古題所指稱的便只剩了樂曲歸屬，而與辭
意無關了。如曹植《薤露》寫自視甚高而懷才不遇，與輓歌毫不相關，李白
《遠別離》不言離別，《丁督護歌》與「督護」無涉，古題僅示擬作樂曲而
已。

　　樂府歌詩的文學因素在變化，音樂因素也在變化。在各種曲調相互融匯、
彼此消長過程中，原有音樂類別及曲調歸屬便有可能失去原來的重要意義。
在這樣的條件下，樂府古題不惟不能揭示作品的辭意，而且也不能標示作品
的樂曲，於是用新題取代古題便勢在必行了。當然，這個過程是逐步展開的。
早在魏晉時期，用新題作樂府已經出現，如曹植《名都篇》，張華《遊俠篇》。
到了唐代，隨著音樂因素與文學因素有了更多變化，用新題作樂府逐漸成為
比較普遍的現象。如劉希夷《公子行》、《將軍行》，王維《老將行》、《平戎辭》，
高適《大梁行》，岑參《憶長安曲》，王昌齡《青樓曲》，李白《江夏行》等。
隨著新題樂府的發展，出現了杜甫的新樂府歌詩。元稹說：「近代唯詩人杜甫
《悲陳陶》、《哀江頭》、《兵車》、《麗人》等等，凡所歌行，率皆即事名篇，無
復依傍。」〔註41〕。所謂「無復依傍」，包含兩層含義：即既不依傍古題辭意，
也不依傍古題樂曲。這就完全擺脫了樂府古題對辭意與樂曲的束縛，從而為
樂府歌詩開拓了廣闊空間。

　　新題樂府之命題，存在著兩種情況：一為以義立題，一為以樂立題。以
義立題者，如杜甫新樂府，元稹稱為「即事名篇」，楊倫稱為「隨意立題」。
杜甫盡脫前人窠臼，上憫國難，下痛民窮，真正繼承了漢樂府「感於哀樂，
緣事而發」的現實主義文學精神，開闢了樂府歌詩反映社會現實的廣闊空

〔註40〕（清）方東樹：《昭昧詹言》，人民文學出版社1961年版，第67頁。
〔註41〕（唐）元稹：《樂府古辭序》，《元稹集》，冀勤點校，中華書局1982年版，第
　　　641頁。

間，影響所至發生了中唐的新樂府運動。與之相同者如元結，其《系樂府序》云：「天寶辛卯中，元子將前世嘗可稱歎者為詩十二篇，為引其義以名之。」〔註42〕如《賤士吟》、《貧婦詞》、《去鄉悲》、《農臣怨》，從題目便可見出歌詩題旨。以樂立題者，如顧況新樂府，他採當世新曲命題，如《桃花行》、《公子行》；亦採民間謠曲命題，如《竹枝》等。李益、張籍、王建等人，其命題亦多採隋唐新曲與民間謠曲。這種情況後不乏人，如劉禹錫《荊州歌》、《宜城歌》、《採菱行》、《杳潮歌》、《浪淘沙》，這類歌詩隨著音樂的發展變化，竟從中演化出後起的曲子詞來。當然，兩種情況在具體詩人那裡都是可能存在的，如元結之《欸乃曲》便是以樂立題，而張籍、王建亦多以義立題，如《野老歌》、《牧童詞》、《水夫謠》、《田家行》。

從樂府新題看來，討論新樂府是否入樂，顯然是個不怎麼恰當的問題。因為以樂立題的樂府歌詩無疑是入樂歌唱的，於是只剩了以義立題的是否入樂的問題。而「以義立題」只是突出了樂府歌詩之「事義」，而並沒有排除它與樂曲的聯繫。這類作品當以白居易《新樂府》為代表，白居易《與元九書》云：「自拾遺來，凡所適所感，關於美刺興比者，又自武德訖元和，因事立題，題為《新樂府》者，共一百五十首，謂之諷諭詩。」他自己是怎麼看待這類作品的呢？其云，「粗論歌詩之大端」，「歌詩合為事而作」〔註43〕；《策林》云，「大凡人之感於事，則必動於情。然後興於嗟歎，發於吟詠，而形於歌詩矣」〔註44〕。吳相洲先生指出，以往人們忽視了白居易使用的一個重要概念：歌詩。而「歌詩一詞，總是和音樂有關。」〔註45〕這為認識這個問題確立了正確立場。

新樂府是否入樂可歌，歷來有不同看法。那種認為不能入樂可歌的不必細說，因為它違背作者夫子自道，《新樂府序》云：「其體順而肆，可以播於樂章歌曲也。」〔註46〕當然，「可以播於樂章歌曲」與播於樂章歌曲畢竟不是一回事。郭茂倩稱：「新樂府者，皆唐世之新歌也。以其辭實樂府，而未嘗被於

〔註42〕（清）方東樹：《昭昧詹言》，人民文學出版社1961年版，第18頁。

〔註43〕（唐）白居易：《白居易集箋校》，朱金城箋校，上海古籍出版社1988年版，第2789頁。

〔註44〕（唐）白居易：《白居易集箋校》，朱金城箋校，上海古籍出版社1988年版，第3551頁。

〔註45〕趙敏俐等：《中國古代歌詩研究》，北京大學出版社2005年版，第445頁。

〔註46〕（宋）郭茂倩：《樂府詩集》，上海古籍出版社1998年版，第136頁。

聲，故曰新樂府也。」〔註47〕胡震亨稱：「新題者，古樂府所無，唐人新制為樂府題者也。……然非必盡譜之於樂。」〔註48〕曰「新歌」，曰「樂府」，自是「可以播於樂章歌曲」；曰「未嘗被於聲」，曰「非必盡譜之於樂」，則是未必播於樂章歌曲。人們以為他們的說法自相矛盾，其實他們正道出新樂府與音樂的複雜關係。新樂府「以義立題」，擺脫歌詩的樂曲歸屬，成為「有辭無聲者」，這一方面是對音樂的疏離，一方面又獲得更多自由，新舊樂曲皆可選詩以入樂歌唱。它「可以播於樂章歌曲」，這是合樂可歌的可能性；而只有被選入樂，它才完成可能性向現實性的轉化。因此，人們能夠舉出新樂府入樂歌唱的例證，也能夠舉出沒有入樂歌唱的例證。這種現象顯示了新樂府與音樂的鬆散關係，而這將造成樂府歌詩向徒詩的演化。

新樂府與音樂若即若離現象，打破了歌詩與徒詩的絕對界限，新樂府被選入樂便成為現實的歌詩，沒有被選入樂便只是可能的歌詩，而可能的歌詩也便是現實的徒詩。隨著音樂的發展變化，新樂府與音樂的關係愈加疏遠，它們由歌詩向徒詩的演化也就不可避免。當然，那些能夠適應音樂變化的，則將蛻化而為新的歌詩形式──詞。

（四）詞體之雅化

詞稱為曲子詞，原是配合燕樂歌唱的。燕樂乃酒宴間助興音樂，演奏歌唱無非為了娛賓遣興。文人於花間尊前，感受時尚樂曲，進而為歌者譜寫新詞，民間曲子詞便轉而為文人曲子詞。

曲子詞來源於民間，俗豔為其本色；而文人介入其中，便開啟了詞體雅化的進程。從敦煌發現的民間詞看，雖然內容多樣，而以言情為重。如《雲謠集》雜曲子三十首，二十餘首寫閨怨豔情，語嬌聲顫，頗合歌女口吻。以文人身份作詞，自然不同於民間。歐陽炯稱《花間集》為「詩客曲子詞」，王國維論李煜詞為「士大夫之詞」，便都突出其詩客、士子身份，這正是詞體雅化的發軔。

文人作歌詞有一個由客入主的身份轉換過程。起初他們為歌者作新詞，那藝術活動主體乃是歌者，詞作只是為他人代言，當要符合歌場情境，當要摹擬歌者口吻，而詞人則隱身其後。《花間集》多演述青樓戀情，便沿襲民間詞特

〔註47〕（宋）郭茂倩：《樂府詩集》，上海古籍出版社1998年版，第955頁。
〔註48〕（明）胡震亨：《唐音癸籤》，上海古籍出版社1981年版，第2頁。

色。然而，既是詩客捉刀，不免帶出文人習氣，如溫庭筠之「小山重疊金明滅，鬢雲欲度香腮雪」(《菩薩蠻》)，韋莊之「忍淚佯低面，含羞半斂眉」(《女冠子》)，那穠豔華語、婉轉情態當非民間所有，實為詞體雅化的起步。不過，這只是不自覺的雅化，而自覺的雅化則要以文人成為藝術活動主體開始。

隨著文人介入的加深，具體歌場情境與藝術活動主體均發生變化。青樓妓館的娛樂方式推廣到宮廷歡宴與文人雅集，自然發生了文人由客入主的身份轉換，即由詩客反竄轉為真正詞人。他們不再限於為歌者代言，而更熱衷抒寫個人情思。於是，從文人審美趣味出發，便不滿意民間詞之俗豔，從而自覺去推動詞體之雅化。王國維評馮延巳詞，「雖不失五代風格，而堂廡特大，開北宋一代風氣」；評李煜詞，「詞至李後主而眼界始大，感慨遂深，變伶工之詞為士大夫之詞」。〔註49〕這便揭示出南唐詞人由客入主而改造詞體，開啟了文人雅詞的審美道路。

詞體的雅化是複雜的。在詞作實踐中雅化與否，實基於具體的歌場情境；文人宴飲與市井歌樓，其審美趣味完全不同。宋初社會穩定，經濟發展，文化繁榮，存在著多樣的娛樂歌場。在民間，「新聲巧笑於柳陌花衢，按管調弦於茶坊酒肆」〔註50〕；在文人，誠如蔡挺《喜遷鶯》云：「太平也，且歡娛，不惜金樽頻倒。」文人宴飲之詞，繼續走雅化道路，語言要擺脫俚俗，題材要突破豔科。北宋前期小令詞人，如王禹偁、潘閬、林逋、寇準、錢惟演、范仲淹、晏殊等，其創作題材便多種多樣，尤著力表現主體意識。而市井歌樓之詞，則要迎合世俗趣味，如柳永之新聲慢詞。柳永流連於秦樓楚館，與樂工歌妓交往，當對方索要新詞，他便創製出俗豔詞曲來。柳詞的審美趣味，背離了詞體雅化方向，卻得到世俗普遍讚譽，所謂「凡有井水飲處，即能歌柳詞」〔註51〕。從文學社會影響看，柳詞「大得聲稱於世」；而從文人審美觀念看，柳詞遭到群起攻之。

在各種批評柳詞聲音之中，可見出文人雅詞的審美共識。

一是詞語去俗尚雅。柳詞吸收口語、俗語，表現妓女口吻情態，背離了文人趣味，從而招來同聲攻擊。陳師道說他「骪骳從俗」〔註52〕，李清照說

〔註49〕王國維：《人間詞話》，中華書局 2010 年版，第 29、22 頁。

〔註50〕（宋）孟元老：《東京夢華錄》，中州古籍出版社 2010 年版，第 19 頁。

〔註51〕（宋）葉夢得：《避暑錄話，中華書局 1985 年版，第 49 頁。

〔註52〕（宋）陳師道：《後山詩話》，《歷代詩話》，何文煥編，中華書局 1981 年版，第 301 頁。

他「詞語塵下」〔註53〕，嚴有翼說他「閨門淫媟之語」〔註54〕，徐度說他「多雜以鄙語」〔註55〕。王灼《碧雞漫志》云：「惟是淺近卑俗，自成一體，不知書者尤好之。余嘗以比都下富兒，雖脫村野，而聲態可憎。」〔註56〕詞語俚俗，為百姓喜好，而令文人憎惡。文人詞體之雅化，崇尚詞語典雅，如李清照便提倡典重、故實，蘇軾、周邦彥都融化詩語以求博雅，沈義父更明確強調「下字欲其雅」，「且無一點市井氣」〔註57〕。這都顯示了文人雅詞的語言特徵。

二是詞旨脫豔歸正。柳詞寫妓女戀情直率無忌，「贈妓、詠妓、狎妓之詞俯拾即是，更有甚者，直接寫男女交媾始末之詞亦不止一見」〔註58〕。這與文人道德價值發生衝突，從而招致同行的唾棄。吳曾說他「好為淫冶謳歌之曲」〔註59〕，陳振孫說他「格固不高」〔註60〕。張舜民《畫墁錄》載：柳永去見晏殊，晏殊問，「賢俊作曲子麼？」柳永答，「只如相公亦作曲子。」晏殊勃然作色，「殊雖作曲子，不曾道『彩線慵拈伴伊坐。』」柳永尷尬退下〔註61〕。這說明人們對浮豔淫冶之詞很是忌諱。這種思想意識促使詞體突破豔科，抒寫主體的豐富情志。即便言男女之情，也要歸之於雅正。李之儀云：「晏元獻、歐陽文忠、宋景文則以其餘力遊戲，而風流閒雅，超出意表。」〔註62〕秦觀寫戀情併入身世之感，使詞旨超越風月而意趣高遠。

三是詞風由婉趨豪。曲子詞起於宴飲娛樂，多言男女之情以侑酒助興。文人為歌女代言，一仍豔歌傳統；併入身世之感，仍然柔婉嫵媚。這便形成詞風婉約的範式。而隨著其他題材湧入詞中，拆去了詞為豔科的藩籬，便必然表現出迥異傳統的風貌來。蘇軾書信云：「近卻頗作小詞，雖無柳七郎風味，亦自是一家。呵呵！數日前獵於郊外，所獲頗多，作得一闋，令東州壯士抵

〔註53〕（宋）李清照：《李清照集箋注》，徐培均箋注，上海古籍出版社2002年版，第267頁。

〔註54〕（宋）胡仔：《苕溪漁隱叢話後集》，北京圖書館出版社2006年版，第256頁。

〔註55〕（宋）徐度：《卻掃篇》，江蘇古籍出版社1978年版，第29頁。

〔註56〕（宋）王灼：《碧雞漫志校正》，岳珍校正，巴蜀書社2000年版，第36頁。

〔註57〕（宋）沈義父：《樂府指迷》，人民文學出版社1963年版，第43、44頁。

〔註58〕（宋）柳永：《樂章集校注》，薛瑞生校注，中華書局1994年版，第14頁。

〔註59〕（宋）吳曾：《能改齋漫錄》，中華書局1985年版，第418頁。

〔註60〕（宋）陳振孫：《直齋書錄題解》，上海古籍出版社1987年版，第614頁。

〔註61〕（宋）張舜民：《畫墁錄》，《呂氏雜記》，中華書局1991年版，第20頁。

〔註62〕（宋）李之儀：《跋吳思道小詞》，《姑溪題跋》，中華書局1985年版，第50頁。

掌頓足而歌之，吹笛擊鼓以為節，頗壯觀也。」〔註63〕他不滿柳詞風味，大膽改革詞風，令人耳目一新。胡寅評價說：「及眉山蘇氏，一洗綺羅香澤之態，擺脫綢繆宛轉之度，使人登高望遠，舉首高歌，而逸懷浩氣超然乎塵垢之外。」〔註64〕他開創豪放詞風，衝擊婉約詞風，標誌詞體雅化的深入。至於流風所及，竟成豪放一派，如張孝祥以詞言大丈夫之抱負，陳亮以詞言憂國之情懷，辛棄疾以詞發慷慨昂揚之氣，劉克莊以詞抒為民請命之意，實在可以說使詞體大放光華。

　　詞體雅化在一定的文化背景和音樂環境中展開。在文化背景中，最重要的因素是詩學觀念的強勢介入。詩體始終是詞體雅化的重要參照，從語言、題材、意旨、風格、功能，似乎都在向詩體看齊。蘇軾推尊詞體，便主張「詞為詩之裔」〔註65〕，王灼言「詩與樂府同出，豈當分異」〔註66〕？文人以詩為詞，一方面使詞體吸收了詩體的藝術營養，一方面也帶來詞體本質特徵的流失。在這種情形下，李清照提出詞「別是一家」，批評蘇詞「皆句讀不葺之詩爾，又往往不協音律者」〔註67〕。她只是指責蘇詞不協音律，不易入樂可歌，而絕沒有涉及題材、風格等問題。

　　李清照的指責是有些根據的。晁補之云：「蘇東坡詞人謂多不諧音律，自然居士詞，橫放傑出，自是曲子中縛不住者」〔註68〕；陸游云：「但豪放不喜裁剪以就聲律耳」〔註69〕。然而，蘇軾其實並沒有走得太遠，他作詞也是為了給人歌唱的。其《與子明兄》云：「常令人唱，為作詞。近作得《歸去來引》一首，寄呈，請歌之。」〔註70〕蘇詞之所以給人不協音律印象，實際是音樂環境變化造成的。詞體原本婉媚，多重女音，而蘇軾作豪放詞，只須關西大漢、東州壯士掌頓足而歌之，豈能合於柔曼之樂。再則，詞體變化遠不及音

〔註63〕（宋）蘇軾：《東坡續集》，上海古籍出版社1987年版，第56頁。

〔註64〕（宋）胡寅：《斐然集·崇正辯》，容肇祖點校，中華書局1993年版，第402頁。

〔註65〕（宋）蘇軾：《蘇東坡全集》（中），鄧立勳編，黃山書社1997年版，第309頁。

〔註66〕（宋）王灼：《碧雞漫志校正》，岳珍校正，巴蜀書社2000年版，第34頁。

〔註67〕（宋）李清照：《李清照集箋注》，徐培均箋注，上海古籍出版社2002年版，第267頁。

〔註68〕（宋）吳曾：《能改齋漫錄》，中華書局1985年版，第409頁。

〔註69〕（宋）陸游：《老學庵筆記》，三秦出版社2003年版，第183頁。

〔註70〕（宋）蘇軾：《蘇東坡全集》（中），鄧立勳編，黃山書社1997年版，第598頁。

樂變化的腳步，北宋時填詞雖為應歌，而文詞與音樂已難密合，故而有人已不顧腔調，如另立新題，將原調當做招牌。至於南渡之後，詞樂散失，歌法不傳，「不知宮調為何物」成為了比較普遍的現象。

李清照嚴詩詞之別，周邦彥注重聲律，都不足以挽救詞體脫離音樂的命運。以文字之聲律代替樂曲之樂律，只使詞體成為超越時代的歌詞標本，而完全不能激發詞體的生命活力。可以說，詞體與音樂分道揚鑣，便是詞體雅化的最終結局。

（五）散曲之尚俗

散曲以俗為美，被稱為有「蒜酪」之味。這種審美特徵的形成，具有深刻的社會文化根源。從文藝發展而言，歷來存在著兩種文藝，即上層士人文藝與下層民間文藝。中唐之前，上層士人文藝占主導地位，而下層民間文藝以暗流狀態隱性存在。中唐之後，隨著社會發展，經濟繁榮，城市興起，市民聚居，出現了巨大的民間文藝需求。於是，下層民間文藝由下而上，最終占居主導地位。就文學發展言，通俗文學成為文學的主潮。產生於金元時期的散曲，便是在這種社會文化背景下的文藝現象。

李昌集先生認為：「詞、曲本是同一母體（民間雜言歌辭）在不同的搖籃中（文人圈、民間層）孕育出的孿生姊妹。」〔註71〕社會文化大勢造成了詞、曲生長環境的差異，而生長環境的差異，形成了它們不同的審美特徵，所謂「詞、曲遞興，雅俗分流」。散曲之尚俗，乃是由社會文藝深層因素造成的。為什麼散曲沒有走上詞體那樣的發展道路？首先，直接原因是元代社會徹底解構了唐宋社會那樣的文人階層。元朝立國九十多年，而八十年不舉行科舉，即便僅有幾次科舉，高中甲科和狀元的幾乎都是蒙古人和色目人，漢族文人完全淪入社會底層。趙翼稱：「元制：一官、二吏、三僧、四道、五醫、六工、七農、八娼、九儒、十丐。」〔註72〕這樣的社會分層，豈有文人相對獨立的文化空間？其次，根本原因是民間文藝的商業化發展。《東京夢華錄》追憶北宋汴梁勾欄瓦舍中文藝演出之盛，這種情況在元代變本加厲。賈仲明稱元曲在「茶坊中嗑，勾肆裏嘲」〔註73〕；《青樓集志》稱元代「內而京師，外而郡

〔註71〕 李昌集：《中國古代散曲史》，華東師範大學出版社1991年版，第208頁。
〔註72〕 （清）趙翼：《陔餘叢考》，河北人民出版社1990年版，第775頁。
〔註73〕 （元）鍾嗣成、賈仲明：《錄鬼簿正續編》，巴蜀書社1998年版，第78頁。

邑，皆有所謂構欄者，闢憂萃而隸樂，觀者揮金與之」〔註74〕。都說明通俗文藝之盛況。在社會制度擠壓和通俗文藝誘導雙重作用之下，元代文人進入演唱娛樂行業，從而為散曲創作奠定了重要基礎。

散曲尚俗特徵形成之文化機制，乃是在民間文藝商業化條件下各種創作因素對俗美之文化兼容。一是創作者的隨俗。元代文人既已沉落市井，成為書會才人，便難以標榜高雅，只能入世隨俗。如關漢卿自白：「我玩的是梁園月，飲的是東京酒，賞的是洛陽花，攀的是章臺柳。我也會圍棋，會蹴踘，會打圍，會插科，會歌舞，會吹彈，會燕作，會吟詩，會雙陸。你便是落了我牙，歪了我嘴，瘸了我腿，折了我手，天賜與我這幾般兒歹症候，尚兀自不肯休。」〔註75〕便活脫脫一個市井浪子形象。二是接受者的趨俗。民間文藝受眾本為市井愚夫愚婦，自然愛好《下里巴人》；而元代統治者來自游牧民族，文化素質不高，也不欣賞《陽春白雪》。於是，上下同好，趨俗若鶩。正是在藝術消費與藝術生產的相互作用下，創造出了以俗為美的散曲藝術形式。

散曲尚俗特徵凝結於散曲藝術諸要素之中，從而構成散曲的藝術本質。具體而言，體現為音樂之依俗、題材之近俗、語言之通俗等方面。

散曲之音樂來源於俗樂：一為胡樂藩曲，徐渭稱「今之北曲蓋遼金北鄙殺伐之音，壯偉狠戾，武夫馬上之歌，流入中原，遂為民間之用」〔註76〕。一為民歌俗曲，這從北曲調牌可知。諸如〔醋葫蘆〕、〔窮河西〕、〔山羊坡〕、〔蔓青菜〕、〔蠻姑兒〕、〔桃花娘〕云云，顯係鄉里市井之曲。這種音樂依俗的特徵，在散曲演進中得以保持。南曲亦是結合南方里巷歌謠而成，如〔採蓮曲〕、〔採茶哥〕、〔荊湖怨〕、〔楚天謠〕等，而〔駐雲飛〕、〔鎖南枝〕更是南曲的重要曲牌。晚明之時尚小曲，「不問南北，不問男女，不問老幼良賤，人人習之，亦人人喜聽之」〔註77〕。清代之俗曲浩如煙海，如《萬花小曲》、《霓裳續譜》、《白雪遺音》，記載了豐富的地方小調。音樂依俗的特徵，使散曲隨音樂而變化，保持了鮮活的藝術活力。

散曲之題材更接近世俗。任半塘先生指出：「若論二者（詞、曲）之內容，當然為詞純而曲雜。……就散曲以觀，上至時會盛衰、政事興廢、下而里巷

〔註74〕孫崇濤、徐宏圖：《青樓集箋注》，中國戲劇出版社1990年版，第43頁。

〔註75〕（元）關漢卿：《關漢卿集》，山西人民出版社1996年版，第485頁。

〔註76〕（明）徐渭：《南詞敘錄》，《中國古典戲曲論著集成》（三），中國戲劇出版社1959年版，第240頁。

〔註77〕（明）沈德符：《萬曆野獲編》（中），中華書局1959年版，第647頁。

瑣故、幃闥秘聞，其間形形式式，或議或敘，舉無不可於此體中發揮之者。」
〔註78〕散曲不同於詩詞，其題材駁雜，各種社會現象、風俗民情，皆可以從
中見到。李昌集所言元初散曲三流，即志情、花間、市井〔註79〕，都是緊貼
社會現實的人生感慨與生活場景。這種題材特徵，在散曲演進中也得以繼承。
如明中期散曲家陳鐸之《滑稽餘韻》，用 140 首小令，描寫各行各業各色人物，
堪稱一幅社會風俗長卷。這種世俗題材，使散曲直接地氣，體現了現實主義
文學精神。

散曲之語言尤突出通俗。散曲在民間孕育而成，自然語言俚俗。曾敏行
說：「先君嘗言：宣和末客京師，街巷鄙人，多歌番曲名曰〔異國朝〕、〔四國
朝〕、〔蠻牌序〕、〔蓬蓬花〕等，其言至俚，一時士大夫亦皆可歌之。」〔註80〕
元代淪落文人為之，便遵循散曲俚俗傳統，用口語，加襯字，語言務必通俗
流暢。梁揚說：「散曲語言風格自成一家，這是常識。總體說，此種風格特點，
大抵以通俗、流暢、詼諧為主」；而形成此種風格途徑有三：「一是普遍、大量
地使用口語俗詞，二是普遍使用襯字而形成散文化句式，三是普遍運用開門
見山直截了當的本性方式」〔註81〕。語言之通俗特色，終散曲之末都得以保
持。

散曲之尚俗特徵本乎元人之天籟，是其藝術形式內在具有，而非外在強
加的，它充分體現了散曲藝術的本質特徵。鍾嗣成言：「若夫高尚之士，性理
之學，以為得罪於聖門者，吾黨且啖蛤蜊，別與知味者道。」〔註82〕便直接
宣告了它與文人傳統審美趣味的決裂。

然而，在散曲的演進過程中，始終存在著尚俗與雅化的對立。尚俗迎合
市井趣味，又凝結於散曲文體之中；而雅化適應文人趣味，也積澱於文化心
理之中。即使在最初的元散曲中，已發生了直白放肆與清麗柔婉之不同風
格。散曲既為文人所擺弄，便頑強表現文人之文體雅化積習。周德清《中原
音韻》反對構肆語，即俗語、諢語、市語，認為襯字「不遵音調」，使「音

〔註78〕任納：《散曲概論》，北京出版社 1985 年版，第 89 頁。
〔註79〕（清）趙翼：《陔餘叢考》，河北人民出版社 1990 年版，第 319 頁。
〔註80〕（宋）曾敏行：《獨醒雜志》，上海古籍出版社 1986 年版，第 45 頁。
〔註81〕梁揚、楊東甫：《中國散曲綜論》，中國社會科學出版社 2007 年版，第 24～
　　　25 頁。
〔註82〕（元）鍾嗣成：《錄鬼簿》，《中國古典戲曲論著集成》（二），中國戲劇出版社
　　　1959 年版，第 101 頁。

律不調」〔註83〕。便是為了規範散曲之樂曲與語言。而隨著文人政治地位的回歸，散曲雅化之勢頭陡然加強。明代文人散曲繁富，而除了陳鐸之外，描寫世俗情態的倒極少。其語言亦減弱了口語氣息，而向詩詞之典雅回歸。然而，尚俗已凝結於散曲文體之中，這成為散曲雅化的緊箍咒，儘管文人努力雅化，卻無法突破散曲文體的制約。而在散曲雅化的同時，也存在著對散曲尚俗的固守。散曲結合民歌時調，便繼承了元曲的尚俗精神，並得到有識之士的肯定。如李開先稱「真詩只在民間」〔註84〕；袁宏道稱「其萬一傳者，或今閭閻婦人、孺子所唱《擘破玉》、《打草竿》之類」〔註85〕；馮夢龍更編輯《掛枝兒》、《山歌》，並直接模擬創作。明人時尚小曲將元曲「蒜酪」之味發揮到極致。在尚俗與雅化的博弈之中，逐漸形成散曲「文而不文，俗而不俗」的妥協狀態。吳梅稱「曲之長處，在雅俗互陳」〔註86〕，便是這種審美博弈的結果。

文人雅化並不能脫去散曲尚俗特徵，便只能無奈地選擇「借俗寫雅」。在他們眼中，「俗」只是文體形式，「雅」才是創作根本。散曲雅化至此，徒剩了文體形式。如清人用散曲來題詩、題畫，集句、隱括，甚至歌詠煉丹修仙，提示《毛詩》學問，便完全失去散曲之真意，而徒留有軀殼之偽俗了。誠如吳梅所言，「清曲衰息，固天下之公論也」〔註87〕。至「五四」運動興起，提倡新文化、新音樂、白話文，散曲便被送進了歷史，中國古典文學也被畫上了句號。

縱觀中國古代歌詩演化的一些具體問題，可以發現詩歌與音樂的關係至為密切。詩歌與音樂結合，便能普及社會而為大眾文藝；詩歌與音樂分離，便只能文人自賞而為小眾文學。梁啟超說：「凡詩歌之文學，能入樂為貴。」〔註88〕此言可謂至當確論。以古鑒今，我們不能不為中國新詩遺憾。中國新詩基本放棄了與音樂的結緣，而只在文學層面踽踽獨行。儘管百年新詩也出現過傑出詩人，而毋庸諱言卻沒有出現家喻戶曉的傑作，倒是那些流行歌曲

〔註83〕 （元）周德清：《中原音韻》，中華書局 1978 年版，第 11 頁。
〔註84〕 （明）李開先：《李開先集》（上），路工輯校，中華書局 1959 年版，第 320頁。
〔註85〕 （明）袁宏道：《袁宏道集箋校》，錢伯城箋校，上海古籍出版社 1981 年版，第 188 頁。
〔註86〕 吳梅：《詞學通論》，江蘇文藝出版社 2008 年版，第 2 頁。
〔註87〕 吳梅：《中國戲曲概論》，團結出版社 2006 年版，第 273 頁。
〔註88〕 梁令嫻：《自序》，《藝蘅館詞選》，廣東人民出版社 1981 年版，第 1 頁。

得到大眾的熱情追捧。如果能夠借鑒古代歌詩演進的經驗，給中國新詩插上音樂的翅膀，必然會擺脫新詩的尷尬困境，從而讓新詩在華夏天地間自由翱翔。我們期待中國新歌詩時代早日到來！

附　錄

一、文學發展的矛盾運動

　　審美系統是一個相對獨立的系統，文學是審美系統中最重要的門類。文學的發展是審美系統自身矛盾運動的結果，審美系統基本矛盾是推動文學發展的直接動力。只有認識審美系統基本矛盾相互作用、相互促進的機制，才能科學地解釋文學的發展。

　　審美系統不是一個封閉孤立的系統，它是社會巨系統中的一個子系統。社會經濟基礎、上層建築以及非審美意識形態對文學發展的決定、制約、影響是毋庸置疑的。但是，它們都只有通過審美系統基本矛盾才能發揮作用。所以，揭示審美系統基本矛盾的辯證運動，是深刻理解文學發展的根本途徑。

（一）審美對象與和審美主體的矛盾

　　文學是審美活動的產物。在最初的審美意識和審美能力的萌芽中，已經包含著文學產生和發展的基本矛盾，即審美對象和審美主體的矛盾。

　　審美活動是人類實踐活動的一部分，是物質生產活動的發展和延伸。馬克思在《1844年經濟學哲學手稿》中，論述了動物生產和人的生產的區別。認為人的生產超越了直接的肉體需要，他能夠按照任何一個種的尺度來進行生產，他能夠自由地對待自己的產品，他也按照美的規律來建造。物質生產活動在擺脫了直接肉體需要的情況下，才逐步延伸到審美活動的領域〔註1〕。

　　審美活動在物質生產活動中產生和發展起來，這個情況表明：對象和主

〔註1〕　（德）馬克思：《1844年經濟學哲學手稿》，《馬克思恩格斯全集》（四十二），人民出版社1979年版，第126頁。

體的審美關係並不是從來就有的。在漫長的實踐活動中，在不斷的刺激——反應過程中，對象的性質和與之相適應的人的本質力量之間逐步確立了審美關係。在這個過程中，既存在著非審美對象向審美對象的轉化，也存在著非審美主體向審美主體的轉化。

就對象而言，其審美特徵首先是由自身的性質所決定的。它在與人的本質力量相適應的過程中，和主體建立起審美關係，從而成為一種特殊的現實肯定方式。就主體而言，「五官感覺的形成是以往全部世界歷史的產物」〔註2〕。在實踐活動中，人們超越實際需要的感覺不斷發展起來，展開了它的豐富性，如有音樂感的耳朵，能感受形式美的眼睛，這就超越了動物感覺的有限意義，從而成為人的審美感覺。

對象和主體審美關係的確立，是文學發生的前提。馬克思指出：「不僅五官感覺，而且所謂精神感覺、實踐感覺（意志、愛等等），一句話，人的感覺、感覺的人性，都只是由於它的對象的存在，由於人化的自然界，才產生出來的。」〔註3〕離開審美對象和審美主體的矛盾運動，審美能力的發展，文學藝術的形成，都是不可思議的。

隨著審美對象和審美主體相互作用，相互促進，人們發現美、感受美、創造美的審美能力不斷提高，各種藝術形式也逐步產生和創造出來。文學，作為藝術審美種類，是人們運用語言媒介表達審美主體對審美對象的把握，它當然是在審美能力發展到一定階段上產生出來的。

在社會實踐的廣闊背景上，審美對象和審美主體永無休止的矛盾運動，不斷拓寬文學領域，提高文學審美能力。中國古代文學的歷史進步，充分說明了這種情況。神話講述著神們的故事，而史傳敘述著人們的言行。文學對象由神而人，文學由超現實領域擴展到現實領域。說明隨著生產力的提高，人們從借助想像征服自然力已經發展到現實地支配自然力，從而審美意識必然發生從崇神到重人的變化。

漢賦鋪陳著宮殿苑囿的堂皇，而五言詩傾訴著內心世界的沉思。文學重心由物而情，文學由外在事物向內在精神傾斜。原始祭歌只表現初民對自然

〔註2〕（德）馬克思：《1844年經濟學哲學手稿》，《馬克思恩格斯全集》（四十二），
　　　　人民出版社1979年版，第126頁。
〔註3〕（德）馬克思：《1844年經濟學哲學手稿》，《馬克思恩格斯全集》（四十二），
　　　　人民出版社1979年版，第126頁。

力的頂禮膜拜和想像中的征服，繼之而後則湧現出勞動歌，愛情歌，政治歌，詠物歌，詠史詩，詠懷詩，玄言詩，山水詩等等。文學題材由單調走向一個多彩的世界，多方面地表現著社會生活中的事情物理。

隨著文學領域的拓展，文學審美能力也從多方面得到發展和提高。神話，培育了人類的偉大天賦——想像力。《詩經》，聯想力凝結為比興的形式。它如史傳、漢賦、五言詩，都極大提高了敘事、描寫、抒情的表達能力。

總之，以社會實踐活動不斷發展加深為基礎，審美對象和審美主體相互作用，在廣度和深度上都得到加強。所以，在文學審美領域不斷呈現出一個又一個審美熱點地段，極大地推動了文學的發展。

（二）審美能力與審美形式的矛盾

審美對象和審美主體的矛盾運動是審美能力發展的根本源泉。當審美能力發展到一定水平，必然創造出與之相適應的審美形式。審美形式一經出現，便存在著審美能力與審美形式的矛盾，這也是推動文學發展的基本矛盾。

談到神話的開端，馬克思指出：「想像力，這個十分強烈地促進人類發展的偉大天賦，這時候已經開始創造出了還不是用文字來記載的神話、傳奇和傳說的文學。」〔註4〕想像這種審美能力創造出了神話這種文學審美形式。隨著審美能力的發展變化，文學審美形式也必然呈現出多姿多采的面貌。

具體的文學審美形式，如：文學語言、技巧、體裁、創作方式，在不同層次上凝結、規範著一定的審美能力。神話形式凝結了原始人空前絕後的想像、幻想能力，給予人類以強大的影響。比興表現手法凝結了人們借助他物反映事物、表現情感的文學能力，從而擺脫了原始詩歌直言其事、直抒其情的侷限，使詩歌藝術產生質的飛躍。文言文的語言形式從詞彙、句式、音韻諸方面規範著作家的語言表達。「上以風化下，下以諷刺上」以政教為本位的創作方式也深遠地影響著作家的文學創作。文學審美形式凝結和規範著一定的文學審美能力，就能夠更便利地表現主體對對象的審美把握，有力地推動文學的發展繁榮。

審美能力是審美活動中最活躍的因素，而審美形式一經形成，便具有相當的穩固性。在審美能力迅速提高面前，它往往表現出一定的保守性。譬如：

〔註4〕　（俄）米·里夫希茨：《馬克思恩格斯論藝術》（二），中國社會科學出版社1983
　　　　年版，第4～5頁。

在敘事文學發展史上，編年體的敘事形式在它產生之初是適應人們的敘事能力的。但是，當敘事能力高度發展了的時候，它仍然佔據敘事形式的壟斷地位，便嚴重地束縛著敘事審美能力的發揮。這在《左傳》中表現得特別明顯。又如：《詩經》的「比興」曾有力推動詩歌藝術的進步；但是，在詩歌表現能力提高了的情況下，程式化的手法必然不足以表達人們的情感；而唐詩的情景交融，渾然一體，使詩歌藝術上了一個新臺階。

馬克思指出，藝術的「一定的繁盛時期決不是同社會的一般發展成比例的，因而也決不是同彷彿是社會組織的骨骼的物質基礎的一般發展成比例的。」〔註5〕這清楚表明，文學的發展有著自己的規律。審美能力的不同性質和審美能力在不同階段上的不同特點，是某些文學審美形式繁榮的重要原因。如神話的繁榮是和當時審美能力的性質和特點相適應的。原始社會基礎上的想像和幻想無疑是神話繁榮的根本條件，而隨著審美能力性質和特點的改變，神話也就不復存在了。因此，文學審美形式的發展變化，也是審美能力和審美形式相互作用的結果。

審美能力是推動文學發展的重要動力，而適應審美能力的性質和特點的審美形式是文學繁榮的重要條件。譬如，西漢以後審美能力得到迅速發展，文學趨於自覺，而漢賦的刻板形式嚴重束縛了審美能力的發揮，使文學處於徘徊不前的局面。直到漢末，文學才突破了漢賦形式的束縛，新的審美能力找到了自己新的審美形式。民間五言詩被文人採用和改造，完美地表現了那個時代慷慨激昂的情感，充分體現了作家們高超的審美能力，造成了建安文學的繁榮局面。

適應審美能力的發展和變化，陳舊的審美形式逐漸退出文學的中心，嶄新的審美形式代之而起，形成文學發展嬗變的歷史現象。就語言而言，先秦古語——文言——白話，顯示了文學語言的歷史進步。就文體而言，楚騷，漢賦，駢文，唐詩，宋詞，元曲，明清小說，皆所謂一代之文學，顯示著文學發展的歷程。可見，隨著審美能力的發展，舊審美形式的衰變和新審美形式的創造都是不可避免的必然現象。

總之，審美能力和審美形式相適應是文學繁榮的重要原因，而審美能力和審美形式不相適應則是文學停滯不前的癥結所在。可見，審美能力和審美

〔註5〕（德）馬克思《〈政治經濟學批判〉導言》，《馬克思恩格斯選集》（二），人民出版社1972年版，第112～113頁。

形式的矛盾在另一個層次上決定和制約著文學的發展。

（三）審美存在與審美觀念的矛盾

　　審美存在和審美觀念的矛盾是審美系統的又一基本矛盾。審美存在，是指現實的整個審美活動，它包括一定範圍的審美對象，一定水平的審美能力，以及凝固了審美能力的審美形式等等。審美觀念是審美存在的反映，文學審美觀念表現為一定的文學趣味、文學理論、文學思潮。

　　審美觀念不是被動消極地反映審美存在，而是主動積極地反作用於審美存在。一定時期占主導地位的審美觀念，往往影響著整個審美存在的面貌。文學審美觀念對文學審美存在的巨大影響，是文學史上的突出現象。

　　進步的審美觀念能夠促進審美能力的解放，促進審美形式的變化，帶來審美存在積極繁榮的局面。如唐初陳子昂提倡「風雅比興」、「漢魏風骨」，對六朝形式主義文學傾向給予強烈的衝擊。他樹立起積極健康的文學理想，為文學發展指明了前進的方向，帶來了唐代文學的空前繁榮。難怪元好問稱「論功若準平吳例，合著黃金鑄子昂」〔註6〕，對他作出的極高評價。

　　落後的審美觀念常常固守著陳舊的創作方式和僵化的審美形式，嚴重束縛審美能力的發揮，帶來審美存在的停滯、蕭條。如漢代經學家強調文學的政教功能，歪曲理解《詩經》的文學特徵，使文學創作在政治本位的圈子裏裹足不前。直到漢末，「詩賦欲麗」的嶄新審美觀念才驅散這種窒息的氣氛，使文學獲得了新的生機。

　　文學發展的事實表明，審美觀念對審美存在的影響是不容低估的。進步的審美觀念常常是審美存在發生革命性進步的先鋒，而落後的審美觀念又常常是審美存在進一步發展的絆腳石。當然，文學的發展總是以審美存在為基礎，審美觀念的反作用無疑受到審美存在具體條件的制約。如果說盛唐文學最充分地實現了陳子昂所倡導的審美理想的話。那麼，明代反擬古主義的審美理想就限於當時審美存在的狀況而沒有得到充分實現，在其思想指導下的創作實踐帶來了新的流弊。可見，審美存在和審美觀念的相互作用，乃是文學發展的重要動力。

　　審美觀念立足於審美存在。審美存在是一個複雜的存在，在這裡新舊雜

〔註6〕（金）元好問：《論詩三十首》，《中國歷代文論選》（一卷本），郭紹虞編，上
　　　海古籍出版社 1979 年版，第 215 頁。

糅，高下共存，優劣同在。這種情況必然造成審美觀念的複雜性。同一時代，往往有不同的審美觀念的衝突和鬥爭，如明代擬古主義標榜模擬秦漢唐宋，而反擬古主義主張抒寫童心性靈。這種審美觀念的矛盾，是審美存在矛盾的反映。它們分別代表著保守和進步兩種不同的文學走向，是審美存在和審美觀念矛盾運動的複雜表現。

審美觀念也立足於整個文化存在和社會存在。在社會意識的廣闊背景上，審美觀念受到非審美意識形態，如政治、哲學、道德、宗教的深刻影響。六朝重文，這和政治影響很有關係。從魏武帝到陳後主，統治階級都偏好文學，不能不影響到文學觀念。明代文學新潮和哲學思想關係密切。陽明心學打開程朱理學的缺口，使重視個性、重視人慾的思想得到發展，強烈地影響到文學觀念。文學審美觀念實在是社會思想鬥爭的一翼，在它上面打著深深的社會意識烙印。

總之，審美存在和審美觀念的矛盾運動規定著文學發展的方向，影響著文學發展的進程，是推動文學發展的重要力量。

上面就審美系統的基本矛盾對文學發展的作用作了初步論述，說明文學發展是審美系統矛盾運動的結果。應該指出，審美系統的矛盾運動處在整個社會矛盾運動的過程之中，社會實踐為它準備著現實基礎，社會意識為它提供著精神滋養。歸根到底，文學發展又是社會發展的產物。

二、文學發展的內在因素

　　文學發展問題是文學史理論的核心問題。任何事物的發展變化都有內因和外因，內因是變化的根據，外因是變化的條件，外因通過內因而起作用。所以，釐清文學發展變化的內因和外因，是認識文學發展的重要前提。文學發展的內在因素是指從文學活動內部決定著文學發展變化的因素。所謂文學活動，涉及作家、作品、讀者三個方面，從這些方面決定著文學發展的因素，便是文學發展的內在因素。這些因素是文學發展的內在依據，而地域、經濟、政治等外在因素，通過它們才能發生作用。所以，深入探討文學發展的內在因素，才能深刻認識文學發展變化的規律。然而，無論是文學史研究，還是文學理論研究，對於文學發展的外在因素多有論述，而對於文學發展的內在因素則缺乏全面認識。有鑑於此，筆者不揣淺陋，提出一些不成熟的看法。

（一）作者方面

　　作者是文學活動的主體，是文學外在因素與文學內在因素的聯結點，所有內外因素只有通過作者的心理機制來交換信息，才能對文學創作發生影響。當然，作者不是超越物質和超越歷史的存在，他們受到自身稟賦和社會現實和文學現狀的制約。文學創作既是作者個性精神的創造，也是社會時代精神的體現。圍繞作者的文學創作，存在幾個重要因素。

　　一曰剛柔相濟。

　　文學創作既是個性精神的創造，作者創作個性便具有關鍵的作用。曹丕

稱「文以氣為主」〔註1〕，便是對作者創作個性的高度重視。面對社會現實和文學現狀，作者的不同創作個性便會發生不同的思想選擇和藝術選擇。葉燮說：「即歷代之詩陳於前，何所抉擇？何所適從？人言是則是之，人言非則非之。夫非必人言之不可憑也，而彼先不能得我心之是非而是非之，又安能知人言之是非而是非也。」〔註2〕所有選擇都需要「得我心之是非」，而不能脫離作者的個性創造。

以創作個性為基礎，文學創作才具有生機活力。所謂「各以所稟，自為佳好」，才創造出文學苑囿萬紫千紅的局面，從而推動了文學的發展。譬如北宋詞壇，柳永吟「曉風殘月」，蘇軾唱「大江東去」，柳永喜「詞語塵下」，李清照愛「典雅莊重」，都是基於作者創作個性的藝術選擇。所以，無法脫離作者的創作個性去理解文學創作，也無法脫離作者的創作個性去理解文學發展。

二曰文道離合。

在具體的文學創作中，重道與重文體現了作者不同的文學價值取向。這似乎只是作者的個人選擇，其實離不開整個時代的價值取向。在中國文學史中，文道關係幾乎貫穿全部，它們時合時離，倚輕倚重，體現了整個時代的價值取向。當社會政治出現危機之時，文學便跑來干預社會政治，文學的重道傾向便凸顯出來，如中唐之重道，柳宗元說：「乃知文者以明道，是固不苟為炳炳烺烺、務采色、誇聲音而以為能也。」〔註3〕白居易也說：「始知文章合為時而著，歌詩合為事而作。」〔註4〕他們不約而同賦予文學以社會政治目的。

而當社會經濟繁榮之時，文學也會跑來鼓吹享樂，如五代之重文，所謂「莫不爭高門下，三千玳瑁之簪；競富尊前，數十珊瑚之樹。則有綺筵公子，繡幌佳人，遞葉葉之花箋，文抽麗錦；舉纖纖之玉指，拍按香檀。不無清絕之詞，用助嬌嬈之態。」〔註5〕文學的重文傾向又凸顯出來。或者當對政治絕望之時，文學也會退居一隅，借「嘲風雪、弄花草」來麻痺神經，所謂「商女不

〔註1〕（魏）曹丕：《曹丕集校注》，魏宏燦校注，安徽大學出版社2009年版，第314頁。

〔註2〕（清）葉燮：《原詩》，霍松林校注，人民文學出版社1979年版，第24頁。

〔註3〕（唐）柳宗元：《答韋中立論師道書》，《柳宗元集》，中華書局1979年版，第873頁。

〔註4〕（唐）白居易：《與元九書》，《白居易集》，顧學頡點校，中華書局1979年版，第959頁。

〔註5〕（五代）趙崇祚輯：《花間集注》，李一氓校，人民文學出版社1981年版，第2頁。

知亡國恨，隔江猶唱後庭花」。一時間，文學似乎又要擺脫社會政治，而走向為藝術而藝術的道路。

　　三曰因革交替。

　　所謂因革交替，是指文學發展中的繼承和革新。劉勰指出：「文律運周，日新其業。變則其久，通則不乏。趨時必果，乘機無怯。望今制奇，參古定法。」〔註6〕當然，這是文學發展的理想模式。事實上，由於文學風氣和作者個性選擇的不同，往往很難達到「趨時」與「參古」的完美統一。處在具體的文學風氣之下，作者必然受到制約。葉燮指出：「大惟前者啟之，而後者承之而益之，前者創之，而後者因之而擴大之。使前者未有其言，則後者亦能如前者之初有是言；前者已有是言，則後者乃能因前者之言而另為它言。總之，後人無前人，何以啟其端緒，前人無後人，何以競其引申乎？」〔註7〕文學繼承以文學遺產為前提，處於文學新變風氣之中，便出現「庸音雜體，人各為言」的文學風貌；處於文學復古氛圍之中，便出現「刻意古範，鑄形宿模」的文學現狀。有時真是形勢比人強，文學風氣的影響是毋庸置疑的。

　　當然，文學變革則是絕對的。它既是文學發展自身的需要，也是作者創造的結果。葉燮說：文學「盛而必下於衰，又必自衰而復盛。非往前者之必居於盛，後者之必居於衰也。」〔註8〕這自然離不開作者的努力。「欲成一家言，斷宜奮其力矣。夫內得之於識而出之而為才，惟膽以張其才，惟力以克荷之。」〔註9〕如陳子昂詩文革新，「崛起江漢，虎視函夏，卓立千古，橫制頹波，天下翕然，質文一變」〔註10〕；韓愈倡導古文運動，「文起八代之衰」，這都是作者能動創造所取得的成就。所以，「文章之力有大小遠近，而又盛衰乘時之不同」！文學的因革交替，乃是作者乘時奮力的結果，從而促成文學的發展。

　　從剛柔相濟的創作個性，到文道離合的價值取向，到因革交替的文學態勢，就作者創作而言，既有社會現實和文學現狀的制約，又有個性精神的自

〔註6〕　（梁）劉勰：《文心雕龍注釋》，周振甫注，人民文學出版社1981年版，第331頁
〔註7〕　（清）葉燮：《原詩》，霍松林校注，人民文學出版社1979年版，第34頁。
〔註8〕　（清）葉燮：《原詩》，霍松林校注，人民文學出版社1979年版，第3頁。
〔註9〕　（清）葉燮：《原詩》，霍松林校注，人民文學出版社1979年版，第28頁。
〔註10〕　（唐）盧藏用：《右拾遺陳子昂文集序》，《中國歷代文論選》（二），郭紹虞主編，上海古籍出版社1979年版，第57頁。

由選擇，他們處在被動與能動的張力之中，透過複雜的心理機制，創造出形形色色的文學作品，從而推動了文學的發展。

（二）作品方面

作為語言藝術的存在方式，文學作品的產生需要具備客觀的語言條件。作者只能在一定的語言條件下創作，而不能超越這些語言條件。從文學構思向語言作品轉化之中，語言條件是最重要的中介，成為文學發展不可或缺內在因素。具體而言，主要包括三個因素。

一曰語言變遷。

語言是文學作品的構成要素，文學是語言的藝術。語言的變遷，乃是文學發展的重要基礎；語言在為文學服務的同時，也在制約著文學。譬如，在文字產生之前，文學只能是口耳相傳的口頭文學。口頭文學的變異性，使它在傳播過程中會遺失許多信息。為了克服這個缺陷，人們發明了押韻，從而產生了最早的詩歌。檢視《尚書》文章，頗多合韻之作，這其實是口傳文學被文字記錄下來的痕跡。有了文字才有了書面文學，而最初文字刻鑄之不易，其行文必然崇尚簡略，這就形成了甲骨卜辭、鍾鼎銘文之獨特風格。書面語言的進一步規範，形成了文言文模式，作為書面寫作的基礎，它對古代散文可謂影響甚巨。漢代語言發生賦化、駢化，促進了語言藝術的自覺，而南朝發現聲韻規律，為盛唐詩歌繁榮創造了條件。甚至漢末紙的廣泛使用〔註11〕，與文學自覺也存在相當聯繫。在簡牘為載體的條件下，根本無法想像魏晉時期文學的繁榮。

與書面文學同時，民間口語也在不斷豐富，後來竟闖進文人的大雅之堂。它先在唐代變文、宋代語錄中嶄露頭角，後在明清小說、戲曲中大展風采。如從宋元話本，到明擬話本，再到白話長篇小說，民間口語對於文學語言的演進發揮了重要作用。「五四」新文化運動提倡白話文，其實不是心血來潮的衝動，而實在是水到渠成的結果。隨著譯學日盛，又有所謂「歐化語言」；隨著推廣普通話，又有普通話的規範。這些語言條件都是文學創作的客觀因素。任何作者都不能超越客觀的語言條件，而只能在歷史給定的語言條件下從事創作，他們使用的語言形式正是形成其文學風格的基礎。所以，語言變遷無

〔註11〕 （日）富谷至：《木簡竹簡述說的古代中國》，劉恒武譯，人民出版社 2007 年版，123 頁。

疑是文學發展的重要基礎。

二曰文體嬗變。

文學作品是以具體的文體形式存在著，因而文體的嬗變是影響文學創作的重要客觀因素。周代詩人創作四言詩，漢魏詩人擅長五言詩，唐代詩人喜愛近體詩，宋代詩人鍾情曲子詞，這些都是文體嬗變對文學創作影響的結果。當然，在文體嬗變過程中，既有文體發展的自身因素，也有作者積極創造的因素。如屈原身處楚地，楚地的民歌、民樂，宗教祭歌，是他不能迴避的藝術條件，在這樣的條件基礎上，他發揮了能動的創造，從而推出「精彩絕豔」的新詩體——楚辭。一種新文體出現，為後來者提供了寫作範式。如屈原之後，「名儒博達之士，著造詞賦，莫不擬則其儀表，祖式其模範」〔註12〕，從而使楚辭走向全國，創造出漢代楚辭體的繁榮。

當然，文體嬗變具有自身的規律，在中國文學史中，多是由民間文體入主文壇，帶動了文學的繁榮發展。諸如，民間隱語之於楚漢賦體，樂府歌詩之於文人五言詩，民間曲子詞之於詞體，話本之於白話小說，諸宮調之於雜劇傳奇。可見，「一種新的文學體裁往往不是從舊體裁中蛻變出來，而是在體裁世界的薄弱環節產生，在最少教條和束縛的文學地段形成。文學史上許多體裁都來自民間文學就是一個帶有規律性的文學現象。這種現象就是由文學發展的特殊性所決定的。」〔註13〕文體嬗變的條件，給作者創作提供了藝術空間，同時也制約了作者的藝術才能。

三曰技藝積累。

文學發展不是累積性的，不能說後來的文學一定比它前面的文學更為輝煌。然而，文學的語言技藝則是累積性的。文學技藝由簡單到複雜，由單一到多樣，積累了豐富的經驗技巧，為文學創作提供了更多的藝術選擇，必然推動文學的發展。原始文學是最為簡單的，因為它缺少語言技藝的積累。原始人抒情便是直言其情，如塗山女思念大禹，只是一句「候人兮猗」；原始人敘事便是直言其事，如《彈歌》：「斷竹，續竹，飛土，逐肉」〔註14〕；原始人議論也是直言其理，如原始格言、諺語，都是簡明直質的。

〔註12〕黃靈庚：《楚辭章句疏證》（五），中華書局2007年版，第296頁。
〔註13〕劉鳳泉：《社會過程中的文學發展》，《濟南大學學報》1996年第四期，第36頁。
〔註14〕（漢）趙曄：《吳越春秋》，江蘇古籍出版社1986年版，第45頁。

　　隨著語言表達積累了豐富技藝，文學的藝術水平得以提高。如《詩經》有賦比興的語言表現手法，史傳有詳略互見的語言處理方式。後來詩歌聲韻講求四聲八病，文章結構講求起承轉合，各種詩法、文法不一而足。這些文學技藝，雖然被人譏為「三家村詞伯所傳」，可它們無疑為文學表達提供了更多選擇，有助於提高文學創作的藝術水平。當然，真正的藝術乃在神明之中，巧力之外，所謂「夫代有升降，而法不相沿，各極其變，各窮其趣」〔註15〕，那便是在技藝基礎上發揮作者的天才創造了。

　　語言、文體、技藝，它們是文學創作的客觀因素，在這些因素的基礎上，作者從事文學創作，進而推動了語言、文體、技藝的演進。在對文學客觀因素的繼承和超越之中，文學創作不斷推動了文學的發展。

（三）讀者方面

　　讀者是文學活動的終端，沒有讀者的參與，文學價值便無從實現。然而，在傳統的文學史研究中，對讀者方面往往有所忽視，以為文學作品創作出來便萬事大吉。其實，藏之名山，還是要傳之其人的。有了讀者的參與，文學作品的潛在價值才能實現。所以，關注讀者是認識文學發展的重要方面。具體而言，主要包括三個因素。

　　一曰經典示範。

　　讀者的文學趣味，很大程度受到占主導地位的審美意識形態的影響，而這種審美意識形態突出表現為經典的示範作用。在文學發展過程中，前代的文學成就往往以經典的形式，成為後代文學接受的參照座標。譬如，漢代以《詩》、《騷》為經典。其中，《詩經》的影響，主要體現在文學批評方面，漢代人以《詩》論辭，以《詩》論賦，全不顧辭、賦的文體特徵，只是一味強調文學的政治諷喻功能；而《楚辭》的影響，主要體現在文學創作方面，即所謂「文尚楚風」，漢代「騷體賦」最為興盛，它實質就是「楚辭體」。文學經典的影響一定程度規定了人們的文學趣味。

　　文學經典是後代對前代文學遺產的篩選。這種篩選表達對文學遺產的評價，自然打上評價者的主觀印記。所以，在篩選過程中，優秀作品被埋沒，一般作品被拔高，其實是難以避免的。如鍾嶸《詩品》將陸機、潘岳列為上品，

〔註15〕　（明）袁宏道：《袁宏道集箋校》，錢伯城箋校，上海古籍出版社1981年版，第187頁。

將陶淵明列為中品，將曹操列為下品，現在看來難以理解。然而，一旦完成篩選，它便會發生現實的影響。南朝蕭梁昭明太子編撰《文選》，成為一代文學時尚，所謂「《文選》爛，秀才半」，產生了深刻的文學影響。明人提倡「詩必盛唐，文必秦漢」影響甚為深遠，特別是《千家詩》、《唐宋八大家文鈔》、《唐詩三百首》的流行，更成為文學寫作的範本。所謂「熟讀唐詩三百首，不會吟詩也會吟」。此外諸如「四大南戲」、「四大傳奇」，對戲曲、小說的影響也不容忽視。經典示範影響讀者的文學趣味，進而影響到文學創作，而作者模擬文學經典，又強化了文學經典的示範作用。

　　二曰質文代變。

　　文學風尚處在不斷變化之中，時而尚質，時而尚文，文質交替，形成文學時尚的變化節奏。這種變化似乎存在著一定的規律，於是有文學循環論觀點的出現。如弗萊便強調文學演變的節奏性，他認為：喜劇—浪漫故事—悲劇—反諷和諷刺，它們如同春—夏—秋—冬四季的嬗變。〔註16〕其實，文學演變的節奏性是由人類的審美心理特徵決定的。諸如美食，即便是滿漢全席，如果吃得多了也覺膩味，便想換些清淡的白菜、蘿蔔來吃，也就是所謂的「審美疲勞」。審美感覺貴在求新，新穎才更有感覺。再美的文學如果感受多了，也會導致無意識化，於是文學審美便追求陌生化。質文代變乃是文學風尚在無意識化和陌生化之間的律動，它成為文學發展的內在動力。

　　在談到藝術消費與藝術生產的關係時，馬克思說道：「消費生產出生產者的素質，因為它在生產者身上引起追求一定目的的需要。」〔註17〕因此，不僅文學創作決定著文學消費，而且文學消費也決定著文學創作。文學風尚所形成的新的審美需要，必然會推動文學發生變化。袁宏道說：「矯六朝駢儷飣餖之習者，以流麗勝。飣餖者，故流麗之因也然其過在輕纖。盛唐諸人以闊大矯之，已闊矣，又因闊而生莽，是故續盛唐者，以情實矯之。既實矣，又因實而生俚，是故續中唐者，以奇僻矯之，然奇則其境必狹，而僻則務為不根以相勝，故詩之道，至晚唐而益小。有宋，歐蘇輩出，大變晚習，於物無所不收，於法無所不有，於情無所不暢，於境無所不取，滔滔莽莽，

〔註16〕（加拿大）諾思羅普·弗萊：《批評的剖析》，陳惠等譯，百花文藝出版社2002年版，第14頁。

〔註17〕中共中央馬恩列斯著作編譯局：《馬克思恩格斯選集》（二），人民出版社1995年版，第95頁。

有若江河。」〔註18〕這正好勾勒出質文代變的歷史蹤跡。文學風尚發生變化，形成新的審美需要，推動著文學向前發展。

三曰雅俗互動。

文學的雅俗體現了兩種不同的審美價值。雅俗之分野，究其實質乃是社會分層、文化分層的文學表現。社會分為上層階級和下層階級，文化分為上位文化和下位文化，必然在文學上體現出高雅與通俗的分野。然而，社會分層不是固化的，文化傳播也是流動的，所以，雅俗互動是文學活動的普遍現象。雅俗互動以社會階層互動和文化交流互動為基礎。它能夠給文學不斷注入新鮮血液，激發文學的生機活力，強勁地推動文學發展，使文學的整體面貌得以改變。

文學的雅俗轉化，實質是文學價值觀念的轉化，這種現象歸根結蒂以社會文化觀念的交流為基礎。具體表現為兩種情況：一是通俗文學的雅化。民間通俗文學被文人拿來，如「國風」被朝廷採去，太師配了音樂，用之於邦國，登上大雅之堂，便成為了高雅文學。在中國文學發展中，這是普遍存在的文學現象。二是高雅文學的俗化。高雅文學為社會上層所享用，它們借助社會資源優勢，必然發生向全社會的輻射，從而普及為通俗文學。當然，在文化壟斷的古代社會中，高雅文學的俗化存在著許多人為的障礙。而在破除了文化壟斷的現代社會中，高雅文學的俗化逐漸成為雅俗互動的主流。

側重從文學接受來認識這些因素，便將它們歸於讀者方面。其實，讀者與作者都是文學主體，當他接受時是讀者，當他創作時是作者，這種角色的分離與轉換，使得圍繞作者的因素與圍繞讀者的因素，存在著某種相互滲透的關係，這是需要加以注意的。然而，這些因素有的側重於文學創作，有的側重於文學接受，它們還是存在明顯區別的。

文學發展的內在因素是決定文學發展的根本依據。圍繞作者、作品、讀者的這些重要因素，構成比較完整的系統，通過各種因素作用整合，推動了文學的發展。概而言之，文學發展內在因素包括主觀和客觀兩方面。就主觀方面言，作者—讀者的能動選擇始終是文學發展的基本動力。作為文學主體，他們既是與文學外因的聯結點，也是與文學內因的聯結點，文學的外因和內因，只有通過文學主體的複雜心理機制才能發揮作用。文學主體的心理機制

〔註18〕 （明）袁宏道：《袁宏道集箋校》，錢伯城箋校，上海古籍出版社 1981 年版，第 709 頁。

集中體現為以人文價值為指向的文學精神，這種精神包括批判現實的精神和
追求理想的精神，它們是文學發展最根本的文化動力。就客觀方面言，作者
的文學創作和讀者的文學接受，始終在歷史提供的客觀條件下進行。正如恩
格斯所說：「每一個時代的哲學作為分工的特定的領域，都具有由它的先驅者
傳給它，而它便是由以出發的特定的思想資料作為前提。」〔註19〕文學創作
也不能超越先驅者傳給的文學現實和語言條件，而只能在特定的客觀因素基
礎上選擇和創造。所以，具體地研究文學創作的客觀因素，也是認識文學發
展的必要條件。總之，文學發展是內因和外因相互作用的結果，而文學內因
是文學發展的關鍵。只有深入認識文學發展的內在因素，才能深刻理解文學
發展的特點和規律，也才能提高文學史研究的科學水平。

〔註19〕中共中央馬恩列斯著作編譯局：《馬克思恩格斯選集》（一），人民出版社 1995
年版，第 9 頁。

三、社會過程中的文學發展——
巴赫金文學史論述略

　　前蘇聯理論家米哈依爾・米哈依洛維奇・巴赫金，在二十世紀二十、三十年代提出了多方面的理論觀點。遺憾的是，直到半個世紀後，這些理論才引起世人重視。它們一旦匯入世界學術潮流，便掀起巨大的思想波瀾。全世界範圍內的巴赫金熱，成為學術界的突出現象。

　　《文藝學中的形式方法》是作者在 1928 年以 H・H・梅德韋傑夫的名義發表的。這部著作針對當時庸俗社會學文學理論和形式主義文學批評的錯誤，倡導社會學詩學，在混亂和迷惘的思想領域開闢了一條歷史唯物主義的清晰道路，天才地發展了馬克思主義文藝學思想。

　　今天，面對理論界形形色色的思想觀點，我們往往感到無所適從。而巴赫金關於文學史理論的看法，能夠釐清我們文學史觀上的模糊觀念。這對於「重寫文學史」的學術潮流，也許能提供一些理論的幫助。

（一）文學發展與社會過程

　　文學是社會的有機部分，文學發展是社會過程的有機部分。從社會過程來研究文學發展的規律，這是馬克思主義文學史研究的基本視角。

　　庸俗社會學儘管不斷重複著「存在決定意識」的理論，但是，他們不願做艱苦的研究工作，完全漠視文學的特殊性，只是簡單化地用經濟基礎來比附文學現象，因而也就不能科學地說明文學發展的規律，只能把馬克思主義理論變成了空洞的教條。

　　形式主義者試圖在封閉的純文學序列中揭示文學發展的內在規律。他們完全割斷了文學和社會的聯繫，使文學既脫離了現實的社會存在，又脫離了整個意識形態環境。所以，他們也不能科學地說明文學發展的規律。

　　巴赫金針對形式主義文學批評和庸俗社會學文學理論，明確指出：「文藝科學各部分（理論詩學、歷史詩學、文學歷史）的統一體，一方面是建立在馬克思主義對意識形態上層建築及其與經濟基礎關係的統一認識原則的基礎上，另一方面又以文學本身的特有特徵（社會性的）為基礎。」〔註1〕以此為原則，他進行了天才的探索，彌合了意識形態一般理論研究和文學特殊意識形態現象的具體研究之間的斷裂，構建了一個由複雜的相互關係和相互作用構成的理論系統。

　　這個系統包括四個基本層面，即：文學作品—文學環境—思想環境—社會經濟環境。其中，每一層面都是下一個層面的不可分割的有機成份。文學研究既不能停留在某一個環節上，也不能放過任何一個環節。只有把文學作品放在這個系統的有機聯繫中，才能對它進行真正的歷史研究。

　　文學史研究對象的複雜性，自然決定了文學史研究方法也是非常複雜的。

　　文學發展具有區別於其他事物的獨特性，這種獨特性不是在一個封閉的文學系列中形成的。所以，它只能以在社會生活統一體中與其他所有序列之間的相互作用為依據。每個文學現象都同時受到來自於內外因素的制約。在內部，它受到文學自身的制約。在外部，它受到社會生活其他領域的制約。面對這種情況，文學研究便有所謂文學內部研究和文學外部研究的區別。如果教條地理解這種區別，就等於把在社會生活統一體中的文學發展的活潑生命給肢解、扼殺掉了。

　　巴赫金的高明在於他深刻地揭示了內部和外部的辯證聯繫。他認為，文學作品受到內部制約的同時也受到外部的制約，因為對它起作用的文學自身整體受到外部的制約。文學作品受到外部制約的同時也受到內部的制約，因為外部因素是把它作為特殊事物，從它與整個文學環境的聯繫中產生制約作用的。這樣一來，「內部的就成了外部的，外部的變成內部的」〔註2〕。在內、

〔註1〕（蘇）巴赫金：《文藝學中的形式方法》，鄧勇等譯，中國文聯出版公司1992年版，第22頁。

〔註2〕（蘇）巴赫金：《文藝學中的形式方法》，鄧勇等譯，中國文聯出版公司1992年版，第42頁。

外因素相互有機交融、辯證作用的過程中，形成和保持著文學發展的獨特性。

（二）文學意義與思想環境

文學產品是一種特殊的社會產品，它所具有的獨特思想意義只能放在整個社會過程之中進行研究。

庸俗社會學理論，幾乎完全忽視文學產品具有的現實意義以及思想獨立性和獨特性。他們的文學分析，只是從藝術作品中榨出拙劣的哲學理論、輕率的政治宣言、模棱兩可的道德觀念、轉瞬即逝的宗教學說。文學意義的特殊性在其他意識形態領域中被消解得乾乾淨淨。

形式主義文學理論則完全貶低文學的思想意義。他們把文學這一最本質的東西統統歸結為材料，只是對技巧的可替代的說明。他們認為神話、故事、小說是母題的組合，歌謠是修辭動機的組合。內容完全沒有必要，「無意義語言」是文學結構的理想境界。

巴赫金尖銳地批判了這些錯誤的理論傾向，從社會過程中深刻地闡述了文學獨特的思想意義。他說：「思想創造活動以及對思想的理解只能在社會交際的過程中才能完成。」[註3] 交際是一種環境，在這一環境中，思想現象首先獲得自身的特定存在，自身的思想意義。巴赫金特別提出「思想環境」這個概念，它是經濟存在到個體意識的中介，是社會交際的中心。文學思想意義的創造和理解都不能離開具體的思想環境。

就作家創作而言，作家個體意識只有在特定賦予它的思想環境的形式中實現，才能使之成為意識。他的意識的每一個行為的具體形式都直接取向於思想環境。

就文學特性而言，文章在自己的內容中反映整個思想視野，沒有經過思想折射的原生現實是不能成為文學內容的。「真、善、美、犯罪、責任、死亡、愛情、功勳等等──如果沒有這些以及類似這些的思想內容，也就沒有了情節和主題。」[註4] 其他意識形態的思想意義進入文學結構與藝術意識形態發生了新的化學結合，使非審美價值融合為審美價值，構成藝術表現整體，使之具有獨特的思想意義和社會意義。

[註3]　（蘇）巴赫金：《文藝學中的形式方法》，鄧勇等譯，中國文聯出版公司 1992年版，第 9 頁。

[註4]　（蘇）巴赫金：《文藝學中的形式方法》，鄧勇等譯，中國文聯出版公司 1992年版，第 24 頁。

就文學理解而言，需要把文學作品放在它所處的時代和我們的時代的語境中來理解，充分認識到它在思想環境中的價值取向。

文學意義離開社會過程就像一具僵屍，只有在社會過程中才能顯示它的生機和活力。從文學史角度理解文學意義，更需要特別關注社會過程中思想環境的發展變化。

文學作品一經產生，便取得了一個固定形態。它的思想意義就存在於它客觀可感的思想材料——語言之中，並不存在超越材料之外的意義。就此而言，作品的意義應該是一個常量。然而，它是一個需要活動著的思想環境中的人們理解的常量。因為思想壞境處在不斷的發展變化之中，所以，對作品意義的理解就不可能是固定不變的。隨著思想環境的變化，對作品的理解當然要發生變化。可見，對文學作品意義理解的變化，是由作品常量和意識形態變量的相互關係所決定的。在階級社會中，思想環境並不是統一的，不同階級，不同社會群體的思想環境有很大差別，所以，他們對文學的理解也就不盡相同。

文學史研究應該站在歷史的角度，對文學意義理解的這種動態的結構給予科學的揭示，這一切離開社會過程則是完全不可能的。

（三）文學形式與社會評價

文學的形式技巧具有相對的獨立性。然而，不能因此把它從相互作用的社會過程中排斥出去。否則，它就會變得空洞無物，也就無法揭示文學的形式技巧的真實的社會本質和它們真實的發展進化。

形式主義者把文學的形式技巧看作是一個具有自我目的的封閉體系。B.什克洛夫斯基說：「藝術形式要用其藝術規律來說明，而不能用生活說明來解釋。」〔註5〕那麼，他用藝術規律來說明藝術形式究竟是一種什麼情況呢？

「詩歌語言」是他們詩學研究的最初對象，也是整個形式主義理論大廈的基礎。日爾蒙斯基說：「由於詩的材料是語言，因此，語言學為我們提供了語言事實分類應該成為構築詩學的基礎。這些現象中的每一種都服從於藝術任務，而也就成了詩歌技巧。」〔註6〕他們錯誤地讓詩學取向於語言學，從而

〔註5〕（蘇）巴赫金：《文藝學中的形式方法》，鄧勇等譯，中國文聯出版公司1992年版，第158頁。

〔註6〕（蘇）巴赫金：《文藝學中的形式方法》，鄧勇等譯，中國文聯出版公司1992年版，第125頁。

認為詞素、音位等語言學範疇是詩歌作品獨立的結構要素，而詩歌作品就是由語法形式構成的。為了使語言的建構具有可感性，於是詩歌便是被阻滯的、彎曲變形的話語。詩歌語言就是其各種不同因素——音響、形象、節奏、句法、語義等永無休止的鬥爭。這一切用來實現詩語的最高目的——結構的可感性。

巴赫金一針見血地指出形式主義理論的荒謬：「按照形式主義者的觀點，詩語只能使其他語言系統已經創造出來的東西『陌生化』和擺脫無意識化。」〔註 7〕

這樣，形式主義者注定要使詩語寄生在生活實用語中間，而它本身變成了一種絕對非能產型和非創造性的語言，這難道不是一種絕妙的諷刺嗎？

在巴赫金看來，文學的形式技巧是根本無法脫離社會過程的。它們產生、運用、發展、變化都離不開特定的社會價值視野，離不開具體的社會評價。他說：「語言是在特定的價值視野中創造、形成和不斷發展而來的。」〔註 8〕詩人選擇的不是語言學的各種形式，而是其中蘊含的評價。詩人在選擇詞彙、詞的具體搭配及其結構布局的同時，也就等於選擇、提出、組合其中蘊含的評價。「即使是無意義的語言用某種聲調發出，它也會自然而然地表現出某種評價傾向，某個評價姿態」〔註 9〕，所有那些可以分離出來的成份——音響、語法、主題正是由評價來把它們統一在一起，並讓它們為評價服務。

文學的形式技巧不是在中性的語言學天地中發展變化，而是能夠深入到社會評價體系之中，並以此使自身成為一種社會行為。社會評價不僅組織著對被表現事件的認識和理解，而且也組織著表現的形式。「材料的分布排列、插敘、反諷、重複等——所有這一切都貫穿著社會評價統一的邏輯」〔註 10〕。離開社會過程，文學的形式技巧根本得不到本質的說明。

歷史上文學的形式技巧的發展嬗變，創新運用，都體現了這種社會評價的取向。譬如，《詩經》那種呆板的句式，漢賦那種冷僻的詞彙，按照形式主

〔註 7〕（蘇）巴赫金：《文藝學中的形式方法》，鄧勇等譯，中國文聯出版公司 1992年版，第 131 頁。

〔註 8〕（蘇）巴赫金：《文藝學中的形式方法》，鄧勇等譯，中國文聯出版公司 1992年版，第 152 頁。

〔註 9〕（蘇）巴赫金：《文藝學中的形式方法》，鄧勇等譯，中國文聯出版公司 1992年版，第 180 頁。

〔註 10〕（蘇）巴赫金：《文藝學中的形式方法》，鄧勇等譯，中國文聯出版公司 1992年版，第 157 頁。

義者的理解，該是早已擺脫了「無意識化」了的形式。但是，它們的可感性、新穎性又在哪裏呢？巴赫金說：「在任何情況下，能進人藝術作品中的只有那些還具有生命力、還可以感覺到社會評價的詞語和形式。」〔註 11〕正因為它們已經感覺不到社會評價，所以，只能被文學的發展所遺棄。在形式主義者看來，體裁只是一些偶然技巧的偶然組合；而巴赫金認為體裁擅長掌握現實的某些特定的方面，它是具有特定的原則，特定的認識和理解這一現實的形式。在每一時代思想視野的價值中心，它和適應這一中心的基本主題相聯繫，成為某一時代的集中體現的現象。這與中國文學史的一代有一代之主要文學體裁的實際也是完全符合的。

文學的形式技巧的發展演進，如果離開社會評價的取向，離開社會過程的作用，便不能得到科學說明。那種熱衷於在文學形式的封閉系統中闡述文學的形式技巧的發展，只能是對文學歷史僵死的、機械的排列，其中絕不會看到文學發展生生不息的活潑生命。

當然，假如能夠把形式主義理論研究的成果放在社會過程中來認識，放在社會評價中來理解，那情況就會發生質的變化，形式主義理論就能夠成為詩學理論的重要財富。

（四）文學取向與社會本質

揭示文學的發展進化是文學史研究的根本任務。文學現象之間的進化聯繫是文學現象之間存在著的本質聯繫。文學現象的進化本質在封閉的文學序列中是無法說明的，它只能取向於社會本質，取向於社會發展進化的本質。

庸俗社會學理論只是在時間流程中，羅列、堆砌非本質的文學現象，以至失落了文學進化的生命線索。他們往往臆造出一些非本質的線索，如現實主義與反現實主義、儒家和法家的鬥爭等等，從中完全看不到文學的真正的發展進化。

形式主義者割斷文學與社會的聯繫，提出所謂流派替代的理論。他們只是從心理感受的角度，提出「無意識化——可感性」的規律，而不能揭示流派替代的深刻社會原因。巴赫金尖銳指出：「該規律只能在個人的一生範圍內運用。所以，從舊形式向新形式、從無意識性向可感性的轉變應當在一代人

〔註11〕　（蘇）巴赫金：《文藝學中的形式方法》，鄧勇等譯，中國文聯出版公司 1992
　　　　　年版，第 191 頁。

的範圍內實現，而且只是對這一代人而言。」〔註 12〕因此，形式主義的文學
史中所發生的一切都是在某種永恆的當代時間內進行的，根本缺少歷史發展
的意識。這種替代嚴格地講並不是文學的進化和發展，而是一種關於歷史的
虛假觀念。

馬克思主義認為，文學沒有脫離社會發展本質的孤立的內在發展要求，
文學的進化本質深深地扎根於社會發展進化的本質之中。可感性和無意識
化本身，只有與時代思想條件和社會經濟條件聯繫起來，才能得到真正科
學的說明。巴赫金指出：「文學史家就會去努力證明該結構與時代具體的社
會條件實際存在的矛盾，或者相反，不得不證明該作品在整個歷史視野中
現實的歷史緊迫性。」〔註 13〕真正的歷史任務，只有服從於這種社會歷史
任務，它才能成為有意義的。而揭示這種意義，也只有從客觀的社會過程中
才能做到。

文學發展的本質和社會過程的本質應該是一致的。人類社會從低級向高
級的發展，由必然王國向自由王國的進軍，歸根結底，只有一個目的，一個
方向，這就是人類的自由和解放。文學發展進化的本質也只能從這裡取向。
文學是人學，文學的終極目的也就是人的自由和解放。當然，文學史是從一
個特定的方面承擔著社會歷史的神聖使命和職責，文學的進化就是不斷推進
人類健康全面地走向自由和解放。

文學發展對人的自由的價值取向，是文學史真正的進化線索，也是構建
科學文學史的基本價值取向。當然，僅僅有這樣一種認識是遠遠不夠的，文
學的發展進化有它具體的特殊的表現形態。什克洛夫斯基說：「文學的歷史是
沿著一條間斷的和多變換的路線向前運動的。」〔註 14〕這句話如果脫離其形
式主義理論體系，那可以說在一定程度上道出了文學進化的特殊性，它應該
為馬克思主義文學理論所重視。

文學發展對於人的自由的價值取向，是文學史研究的根本原則。這一原
則必須也只有通過文學現象具體特有的現實性與歷史性，才能得到科學的體

〔註 12〕（蘇）巴赫金：《文藝學中的形式方法》，鄧勇等譯，中國文聯出版公司 1992
　　　　 年版，第 234 頁。
〔註 13〕（蘇）巴赫金：《文藝學中的形式方法》，鄧勇等譯，中國文聯出版公司 1992
　　　　 年版，第 244 頁。
〔註 14〕（蘇）巴赫金：《文藝學中的形式方法》，鄧勇等譯，中國文聯出版公司 1992
　　　　 年版，第 232 頁。

現。文學現象的多樣性、靈活性、動態感，絕對不能消解於抽象的原則之中。

　　文學的發展進化是在社會生活統一體中自身的矛盾運動。文學現象本身必然孕育著對自身的否定。舊文學的衰亡和新文學的產生是一種辯證的否定，在這種否定過程中，文學有它自己的特殊性。文學過程不同於科學的累積過程，它沿著一條間斷的和多變換的路線向前運動。例如，一種新的文學體裁往往不是從舊體裁中蛻變出來，而是在體裁世界的薄弱環節產生，在最少教條和束縛的文學地段形成。文學史上許多體裁都來自民間文學就是一個帶有規律性的文學現象。這種現象就是由文學發展的特殊性所決定的。

　　巴赫金的文學史理論，深刻地說明社會過程中的文學發展。對於文學史研究來說，他所給予人們的思想啟迪，實在是非常重要的。

後　記

　　近年來流行「不忘初心」。「初心」一語源自佛典。《大方廣佛華嚴經》曰：「如菩薩初心，不與後心俱」。據說，不只菩薩具有初心，凡成就大事業的人，都需要不忘初心。當今，做學問已經算不上什麼事業了，但好像也不可沒有有初心存焉。

　　筆者退休五年，得暇整理已發表的有關中國早期文學研究的論文，將它們輯為《中國早期文學考論》一書。在整理論文期間，時或也會冒出一個念頭：我之從事學術研究是不是也存有初心呢？每當念及這個問題，內心便開始惶惑，繼而感覺慚愧，最後竟有些沮喪了！為什麼會有這樣的情緒呢？蓋由於我的學術生涯，更像一個初心被社會環境不斷磨蝕的消極過程。

　　一九八五年九月，我考入內蒙古師範大學攻讀碩士學位，在導師溫廣義先生引領下研習先秦文學。第一學期的課程，除了共同課的日語、政治外，溫先生要求我們閱讀《中國文學史》、《呂氏春秋》，並要提交讀書筆記。這事我可不敢馬虎，立即去準備了相關書籍。當時，高校通用的《中國文學史》，有游國恩先生等人編著和社科院文研所編著的兩種教材。我便找來它們對照閱讀。首先遇到的是文學史分期問題。游國恩本與文研所本的文學分期有所不同，這便觸發我對這個問題的思考。於是，在讀書筆記中寫道：

　　　　文學史分期應以文學發展實際作為依據。文學發展有它自身的
　　邏輯，而這種邏輯自然具有從低級到高級，從簡單到複雜的演進線
　　索，顯示著不同的文學發展階段特徵，這是文學史分期的依據。只
　　有這樣的文學分期，才能如實反映文學發展的實際，也才能揭示文
　　學發展的規律。例如：先秦文學在表現方法、思想內容、文學形式

上，都為它後來的文學做了儲備。它是一個因，必然形成果。這個因有著自身目的，它指向一個必然的果。這個果是什麼呢？如果找到了這個因最直接的果，充分研究它們之間的因果關係，是不是也就大體弄清楚了文學發展的一個自然段落呢？文學分期應該以這個段落為標誌。諸如漢賦與楚辭之關係、《史記》與《左傳》之關係、漢樂府與《詩經》之關係、一家獨尊與百家爭鳴之關係等。先秦文學之因是否在漢代文學中形成了果？這只是我的一種臆想而已。

在隨後的學習中，這個臆想竟得以不斷地發酵，逐步形成了我對中國早期文學的初步認識。第一學期的政治課，由政教系一位姓何的先生講授。他倒沒有宣傳那些政治套話，只是專門解讀恩格斯的《費爾巴哈論》。我對哲學素來有一些興趣，報考大學時也曾把哲學專業作為選項。因此，對何先生的講課也蠻喜歡的。這門課結業考核，何先生要求我們提交一篇課程論文，並希望結合各自專業來寫。於是，我寫了《中國早期文論的思想特徵》。文章交給何先生，他覺得文章與哲學思想結合不夠緊密，希望我能另寫一篇。當時，我閱讀中國文學史涉獵到原始神話，便決定結合原始神話來寫。於是，就又寫了《原始意識形態及神話的積極意義》，後來在《內蒙古社會科學》發表。

讀研第二學期中間，師兄因故休學，剩下了我一個學生。有一日，溫先生交給我一份培養計劃，除去已經結業的，還有下面的一些課程：古代漢語、《詩經》概論、諸子專題、史傳文學、《楚辭》章句、目錄與文獻、文字與音韻、中國古代哲學史、《左傳》與《史記》、訓詁學等。其中，《詩經》概論課由王瑤先生指導，《左傳》與《史記》課由可永雪先生指導，其餘課程均由溫先生親自指導。溫先生說：這些課程最好在三個學期內完成。每門課程由你自己選擇相關著作來研讀，除了掌握課程內容外，結課時要提交課程論文或讀書筆記。總之，以你自學為主，隔周彙報學習情況。這樣的安排我很高興，因為自由度比較大。每門課程讀什麼，什麼時候讀、以什麼方式讀，都由我自己做主。只要掌握了課程內容，提交課程論文就可以了。於是，我打算儘量提前完成課程，早日進入學位論文的寫作。

《詩經》概論課在王瑤先生家裏進行，王先生濃重的江西口音，我聽起來感覺有些吃力。發現我聽不明白，王先生也有些著急。聽過幾次課後，我對王先生說：請先生把書稿給我帶回去閱讀吧！王先生倒也不介意，便把書稿交給了我。王先生的書稿非常系統，內容豐富而全面，立論紮實而嚴謹。

王先生在民國時期已經是教授了，他對古代文學有很深造詣。尤其對《詩經》研究，對李清照研究，他都撰有成熟的書稿。可惜在那個時代，這些書稿並沒有公開出版。在王璠先生去世之後，也不知那些書稿被家人怎麼處理了！當時，我認真閱讀王璠先生的《詩經》書稿，又涉獵了一些《詩經》學著作，結課時寫了《「二雅」政治抒情詩》。古代漢語課讀過什麼著作已忘卻了，只留下一篇《古籍閱讀之「易字」》。史傳文學課通讀了《左傳》、《國語》、《戰國策》，似乎內容有些太多了，沒有來得及深入思考，只寫了《〈左傳〉敘事文學價值》。對我的課程論文，溫先生都做了詳細批改，對論文的觀點、材料、層次、語氣，都提出了具體的修改意見，甚至對錯別字、書寫筆順不對也都指出來。溫先生批改過的論文，我都完整地保存著，有時翻看便湧起對恩師的懷念之情。

到第三學期，對於諸子專題課，溫先生尤其重視。他讓我通讀先秦諸子的著作，又安排我去聽系書記的《莊子》課。我實在不是一個好學生，有一次在書記的課堂上睡著了。陸續讀了《論語》、《孟子》、《莊子》、《荀子》、《韓非子》，感覺先秦諸子文章有著共同的特徵，便寫了《先秦諸子散文的審美構成》。中國古代哲學史課，讀了任繼愈先生主編的《中國哲學發展史》先秦和秦漢分冊。正好與閱讀諸子著作配合，寫了《孟軻、荀況人論之比較》。這篇文章不屬於早期文學研究，自然不在本書收輯之列。《楚辭》章句課，讀了一些《楚辭》學著作，而姜亮夫先生的《楚辭今繹講錄》印象最為深刻。這門課寫了《楚辭演進的軌跡》。在這個學期，也讀了一些文學理論著作，特別對波蘭哲學家茵加登的層面分析法有些興趣，當時正好又見到日文原版的鈴木修次先生《中國文學史》，其中論述到《詩經》的悲哀感，讓人感覺耳目一新，便寫了《〈采薇〉末章的審美因素》。

到第四學期，剩下了四門課程。目錄與文獻課，讀了《文學目錄學》和《文獻學概論》，腦子還是一片混沌，什麼也沒有寫出來。文字與音韻課跟訓詁學課結合起來學習，分別讀了相應的代表性教材，只有王寧先生的《訓詁方法論》印象最為深刻。這兩門課結合《詩經》的語詞問題，寫了《釋「載」》和《「于耜」「舉趾」辨義》。其實，這兩篇短文寫起來並不容易，曾費力地查閱了《甲骨文編》和幾本農學著作。後來，《釋「載」》在《古漢語研究》發表。但這篇文章也留有遺憾。因為自己不懂甲骨文，對甲骨文的「載」字便沒有做出令人信服的通釋。這個難題只有留給精通甲骨文的學者去努力了。《左

傳》與《史記》課，曾與可永雪先生交談過，遵照可先生囑咐著重讀了《史記》的傳記部分，最後寫了《「紀傳體」與傳記文學》。課程論文交給可先生審閱，他審閱後給我打了高分，又給我許多鼓勵。後來我畢業留校，可先生邀我參加他的《史記》研究項目。關於《史記》研究，我們有過一些討論，而這個合作因我的調離而中斷了。十幾年後，可先生來信說：「我們曾經有過一段愉快的、心許的合作，可惜為情勢所迫中斷了。我一直引為憾事。但我以那段並不算多麼深契的交往中，已經對你為人的誠篤，為學的紮實，特別是在理論和理性思維能力的優長，非常佩服，非常羨慕。常想以你所長補我的不足。──這是真心話，並非客氣。」這雖是先生的真心話，可我這個學生又哪裏配得上這樣的讚譽呢？

完成了研究生課程，便開始準備學位論文。我打算從文史哲不分的先秦兩漢典籍中提取出純文學因素來研究。便提出「先秦兩漢小說因素的演進」的題目，準備從神話傳說、諸子散文、歷史散文、《史記》傳記之中，勾勒出中國小說因素萌芽發展的演進軌跡。這個題目報告給溫先生，先生開始有些猶豫，後來也勉強同意了。於是，我開始收集有關資料，集中精力來思考小說因素的問題。這實在不是一個輕鬆題目。我為之連月殫精竭慮，終究還是困難重重。我把寫出的部分稿子送給溫先生審閱。先生看過之後，臉色變得有些嚴峻，最後把題目給否定了。溫先生建議我在先秦諸子中選擇一個來研究。當時我有些鑽進了牛角尖，腦子一下子轉不過彎來。為此，我有一個多月沒有讀書，到處閒逛以消遣鬱悶。直到把小說因素的事逐漸淡忘為止。

第五學期開始，我接受了溫先生的建議，選定以「韓非政論文學」作為碩士論文題目。因為對先秦諸子散文有過一些思考，便打算沿著這條線索繼續進行考察。於是，找來陳奇猷先生的《韓非子集釋》翻來翻去，最後擬出了論文的綱目。溫先生看過後表示認可，囑咐我盡快寫出初稿。經過幾個月努力，完成了《論韓非政論文學》。後來，這篇學位論文以《韓非政論的文學特徵》、《韓非政論的文學風格》、《韓非政論的文學價值》分別發表。關於中國小說因素的研究，寫出來的稿子也沒有作廢，後來以《先秦兩漢「小說」概念辨證》、《先秦小說因素的滋生和演進》、《神話傳說中的小說因素》、《戰國游說故事中的小說因素》分別發表。只是對中國小說因素的演進軌跡，我到底也沒有能夠做出完整的論述。我非常感謝溫先生的洞察秋毫，他當時果斷地讓我改換了論文題目。因為以我當時的學養和能力，的確難以駕馭中國小

說因素演進的題目。

　　最後一個學期，溫先生病重住進醫院。他在病中還在關心著我論文答辯和畢業分配的事。他親口說，希望我能留校工作，與他一起來研究學問。可是，誰也想不到先生竟一病不起。我畢業留校了，而溫先生永遠離開了這個世界。我再也得不到先生的真誠教誨了。環顧四圍，寒風瑟瑟，真感覺天地之間充滿悲涼。是溫先生引領我走上學術道路的，我不能辜負先生對我的殷切期望，我應該在學術研究上做出一些貢獻來。

　　在研究生學習基礎上，我對中國早期文學發展有了一定的認識，也逐漸形成了對學術研究的具體追求，這個大約就是我的學術初心了。有一次，在家裏喝了酒，便向妻子透露了這個初心。我對她說：我決心完成一部《中國早期文學發展史》。這個事情只有對她一個人說過，然後便收藏在自己心裏了。我認為，要達到這個目標，必須有文學史理論的素養。為此，閱讀一些文學理論著作，寫了《文學發展的矛盾運動》。

　　然而，現實生活的艱難坎坷，竟迫使我漸漸地遠離了這個初心。留校工作之後，首先面臨經濟困難。當時中國社會腦體收入嚴重倒掛，人們稱之為：造原子彈的收入比不上賣茶葉蛋的。一個大學助教只有區區三百多元工資，在妻子考到寧夏大學讀研後，我這點兒微薄工資連日常生活也難以應付了。有一次，兒子的學校要繳費三十元，可我囊中羞澀竟拿不出來。只好晚上趁著月色，跑到內蒙古醫院門口，把僅有的幾百元國庫券賣掉，這才給兒子繳了費用。這時，我深深地感到：在生存困難面前，學問竟無能為力。接著又見世道坎坷。好不容易等來職稱評定，如果評上講師職稱，便可增加一百多元收入。這雖不能解決所有困難，也可以解救燃眉之急。然而，在職稱評定中，我又名落孫山了。這自然讓我很不服氣，難道我一個研究生竟比不上那些個本科生嗎？我去找系書記申訴，也去找校長申訴，但一切無濟於事。在這種境況下，哪裏還有心思做學問呢？幾年時間內，只寫過一篇《曾皙「志向」辨》的短文。

　　我感到非常委屈，便憤怒地向系領導發難，這便加深了與系領導的矛盾。有人私下提醒：書記說你講課不如人意，做班主任也不負責任。真是欲加之罪，令人莫名其妙。我講授《中國古代文論》，學生評價分數在全系排名第二，我怎麼就不如人意了？我做班主任的班級屢次被評為先進，我怎麼就不負責任了？在評選學校優秀班主任的會議上，我就這些問題發言，質問他們對我

的評價究竟遵循了什麼奇怪的邏輯？領導們面面相覷不能作答。最後由全體教師投票推選，我意外地被推選為學校的優秀班主任。這也是我職業生涯中唯一得到的官方獎勵。當然，這事也讓領導很憋屈，一位副書記散佈說：民主投票很不靠譜，怎麼能把他推選為優秀班主任呢？

其實，我對這些毀譽完全不在乎，我已經不想在這樣處境中繼續工作了。然而，我還只是一個助教，又能到哪裏謀生呢？只是心裏盤算著：等我評為講師後，立即調離這個地方。一九九二年，上面發下紅頭文件：凡碩士研究生畢業滿兩年，自然轉為講師。於是，填寫了幾張表格，我終於成為講師。這時，遠在山東的同學孫瑋，當她得知我想調動工作，便寫信邀我到濟南大學。得到同學的熱情幫助，在一九九三年初，我調入了濟南大學中文系工作。

來到濟南大學，也曾想接著以前的思路繼續做學問。當時，讀了巴赫金的《文藝學中的形式方法》，認為他的文學史論對於早期文學研究有著重要的指導意義。為了加深理解，便鉤玄撮要寫成《社會過程中的文學發展》，這只是對巴赫金文學史論的述評而已。我當然願意專心研究學問，但經濟困難又迫使我不得不放棄了。山東的工資比內蒙古雖高一些，而經濟困難依舊很嚴重。為了解決生計問題，便尋求兼課來補貼家用。經同事幫忙介紹，到一家民辦衛校講授醫古文。可校方給我的課酬非常低，一課時只有七元錢。我為之猶豫不決。兒子當時八歲，他看出我的糾結，便說：七元雖然不多，可也是他給你吧？如果你拒絕了，不是連七元也沒有啊！只因兒子這句話，開啟了我的兼課生涯。在濟南的很多年裏，北至洛口，南至仲宮，到處留下我兼課的足跡。兼課最多的時候，每週只有半天休息時間，那還是學校規定的政治學習時間。當然，我兼課的課酬也是比較高的，那家衛校也很快主動給我提高課酬，但我堅決地辭掉了，因為感覺受到了侮辱。

校外兼課之餘，又與出版社合作，編寫了一些通俗讀物。這些不能算作嚴肅的著作，只是為了賺取稿酬而已。當然，其中也有與早期文學有關的，如《論語譯注》、《孟子譯注》、《韓非子選譯》等。但是，作為研究早期文學的初心，離我是越來越遠了。偶而失眠之時，腦海也會閃過初心，但很快又消失得無影無蹤了。在濟南有很多年，幾乎不做學問了。只是每年拿出存稿去發表兩篇，勉強維護著學者的顏面。當我不做學問時，我的職稱評定卻比較順利。一九九五年被破格評為副教授，二〇〇一年被評為教授，連我自己也感覺多少有些荒誕。我評教授時提交的三篇論文：《原始意識形態及神話的積極

意義》、《先秦兩漢「小說」概念辨證》、《釋「載」》。這些都是在讀研期間完成的。可是，在我研究生畢業後，連續幾年連個講師都評不上，回想起來讓人不勝感慨。我評上了教授，又被聘為特崗教師。學校要求特崗教師不得在校外兼課，我也覺得應該對得起教授頭銜和特崗津貼，便毅然辭去所有的兼課，準備認認真真地研究學問了。

　　生活沒有了後顧之憂，自然願意去追求學術真理。這時，漂泊已久的初心似乎得以回歸，又開始思考早期文學發展的問題了。在這期間，為了探索議論文學的最初形式，寫了《〈易經〉卦爻辭中格言和諺語的文學價值》。為了展開對早期文學的整體研究，寫了《中國早期文學研究的科學觀念》。這篇文章發表後，很快被《高等學校文科學術文摘》轉載了。又應本校學報約稿，寫了《「貴和」思想之文化淵源》。這篇文章原為文化研究而作，而它涉及到早期文學的文化環境，對理解早期文學也是有益的。這個時期是最接近我初心的階段。為了準備撰寫《中國早期文學發展史》，便打算著在講授《中國文學史》課程時，按照自己的認識和理解來編寫講義。然而，學校要求必須使用「面向 21 世紀課程教材」，豈能容許教師自行其是呢。再說，這門課程也不是我一人講授，各個班級考試都要統一試卷，我的打算自然無從談起了。我總覺得，高校文科專業使用統編教材，實在是學術發展的桎梏。民國時期沒有統編教材，學者們八仙過海，各顯神通，湧現出多少經典著作啊！魯迅先生在女師大講授《中國小說史》，便成就了《中國小說史略》；胡適先生在北大講授《中國哲學史》便成就了《中國哲學史大綱》。如今的統編教材，把學者的創造性都給扼殺了。難道統編教材就好嗎？我看未必！我曾講授過《文學理論》課，那部由童慶炳主編的「面向 21 世紀課程教材」，內容便多有錯誤，甚至出現「農耕民族逐水草而居」的常識性錯誤，而多次修訂竟然錯誤依舊。這樣的統編教材，只是勾兌了威權與利益，其實沒有它們也罷！然而，這種事情也只能想想罷了，個人怎麼能與學術環境抗衡呢？

　　儘管如此，還是出現了一次機會。有個同事去讀博士後了，他的課沒有人來講，領導讓我去救急。我便提出一個條件，須不採用統編教材，允許自行編寫講義。領導無奈答應了。於是，我按照自己的想法來講課，編寫了《中國早期文學綱要》的講稿。這是最接近我學術初心的一次嘗試。可是，據說學生們意見很大，他們向領導反映說：劉教授所講的與課本有許多不同，不少內容是課本所沒有的，我們不知該怎麼複習功課了。嗚呼，因為學生的不

理解，這次嘗試只能中止了。直到中文系有了古代文學碩士點，這個嘗試才得以死灰復燃。我開始指導研究生，給他們講授先秦文學史時，便完全按照自己的想法。在原來講稿的基礎上，又進一步作了拓寬和加深，對中國早期文學發展開始進行深入研究。如果這樣堅持下去，我的學術初心也就實現了。只是好景不長，這項工作因我的調離而中斷了。

也許人們為我的調離惋惜，其實我也有一些苦衷。人在順利的時候，也有順利的煩惱。我性格過於耿直，說話不夠謹慎，又往往多管閒事，難免得罪他人。某領導給自己和老婆的教學評價均打了一百分，我便在會上提出了質疑；某教師為多得課時津貼而謊稱自己一學期內給全班學生批改了十多次作文，我也不客氣地給揭穿了。這自然讓他們很不高興。尤其在我指出某領導評職稱材料弄虛作假後，他們便到處散佈了許多謠言，甚至說我壓根兒就沒有讀過研究生，我那本碩士學位證書是花錢從胡同裏買來的……。於是，周圍氣氛也發生微妙變化，一些不明真相的同事受到蠱惑，開始刻意跟我疏遠起來。後來，某領導用假材料竟然竊取到教授職稱。這時，我感覺繼續呆下去沒有什麼意思了。

二〇〇六年，我調入韓山師範學院中文系。因為這裡還沒有碩士點，也就沒有給研究生授課的機會，我的早期文學研究工作也便擱淺了。進入二十一世紀後，高校科研體制逐步發生了重大變化，項目、經費、獲獎，這些指標成為學術評價的重要砝碼。而這些非擁有學術資源或從事人情活動不易獲得。我拙於交際，又性情懶散，自然是一個沒有項目、沒有經費、沒有獎項的「三無」教授，我的學術研究便只能自娛自樂了。於是，不再執著，隱去初心，隨遇而安，自得其樂。在教學過程中，一旦發現疑難問題，便會做些考證；如果來了興致，也會操觚為文。先後寫了《衛宏作〈毛詩序〉之辯護》、《否定衛宏作〈毛詩序〉之駁議》、《〈史記·屈原列傳〉疑案重審》、《〈尚書·無逸〉錯簡獻疑》、《〈邶風·靜女〉視角辨疑》、《〈離騷〉詩句之解惑》等。

二〇一〇年，第四屆中國韻文學國際學術研討會在韓山師院舉行，作為古代文學教授，不提交一篇論文似乎說不過去，便寫了《漢賦源流辨說》。次年，文章在《中國韻文學刊》發表。在這次會議上，遇到了首都師範大學吳相洲教授。我在內蒙古師大讀研時，相洲正在內蒙古大學讀研，我師兄與相洲是同鄉，我曾陪他拜訪過相洲。我們有過一面之緣，二十五年後又巧遇重逢，相洲視我為故友。他是樂府學會會長，樂府學會舉辦年會，他便發函邀我參

會。雖然我對樂府學素無研究，可也不便空手赴會。況且，漢樂府本屬早期
文學的範疇，我正有意對之探究，便先後寫了《漢樂府歌詩向敘事的演進》、
《中國古代歌詩的演化軌跡》。前者論述漢樂府向敘事的演進，分析了早期文
學中抒情與敘事的具體關係，它並不完全屬於抒情文學類型，這是需要說明
的。後者論述中國古代歌詩，既有歌詩在早期文學階段的演進，也論及到魏
晉以下歌詩的發展，自然超出了早期文學範圍。但顯示中國古代歌詩的發展
軌跡，對於理解早期文學與後面文學的關係，無疑具有積極的意義。在退休
後，因瑣事在身，我沒有再去參加樂府學會議。有一日，突然收到樂府學會
通知，才得知相洲英年早逝，令人非常震驚，內心萬分悲痛！儒雅寬厚的相
洲，他尚在盛年之際，怎麼就告別了這個世界呢！

　　時光荏苒，我已步入老年。回想起做學問的歷程，不禁感覺非常失落。
我最早想寫的一本書，竟然至今沒有能夠完成。其實，在寫完《中國古代文
論旨要》時，我就有過撰寫《中國早期文學作品選》和《中國早期文學發展
史》的計劃。為了這個學術初心，我三十多年來也在斷斷續續地做著準備。
如果有兩、三年時間，這個初心是可以實現的。在臨近退休時，我寫了《文學
發展的內在因素》，也是在為這本書做理論準備的。當時，學校讓我退休後返
聘，我便打算在返聘階段完成這個任務。可是，在返聘時學校提出一些要求：
一是到醫院體檢拿來健康證明，二是每年由領導聽課檢查考核。經過幾十年
高校教學生涯，我的內心似乎變得非常脆弱。看到這些條文，頓時神情黯然。
心想：學校剛剛組織過體檢，為什麼要再去體檢來證明健康？我從教幾十年，
難道還要領導來檢查考核？自然，在學校看來，這只是例行程序，絕不是針
對某個人的。而在我的內心卻感覺：這些要求傷害性不大，而侮辱性極強！
於是，斷然拒絕返聘。當年，為了衣食溫飽，我受過不少屈辱；如今也算衣食
無憂，何必再去為五斗米折腰呢！這樣，撰寫《中國早期文學發展史》的計
劃又落空了。

　　退休之後，不再研究學問，而去編寫《周朝往事復原》。這部書大約要寫
二百多萬字，到我七十歲時如能夠完成它，便謝天謝地了。這樣一來，實現
學術初心更加遙遙無期了。如今，把研究早期文學的論文輯成一書，或許能
依稀見出我初心的一些影子，也聊以慰藉失落之情。本書的文章，從最早的
《原始意識形態及神話的積極意義》到最後的《文學發展的內在因素》，跨越
了三十多年時光。我的學術初心彷彿游絲一般，斷斷續續地，縹縹紗紗地，

還不知什麼時候才能現出它的真容呢！

　　「不忘初心，方得始終。」既然我沒有守得住學術初心，也就注定難以得到圓滿的學術人生！然而，在我的人生道路上，假如沒有遇到經濟困難與世道坎坷，也許我的學術初心早已實現了；假如高校教學體制沒有必須使用所謂統編教材的學術桎梏，也許我的學術初心已經實現了；假如學校返聘教授時沒有那些個條條框框，也許我的學術初心也已經實現了。當然，我也明白：不必一味責怪學術環境的惡劣，最應該為此承擔責任的是自己。我既不是菩薩，又不是偉人，只是一個為了衣食溫飽而辛苦輾轉的俗人。能夠通過學術來混一碗飯吃已經算不錯了，哪裏還敢有更多的企求呢？再說，誰的人生沒有遺憾呢？或許留下一些遺憾才算是正常的人生罷！

　　非常感謝楊嘉樂女士，有她的熱情幫助，才讓我有機會編成本書。儘管本書與我的學術初心還有著相當的距離，但畢竟它已標出了前進的方向。但願上天賜我以高壽，加之合適契機，我當以殘年餘力來實現初心，從而達到人生之圓滿！

劉鳳泉

2021.12.18

於廣東潮州韓山師院水嵐園